河出文庫

外道忍法帖

山田風太郎傑作選 忍法篇

山田風太郎

河出書房新社

◎目次

外道忍法帖

背教者……7
十五人の童貞女……24
女人琵琶行《にょにんびわこう》……40
張孔堂……57
天草党……74
マリア十五玄義図……91
遊女伽羅《きゃら》……108
忍法「おんな化粧」……125
忍法「おとこ化粧」……141

忍法「水絵」…… 158
忍法「指蚕《ゆびかいこ》」…… 175
忍法「肉豆腐」…… 193
忍法「死眼彫《しがんぼり》」…… 211
忍法「羅切《らせつ》」…… 228
忍法「月ノ水泡《みなわ》」…… 245
忍法「犬さかり」…… 263
忍法「我喰《われくら》い」…… 279
忍法「死人鴉《しびとがらす》」…… 296
御身《おんみ》の降誕祭《ナタラ》…… 313
解説　日下三蔵…… 333

外道忍法帖

背教者

一

春というのに、坂の上に波うつ一丈二尺の石塀の空には、いつもうす暗い雲がなすられているようにみえる。

それ以外に人家の屋根はみえず、ただ息苦しいまでにおいしげった樹木のあいだからところどころ隠顕するのは、白っぽい石の崖《がけ》の肌ばかりで、その上にそびえるこの高い石塀は、遠く望めば一種城郭のようにみえた。

その坂を、三つの軍鶏籠《とうまるかご》が、陣笠《じんがさ》をかぶった七、八人の役人にかこまれて、のぼっていった。役人たちは、いずれも長い旅をつづけてきたものらしく、脚絆《きやはん》から袴《はかま》まで、埃《ほこり》でまっしろであった。

竹で編まれて、その上から金網をかけられた軍鶏籠も、これまた埃に覆われていたが、中にゆれているのは、たしかに風鳥《ふうちょう》のような美しい色彩であった。坂の下で、ふとこれにゆきあった界隈《かいわい》の人々は、恐怖といぶかしさをありありと面上にうかべて、それを見送った。恐怖は、この罪人護送籠で山の上の屋敷におくりこまれた人間が、曾《かっ》て生きてこの坂を下ってきたことはないという知識からくるものであり、いぶかしさは、その罪人が去年ごろから、若い女ばかりらしくみえることからくるものであった。

坂をのぼると、九尺ばかりの濠《ほり》がめぐらしてある。それにかかった幅一間ばかりの木橋を、人々は「獄門橋」と呼んでいる。

橋をわたると、石垣の上の、八寸釘《くぎ》の忍び返しをうちつけた例の一丈二尺の石塀は、まるで頭上からなだれかかってくるようにみえる。軍鶏籠は、そこへ急な石段をのぼっていった。石段の上には、門があった。

門の楣間《びかん》には一枚の制札がかかげてあった。

定《さだめ》

切支丹《キリシタン》宗門は累年御禁制たり。自然と不審なる者あらば申し出づべし。御褒美《ほうび》として、

一、ばてれんの訴人　　銀子《ぎんす》二百枚

一、いるまんの訴人　　銀子　百枚

一、立かえり者の訴人　　同　断

一、同宿並びに宗門の訴人　　銀子五十枚

右の通り之《これ》を下さるべく、たとえ同宿同門のうちたりといえども、訴人に出る品によ

り、銀子二百枚之を下さるべく、隠しおき、他処よりあらわるるに於《おい》ては、その所の名

主五人組まで、一類ともに厳科に処すべきもの也《なり》。

門を入ると、見わたすかぎり青草の庭だ。いや、もとは宗門奉行井上筑後守《ちくごのかみ》の下屋敷というから、一応庭園らしく作られてあったのであろうが、いまは恐ろしい自然の跳梁《ちょうりょう》にまかせて、三千坪の庭はただ蓬々《ほうほう》たる草木のみの荒地であった。ふしぎなことに、鳴く鳥の声すらきこえない。

その中に、ひとすじの道がついていて、そのゆくてに、また高さ一丈、二十間四方にめぐらした石の塀があった。石の壁は亀裂《きれつ》と苔《こけ》で、奇怪なまだら模様をつくっていた。石の塀に一か所だけつくられた埋み門をくぐる。四百坪のこの区画には、いくつかの黒ずんだ建物があった。この内部だけはさすがに一草の青味もなく、ただ一面の白州《しらす》だ。それがかえって灰色と黒のみの死の世界を思わせる。建物は二間に五間の、厚い檜《ひのき》の隔壁で、一畳敷くらいの小房にわかたれた牢獄《ろうごく》、それとむかいあった番所、そして、しっくい塗込めの古びた土蔵などであった。

番所のまえで、三つの軍鶏籠はきりほどかれた。三人の女が蹴《け》り出された。縄をかけ

られ、やつれはててはいたが、肌の若々しさ水々しさのみは、外部からの苦艱《くかん》もどうすることもできない、いずれも二十歳《はたち》前後の娘たちであった。

「きたか」と、番所からひとり、能面のような顔をした役人が立ってきた。先に出て待っていた小者にあごをしゃくって、

「長崎より、ご註文《ちゅうもん》の切支丹娘三匹、ただいま入荷いたしたと、沢野《さわの》どのへ告げてまいれ」

と、命じた。それから、護送してきた役人から送り状をうけとって、それをひらき、

「肥前長崎のアグネスお千恵とはその方か」

「…………」

「おなじく長崎、イサベルお春はおまえだな」

「…………」

「島原にてお縄にかかったルシアお吟はうぬだの」

「…………」

三人の娘は、白日夢をみるような眼で、悽惨《せいさん》の気のただよっている周囲のたたずまいを見まわした。

彼女たちは、江戸小日向茗荷谷《こびなたみようがだに》の切支丹屋敷の二重の鉄壁の中にいた。

むろん三人はそのことを知っている。ふたたび役人に眼をもどした三人は、切支丹に

とって悪魔のように恐ろしい城として、九州までもその名のきこえた江戸のこの牢屋敷《ろうやしき》で、たとえいかなる試練にあおうとも、決して天帝《ゼウス》さまにお叛《そむ》きすることはないという、凛然《りんぜん》たる意志にみちた顔をならべていた。

そのとき、さっき役人に命じられて、土蔵の方へはしっていった小者がかけもどってきた。

「沢野忠庵《さわのちゅうあん》さまには、いつものごとくご自身でご穿鑿《せんさく》に相成りますそうで、その三人を蔵へつれて参るよう、例によって、三日間は蔵の扉をあけてはならぬと仰せられます」

三人の娘の顔をじゅんじゅんに見つめた能面のような役人の表情に、わずかながら蒼《あお》いさざ波に似たものがわたった。

「三日間」

と、つぶやいた。

「そして、例によって、出てくるときは、狂人か、死びとか。――」

二

小石川《こいしかわ》にある宗門奉行井上筑後守の下屋敷が、切支丹の牢屋敷となったのは、島原の乱数年後のことであった。
十二年前のあの大乱で三万七千といわれる切支丹を鏖殺《おうさつ》し、なお草の根わけて余類を狩りつくした幕府は、その後数年を経ても、なお地下水のわき出すごとく、六十余州のいたるところから邪宗門を奉ずる者があらわれるのに恐怖して、この牢屋敷を設けたのである。九州一円は主として長崎奉行の取締りにゆだね、他の諸国からとらわれた切支丹をここに入牢させたが、長崎奉行の管轄区域内からあらわれた者でも、特に重要なものは江戸に護送させ、峻烈《しゅんれつ》な取調べののち、鞭打《むちう》ち、石抱き、飢《う》え、渇《かわ》き、火責め、水責め、木馬責め、穴吊《あなづ》り、ありとあらゆる拷問のオンパレードをつくして、彼らに転宗か殉教か、その一途のみをえらばせた。日本にもアウシュヴィッツの歴史はあったのである。

それでも――この徹底的な弾圧により、それまで海をこえて潜入した百名ちかい伴天連《バテレン》もほとんど全滅していたので、日本に密航してくることは飛んで火に入る夏の虫よりもなお無謀なものであることは、はっきりわかっているにもかかわらず、しかもあえて伴天連たちはやってきた。この慶安《けいあん》三年から五十年以上ものちに潜入してきてこの屋敷に拘禁され、新井白石に訊問《じんもん》されて、彼に「西洋紀聞」の著をあらわさせたヨハン・シドウチなる伴天連のあったことでも知られる。
伴天連たちがやってくるのは、血にむせびつつ殉教してゆく日本の奉教人たちを見殺しにしてはならない、この小羊たちをなぐさめ、はげまし、みちびくのは、神の牧者としての責任であるとする覚悟と、それから、さきに背教者となり、かえって悪魔《サタン》（日本政府）の弟子となったとつたえられる伴天連フェレイラに会って、これを面罵《めんば》し、その罪を痛悔させて宗門の恥をそそがなければならないとする意図からであったが、そのふたつの目的に一指もふれ得ないうちに逮捕され、この切支丹屋敷に送られて、彼らのすべてが、悲壮な殉教をとげるか、或《あ》るいは精根つきはてて転宗するかの運命をたどったのであった。

さすがに、それら無謀な伴天連や、或いは切支丹そのものも、ほとんどあとを絶ったかにみえたこの一、二年、月に数人の者が、軍鶏籠でこの牢屋敷にまた送りこまれるようになった。長崎あたりでとらえられた切支丹だということであったが、界隈の人々の眼をひいたのは、それがことごとく二十《はたち》歳前後の女たちだということであった。

「これで、五十二、五十三、五十四人めだ」

いま、三人の女がきえてゆき、あと小者によって重々しく土戸のしめられた蔵の方を見おくって、能面のような顔をした役人は、首をひねりながらつぶやいた。

なんのために、このごろ若い女切支丹だけがこの屋敷に送ってこられるのか、彼女たちが蔵の中でどんな目にあうのか、切支丹組同心たる彼佐橋《さばしよ》与七郎《しちろう》にすらわからなかったのだ。ただ彼は、蔵の中に入れられた女たちが、出てくるときはひとりのこらずひからびはてた屍骸《しがい》か、或いはあさましい色情狂となりはてていることだけを知っていた。それから、それらすべてを命令し、許可しているのは老中であることも。

三人の女切支丹は、蔵の中に入った。背後で土戸がしまり、外側から鉄のかんぬきをさす音がきこえた。

明るい外界から急に暗い場所に入ったので、三人の眼にはしばらく何もみえなかった。それよりも、まず異臭が鼻口にただよった。

——黴《かび》と血と、そして獣の体臭のまじりあったような匂《にお》いであった。

まず、つきあたりに、四角な青い光がぼんやりとみえてきた。それは金網を張った窓の向うの暗いほどの青葉であった。網戸の手前に、きらきらひかる金色のまるいものがみえる。——しだいに、周囲がうかびあがってきた。一方の壁には天井までつくられた棚に、ぎっしりと書物や書類や、それから彼女たちも知っている——いのちよりも崇《あが》めている十字架や、聖母子像や念珠《コンタス》や祭具などがならべてあった。もう一方の壁ぎわには、鎖や磔《はりつけ》柱や背がくさびのようにとがった木馬や、使用法はわからないが、たしかに拷問器具と思われる異様な鉄製の器具などがわだかまっていた。

息をのんで、それらを見まわしていた三人の女は、さっきの金色のものが、かすかにうごいたのに気がついた。いま、その正体がわかった。それは大きな人間のうしろ姿であった。彼はきものをきていた。袴をはいていた。しかし、その頭は金髪であった。その男は、向うむきに卓にむかって椅子《いす》に腰かけ、何やらせっせと書き物をしているらしかった。

やがて、彼は筆をおいて、ゆっくりとこちらをみた。

「長崎から、いまついたか」

と、彼はいった。その眼は燐《りん》のように碧《あお》かった。すこしアクセントに異様なところはあるが、流暢《りゅうちょう》な日本語である。

三人の女は、彼をいまはじめてみた。しかし、その名は知っていた。さっき、役人がいった名が、この男に相違なかった。

ひとりが透きとおるような声でさけんだ。

「背教者フェレイラ」

「いいや、わしは沢野忠庵という者だ」

といって、この金髪の男は、ぬうと立ちあがった。見あげるようにたくましい大男であった。

三人の女たちはあとずさりしながら、あえぐようにいった。

「いいえ、わたしたちは知っています、もと尊い伴天連さまでありながら、天帝《ゼウス》に叛いて悪魔《サタン》に身を売ったフェレイラというけがらわしい名を」

「転んでから十七年間、恐ろしい踏絵の智慧《ちえ》をお上にふきこんだり、奉教人をおどし、苦しめ、さいなむありとあらゆる方法をかんがえぬいたクリストファ・フェレイラ」

「けれど、わたしたちはまけませぬ。どんな責苦にあおうと、決して転びはしませぬ。わたしたちのながす血潮は、天帝がふりまかれる花の雨です」

金髪の背教者はちかづいてきた。しゃがれた声でくりかえした。

「わたしは公儀宗門改役の役人のひとり沢野忠庵という者だ」

彼はいつのまにか、手に五寸ほどの青銅の十字架をさげていた。三人の娘は土戸に背をつけた。

沢野忠庵は、三人のまえで、その十字架で大きく十字をきった。恐ろしい背教者の恥しらずにきった十字に、三人の娘は眼を見はったまま、声もなかった。

「……何かいわぬか?」

と、忠庵は犬のように舌をはきながらいった。

「背教者のおまえに、何をいうことがあるのです」

ひとりが、なまぐさい息から顔をそむけながらいった。

「この十字架で十字をきるのをみて、おまえたちは何もいうことがないのか」

「………………」

「……そうか、おまえたちもちがった。おまえたちもわしのさがしている女ではない」

忠庵の顔にありありと失望の色がうかびあがった。

「では、ジュリアン中浦という名も知らないのだな」

「………」

「これは、そのジュリアン中浦からもらった十字架だ。それでは、おまえたちは、三百十三年の生命《いのち》をもつ十五童女、という言葉もきいたことはあるまいな」

「三百十三年の生命を持つ十五童女？」

三人の切支丹娘は、この金髪碧眼《へきがん》の背教者の正気をうたがった。いや、背教以来、正気の男であるはずはないが、それにしても彼のいう言葉は、ほとんど囈言《うわごと》のように支離滅裂なものにきこえた。

「もうよい。おまえたちにきくことは何もない。おまえたちに、もはや沢野忠庵としては用はない」

忠庵はにやりとした。異国人のため年ばえもわからなかったが、笑いのために顔じゅうによった皺《しわ》で、この男がすでに老人にちかいことがはじめてわかった。そのくせ、動物的とさえ感じられる肉欲の熱気が、三人の娘の顔にふきつけた。

「そのかわり、背教者クリストファ・フェレイラとして用がある」

そういうと、いきなりふたりの娘の腕を一本ずつ、ひとつのこぶしでわしづかみにした。巨大なこぶしであり、恐ろしい力であった。苦痛のために、ふたりの娘はのけぞった。彼は遠慮会釈もなく、そのままふたりを壁ぎわにひきずっていって、その足くびに鉄の足枷《あしかせ》をはめた。鎖は壁からのびていた。

「これ、どんな責苦にあっても、決して転ばぬといったのはおまえだな」

蒼白《そうはく》になって茫然《ぼうぜん》と立ちすくむひとりの娘をみつめて、忠庵はからだをゆさぶって笑った。とみるまに、つかつかと寄ってきて、彼女のきものを大きく左右にひろげてしまった。

「ここで女は罪を犯すのじゃ、じゃによって、ここで苦しまねばならぬのじゃ」

耳もとで熱風のような声がそうささやいたとき、娘は凄《すさま》じい力で抱きしめられていた。息もつけぬ娘は、唇も乳房も腹部の皮膚も、相手の皮膚に灼《や》けついたかと感じられた。

「しかし、わしはおまえらを苦しめようとは思わぬ。これから三日三夜、この世の天国《ハライソ》を味わわせてやる。苦痛のなかの痺《しび》れ、狂気の中の笑い、恥しらずの恍惚《こうこつ》、骨の髄までしみこむ陶酔、肉のさけび、快楽のすすり泣き——おお、三日のち、聖女のようなおまえたちがどうなるか、その姿を、もし存在するならば天帝《ゼウス》にみせてやりたい！」

笑い声は、銅鑼《どら》のように蔵の中に鳴りどよもした。

三日のち、切支丹組同心佐橋与七郎は、数人の小者に縄をもたせて、土蔵の土戸をあけさせた。

すると、一糸まとわぬ女がふたりとび出して、おどるように小者たちに抱きついてきた。これまでの五十一人の娘がほとんどそうであった。

与七郎は能面のような無表情で、それに縄をかけさせた。縄をかけられながら、ふたりの女は小者に腰をおしつけ、足をまきつけようとし、涎《よだれ》だらけの美しい唇を犬みたいにひらいてあえいでいた。

土蔵の中に入ると、床にひとりの娘が、やはり全裸であおむけにたおれていた。その股間《こかん》からは血がながれ、彼女は、こときれていた。が、ひらいたままの黒い眼は、恍惚と何かを夢みているようであった。

公儀宗門改役顧問、沢野忠庵は羽織袴に威儀をただし、厳粛に報告した。

「拙者きびしく穿鑿《せんさく》いたしましたるところ、両人は転びましたが、一人のみ御覧のごとく殉教をとげてござる」

三

それから半月ばかりたったやはり晩春の真昼である。

「わしが、なぜ転んだというか。——」

と、陰湿な土蔵の中をあるきまわりながら、沢野忠庵はいった。

「わしは、拷問の苦しみにまけて転んだのではないぞ。――この心持をどういおう？ 感情倒錯症、とでもいおうか。つまり、感情がひっくりかえってしまうのだな。火あぶり、磔、木馬責め、あの人間の悪智《あくち》をしぼりつくした物凄《ものすご》い刑罰、それこそはおん主《あるじ》のおん苦しみにあやかるこの上もない果報だと思い、天国《ハライソ》へあげられる歓《よろこ》びの儀式だと待ちもだえているうちに――その無理が或る極限に達すると、人間の感情がまったくひっくりかえってしまうのだな」

蔵の中には、ひとりの娘が立って、彼をながめていた。こんどまた長崎からおくられてきたモニカお京という娘であった。

肥前一円でとらえた二十歳前後の切支丹娘は、ことごとく、江戸へ護送するように、とは忠庵自身公儀へ願い出て、ゆるされたことであったが、五十五人めとなっては、彼も少々、あきあきとしていた。

若い娘をさいなみ、苦悶《くもん》する肉体から快楽の泉をすいあげることには到底飽かないが、最初の目的たる或る探索の条々をききただすことに飽いたのである。五十四人の娘に失望して、彼はじぶんのふと思いついたことは、空中楼閣であったかもしれないと考えはじめていた。

「ジュリアン中浦という名をきいたことがあるか」

「三百十三年の生命をもつ十五童女という言葉をきいたことがあるか」

一応のおなじ問いはなげたが、それに対する反応はなかった。

一切、反応のない娘である。いままでの切支丹娘のなかで、最も美しく、最も清浄で、そして最も冷たいのが、このモニカお京という娘であった。彼女は雪の精のような感じがした。

すると沢野忠庵は、どういうものか、めずらしく告白的なおしゃべりをしたくなったのだ。

「よいか、わしは最も恐怖すべきものを、最も歓喜すべきものと考えつめたあげく――とうとう、悪、醜、苦痛に愛と快楽を、名誉や平和や富や美食に憎しみと不快を感じはじめたのだ。わしは拷問の苦しみにまけたのではない。わしは拷問の快感に転んだのだ。苦難の愉《たの》しみは、おまえも知っていよう。が、娘、快感の恐ろしさを知っておるか。狂人？　このわしが狂人だというのか？　あはは、そうだとすれば、これは天国《ハライソ》の狂気だ。この世には悪多く、悩み多く、かなしむべきこと多きがゆえに、感情は逆になった方が愉しみが多い。わしは、自分が、罪ふかい人間であることはよく知っている。おお、それはおまえの考えるより、千倍もよく知っている。それだから、わしは毎日、うれしくて、うれしくて、浮き浮きしてしようがないのだよ」

モニカお京は、美しい氷のような眼で忠庵をにらんでいた。忠庵はこの娘を汚し、この女を変えてゆく過程を想像して、いままでにない愉悦に血をたぎらせた。

「その眼！　おお、そのにくしみにかがやく眼は、なんとわしに凄じい歓びをあたえてくれることだろう。たっとき聖餐《せいさん》、秘蹟《ひせき》、褒め尊びたまえ、ゼズス・マリア！」

沢野忠庵は、手にもっていた青銅の十字架で、はじめて十字をきった。――そのとき、どこかで、かすかに美しい音がした。

「あれはなんだ？」

さけんだのは、忠庵ばかりではない。モニカお京もまたその美しい音をいぶかしむように、まわりを見まわした。

晩春の海底にしずむ鉄の筐《はこ》のような土蔵の中であった。ふと気がついた風で、もういちど青銅の十字架で十字をきった。

すると、またその音が、微妙に、嘈々《そうそう》切々と鳴りひびいた。鈴の音のようであった。

「おまえのからだからきこえる」

「わたしは鈴など持ってはおらぬ」

と、モニカお京はいった。沢野忠庵はお京の下腹部にもえるような碧い眼をそそいだ。

「そうか、この十字架で十字をきれば、十五童女がみつかるだろうというジュリアン中浦の言葉はこの意味であったのか」

彼は身をふるわせながらさけんだ。

「とうとう、わたしはみつけた」

沢野忠庵は獣のごとく、モニカお京をおしたおし、おさえつけて、おしひらいた。

突然のことであったし、繊細な四肢がこの兇暴《きようぼう》な襲撃に抵抗できるすべはなかった。

忠庵は狂気のようにまた青銅の十字架をうちふった。

「鈴は、おまえの体内にある。それが、この十字架と共鳴りを発するのだ」

一分後、沢野忠庵は、ぎょっとして手をひっこめていた。ふしぎな美しい鈴の音は、たしかにこの雪の精のような娘のからだの奥からきこえる。

が、怒りと恥じらいにわななく浄《きよ》らかな二枚の貝の肉の入口には、まぎれもない薄紅色の聖処女の薄膜が、神のあたえたもうたときのまま、ひたとはりめぐらされていることを、発見したからであった。

十五人の童貞女

一

クリストファ・フェレイラはポルトガルで生まれた。

十七歳のとき、イエズス会に入り、のちカムポリードの修練所にうつり、そこで厳格な修行をつんだ。彼は印度《インド》の伝導を希望し、一六二〇年印度に派遣されたが、同年中、さらに日本に送られた。

一六二〇年というと、実に元和《げんな》六年のことである。それ以来の活躍ぶりは、彼自身「この法を万民に教えんがため多年のあいだ、飢寒労苦をいとわず、山野に形をかくし、身命をおしまず、東漂西泊して、この法を弘《ひろ》め」たと、その著作「顕偽録」にかいているし、またレオン・パジェスの「日本切支丹宗門史」にも、「もと恩寵《おんちょう》と稀代《きだい》の天才に恵まれた修道者たるクリストファ・フェレイラ神父は、平戸《ひらど》にいった。彼は天使のごとくに扱われ、千三百人の告解を聴いた。彼は、夜海辺をあるきながら、霊魂の務めを行った」と記されている。

あらゆる迫害の嵐《あらし》のなかに、不撓《ふとう》不屈十三年間伝道しつづけたこの「天使の如《ごと》」き神父が転んだのは、寛永《かんえい》十年、長崎に於てであった。当時彼はイエズス会の長崎管区長であった。彼はとらえられ、一年間のあらゆる責苦にたえぬいたが、最後に「穴吊り」の拷問に屈服したのである。これは全身を綱でぎりぎりにまかれ、地中に掘った穴に逆吊りされるもので、口や鼻から血がしたたり、その苦しみは火責めや水責めの比ではないといわれる。このときのことを、「日本切支丹宗門史」は次のように記している。

「十月十八日、長崎でイエズス会の管区長のクリストファ・フェレイラ神父と、イエズス会の日本人神父ジュリアン中浦が、穴の中に吊《つ》るされた。この教会のもっとも花々しいものの一つであるべきこの殉教が、イエズス会の栄光ある宣教師、管区長その人の背信によって暗くされた。穴吊りの拷問五時間ののち、一番しっかりしていそうに見えたフェレイラ神父の、十三年間の勇敢な働き、改宗の無数の果実、無限の迫害と難儀に対する聖人のような忍耐が、天帝《ゼウス》の正しく計りしれない審判によって哀れに沈没したのである。偶像崇拝の徒はこの破滅を喝采《かっさい》し、イエズス会では実に苦い涙をながした」

そして、クリストファ・フェレイラは、たんに転んだのみならず、幕府の手先となって、宗門狩りにいとうべき毒手を徹底的にふるう沢野忠庵として再生したのであった。

切支丹たちは彼のことをまた江戸忠庵ともよんだ。

忠庵は切支丹屋敷の塗込めの官庫に陰獣のごとく住んで、全国から没収されてくる聖具を鑑定した。当時潜伏していた信徒は、聖母子像のかわりに、雪中の常磐御前《ときわごぜん》をえがいたものを礼拝したり、変形十字架を秘めていたり、十五玄義図の代用として将棋の駒《こま》に似たお札をつかったりして、官憲の眼をのがれようとしていたからである。彼は踏絵という残酷な儀式を発明し、また「顕偽録」という切支丹破折論の著書まであらわした。

沢野忠庵の具陳した転宗法の特徴は、奉教人を殉教の英雄にしないことであった。信徒を動物に——或いは、動物以下にすることであった。その例を二、三あげると、切支丹の女をはだかにして、衆人環視のうちに四つン這《ば》いに這いまわらせたり、牡《おす》馬を以て犯させたり、はなはだしきは父と娘、母と息子を相姦《そうかん》せしめようとしたりしたのである。忠庵が脳中にえがく血みどろの幻想は、かたっぱしから実現された。これこそは、悲壮をきわめる日本切支丹殉教史のなかに、醜怪な腫物《しゅもつ》のごとく存在した最悪の背教者であった。

その蔵の中へ、ふたりの男が入ってきた。春の真昼というのに、白い頭巾《ずきん》で面《おもて》をつつんでいるが、あきらかに貴人である。ひとりは若い侍臣であった。

「忠庵、久しいの」

と、白頭巾の貴人はいった。床に巨大な蜘蛛《くも》のごとく平伏している沢野忠庵の右掌《みぎて》だけが白くうかんでみえた。ぐるぐると布をまいているのである。

「そちの探索しておった十五童女のひとりが見つかったとやら、検分にきたぞ」

そういいながら、覆面のあいだのきれながの眼は、忠庵ではなく、蔵の中央に置かれた奇怪なものにそそがれていた。ふたつの卓が三尺ばかりへだてて並べてある。そのふたつの卓には、ひとりの女の上半身と下肢がそれぞれあおむけにしばりつけられて、そのほそい胴は、あいだの空間に弓のごとく浮いていた。これは女体の白い虹《にじ》であった。そうら若い浄らかな顔は、じっと眼をとじて死んだようにみえたが、ふくよかな乳房はかすかに息づいていた。

「これが、それか」

「左様でございます」

と、忠庵は床に金髪をすりつけたまままいった。

「なんのために、かような目にあわす」

「邪宗の一儀式に、黒弥撒《くろミサ》と申すものがござる。その祭壇はかように女人の腹を以て台といたしまする」

忠庵は顔をあげた。

「御老中様、この女人がジュリアン中浦の申した十五童女のひとりというは、この女人、女陰の奥に、たしかに鈴を秘めております。いや、まだそれをしかとみたわけではございませぬが、鈴の音がきこえまする。それをこれより、おんまえに出して御覧に入れようと存ずるのでござる」

「なに、女陰の奥に鈴が?」

覆面の老中は、思わず異様な声をたてた。

「待て、忠庵、余は一年前、そちから、三百十三年の生命をもつ十五童女とやらをとらえれば、莫大《ばくだい》な切支丹の財宝が手に入るという話をきいた。それゆえ、探索をそちの思うままにまかせたが、いよいよその十五童女なるものの一人が捕われたとあれば、そちの話、もういちどききたい。申せ」

若い侍臣は、弓のようにかけられた女体の下に、滴々と黒い血のしぶきがちっているのに眼を吸われていた。

二

——いまから六十八年前、すなわち天正《てんしょう》十年、四人の少年切支丹がローマに派遣されたことは、御老中様も御存じでござりましょう。

四人の少年使節とは、豊後《ぶんご》の大友宗麟《そうりん》公の一族、伊東万千代《マンショ》、肥前《ひぜん》の切支丹大名大村民部《みんぶ》大輔《だゆう》どのと有馬《ありま》左衛門《さえもん》どのの一族、千々岩《ちぢわ》清左衛門《せいざえもん》、この両人を正使とし、副使として、原、中浦《なかうら》と申す二少年が出発したのでござる。伊東万千代はわずかに十二歳、あとの三人もいずれも十六歳にいたらぬ紅顔の少年でござりました。

途中三年、印度のゴアにとどまり、四人の少年使節がローマに入ったのは、天正十三年春のことでござった。このときローマの町は、寺院の鐘、軍隊のラッパ、砲台の礼砲、市民の歓呼にわきかえり、そのなかを、法王の近衛《このえ》兵《へい》を前駆に、カージナル僧、ローマ貴族、スペイン、ポルトガル、フランス、ルーマニアの大使や貴族をしたがえて、四人の少年は日本の礼装に身をかざり、黄金をちりばめた両刀をおびて、馬上ゆたかにヴァチカン宮殿に参入したのでござる。

このとき老法王グレゴリオ十三世は八十四歳、実にこの世を去る十八日前でありましたが、病苦も忘れるほどの悦《よろこ》びを以て、彼らの接吻《せっぷん》をうけられた。そして、約一か月にわたる歓迎の饗宴《きょうえん》行事ののち、彼らがローマを去るとき、法王庁より、チントレットえがくところのマリア十五玄義図と、百万エクーの金貨を下賜されたのでございます。

チントレットとは当時ヴェニスにあった大画家の名で、マリア十五玄義図とは聖母マリアの一代を、歓び、悲しみ、栄えの三つに五図ずつえがきわけた絵巻の一種でござります。チントレットは深刻荘厳、しかも劇的伝奇的な情景をえがくに長じた画家でござりますから、その十五玄義図は、おそらく全画面に聖歌の声がとどろいているようなみごとなものでござりましたろう。

百万エクーの金貨は、日本に於ける教会建立《こんりゅう》、宗門弘布《ぐぶ》のための資金でござります。四人の使節は、それよりイスパニア、ポルトガルをまわり、また印度のゴアにとどまり、彼らがようやく長崎にかえってきたのは天正十八年の夏のことでござった。この大旅行に、なんと八年以上もの星霜がかかったわけでござります。

彼らはもはや少年とはいえませなんだ。のみならず、その八年のあいだに、この国のすがたは、彼らの外貌《がいぼう》よりも甚《はなは》だしく変っていたのでござります。実に太閤《たいこう》様が、最初の宣教師追放令を下されたのは、その三年前だったのでござった。爾来《じらい》、将軍様がお変りなさるごとに、この御禁制は日につれ、年につれ、いよいよ御厳重になりまさり、ついに島原の一揆《いっき》にて極まったことは、御老中様もよく御存じのことでござります。

この四少年がローマにきた当時、わたしはまだ六、七歳の小童《こわっぱ》でござりましたから、彼らがポルトガルに参ったときの盛儀も、もちろん存じませぬ。が、宗門に入ってのち、当時日本にあったルイス・フロイス神父の報告書などを読み、日本を憧憬《どうけい》するよすがの一つとなったものでござります。ただ、この一件につき、ひときわ身近な感を得たのは、元和六年はじめて御国へ参って、長崎のイエズス会で、神父ジュリアン中浦に逢《あ》ってからのことでござった。

ジュリアン中浦——それこそは曾ての少年四使節のひとり、中浦甚五郎《じんごろう》の後身であったのでござる。もとは豊後の大友家に仕える騎士のひとりであったとか。わたしの会ったときは、生きながら屍蠟《しろう》のような顔色をした老人でござりました。

それ以来十三年間、手をとりあって宗門布教にはたらいておるあいだ、時に、使節当時の想い出をたずねても、ジュリアン神父はさびしげにくびをふるばかりで、はかばかしい話もつかまつらなんだが、それもむりはござらぬ。共に使いした他の三人のうち、マンショ伊東万千代は苦難のうちに病死し、ミゲル千々岩清左衛門は殉教をとげ、マルチノ原は棄教しておったのでござれば。

ただ、のちに思いあわせると、このジュリアン中浦は妖《あや》しき人物でござりました。それは転々と潜伏の場所をかえるなかに、何よりも——聖書や祈禱書《きとうしょ》よりも大事げに持ちはこび、しばしの閑暇あれば読みふけっておったのは、なんと魔術書ばかりであったことでござる。いまでもおぼえておる書物の名は、ギリシャのアプイウス著わすところの「転身譜」やら、ペルシャの呪教《じゅきょう》ゾロアスター教の聖典「ヴェンディダド」やら、ミラノの魔神論者グアッツオの「悪行要論」やら、魔女裁判で名高いアンリ・ボケの「妖《よう》術師論《じゅつしろん》」やら、ニコラの「魔神崇拝論」、アグリッパの「隠秘哲学」、ヴァレンティヌスの「錬金術」、パラケルススの「占星術」などがござりました。ただジュリアン中浦自身が魔術をつかったのをみたことはいちどもござりませぬ。

わたしどもが長崎の御奉行様のお縄にかかったのは寛永九年のことでござります。爾来一年、口に漏斗《じょうご》をさしこまれ、腹が妊婦のごとくなるまで水をのまされたり、背をわって鉛の熱湯をそそがれたり、さらに両人ともに男根をきりおとされたりする責苦にもふたりは転びませなんだ。

ところが、いよいよ明日は穴吊るしの拷問をうけるという前夜、忘れもせぬ、寛永十年十月十七日の夜のことでござる。牢獄でわたしの顔をじっとみていたジュリアン中浦が、ふいにつぶやいたのでござります。

「……日くれて十二弟子とともに席につきて食するとき言う給う。〝まことに汝《なんじ》らに告ぐ、汝らのうちの一人、われを売らん。……人の子を売る者はわざわいなるかな。その人は生まれざりし方《かた》よかりしものを〟ゼズスを売るユダ答えて言う。〝ラビ、我なるか〟ゼズス言い給う。〝汝の言える如《ごと》し〟」

わたしは蒼くなりました。

「ジュリアン師、それはどういう意味でござる」

「あなたは、あした転ぶ」

わたしは怒りのために全身がふるえ、声も出ませなんだ。ジュリアン神父は微笑して申した。

「あなたは公儀の人となる。そして、この国には、ながい闇《やみ》の世がくるであろう。それはいつまでつづくであろうか。ききなされ、フェレイラ師、ローマにおける御教えも、はじめは迫害の三世紀を費し、奉教人は窖窟《カタコウム》にひそみ、ついに禁制がとかれたのは、御出生以来三百十三年目のミラン勅書によってであった。この国もまことにゼズスの御代がくるのは、わたしが死んでより三百十三年目であろう。そのあいだ、わたしは法王より拝領した百万エクーの聖貨をかくしておかねばならぬ」

「法王の聖貨?」

わたしは思わずさけんだ。天正の少年使節がローマ法王より授かった百万エクーのことは存じており申したが、その金はその後の五十年ちかい受難の歳月のあいだに費しつくされたものであろうと思い、ジュリアン中浦にただしたこともなかったからでござります。しかし、かんがえてみれば、教会建立のために下賜されたその資金は、つかいようもない惨憺《さんたん》たる歳月であったに相違ござらぬ。

「ジュリアン師、それはどこにあるのじゃ」

「それは申せぬ」

と、ジュリアン中浦はゆっくりとくびをふりました。

「それは十五人の童女にあずけてある。――こんど捕えられる前夜にあずけたのじゃが」

「十五人の童女?」

「彼女たちは、三百十三年後、切支丹がこの国に公然満ちひろがる日まで、十五玄義図のマリア様とその秘宝を護りつづけてゆくだろう」

　老神父の眼は、夢みるごとく天にあげられておりました。わたしには、ジュリアンの申すことが、まったくわかりかねました。

「ジュリアン師、その十五人の童女とやらは、三百十三年の生命《いのち》をもつというのか」

「左様、彼女たちに切支丹の血がながれておるかぎり」

「その十五人の童女が、百万エクーの金貨のありかを知っておると申されるのか」

「いいや、いまはおそらく知るまい。彼女たちはまだ天使のごとき乳飲児ゆえ」

　いよいよジュリアン中浦の言葉の意味を判じかねておるわたしの顔を、老神父は見つめて、ふかい声で申した。

「フェレイラ師、あなたにこの青銅の十字架をわたしておく。この十字架を見られい。下部が鍵《かぎ》になっておる。――これこそ、その秘宝の筐をあける鍵じゃ。のみならず、この十字架で十字をきれば、その十五人の童女が山彦《やまびこ》のごとくこたえるだろう」

「ジュリアン師、しかし、なぜこれをわたしに」

　その十字架――ここにわたしの持っておるこの青銅の十字架を受けとって、わたしはさけびました。

「わたしは殉教をとげるまえ、いっそ公儀に申し出ようかと思っていた。しかし、公儀に申し出れば、決して三百十三年待ってはくれまい。その童女たちを草の根わけてさがし出し、無惨な犠牲《いけにえ》が出ることであろう。——やっと、わたしは、この青銅の十字架をわたしてよい人を見つけた。わたしたちと公儀との中間の人を」

と、ジュリアンは申した。

「明日にも、あなたは公儀の人となる。左様になられたうえは、あなたはこれを官庫に入れ、そして三百十三年後を待つように、公文書をつけておかれるがよい。三百十三年後、そのときこそ、公儀と切支丹は一体となり、日本の全土に教会建立の槌音《つちおと》がひびき、百万エクーの金貨は白日のもとに所を得るようになる。ただ、それまでに、フェレイラ師、決して秘宝を求めようとなされてはならぬ。またその十五人の童女を探そうとなされてはならぬ。それは、たとえあなたがお捨てなさろうと、決してあなたをお捨てなさらぬ天帝《ゼウス》の御名《みな》にかけて申しておく」

ジュリアン中浦は笑いました。このときほど、このうちひしがれ、しかも澄みきった老神父の顔が、ふしぎな自信にみちた悪魔のごとくにみえたことはござらぬ。

「また十五童女を探したとて、ついに秘宝は手に入るまい。むなしく、犠牲の血がながれるばかりじゃ。犠牲は、童女の方ではないぞ」

ジュリアンは、ひくくつぶやき申した。

「わたしの言葉にそむいて、もし修羅《しゅら》の血をながすようなことがあれば、三百十三年後——教会の鐘が鳴りわたるどころか、この国の天に最後の審判にも比すべき劫罰《ごうばつ》の雷火がひらめくであろう」

穴吊るしの拷問でわたしがころび、ジュリアン中浦が殉教をとげたのは、その翌日のことでござります。

ただ、殉教したジュリアン中浦の屍骸が一夜のうちに穴の中から消え去ったのを、御公儀ではふしぎがられたが、ジュリアン師には、大友家に奉公しておったころからの下僕にて、影の形にそうがごとく仕えておったミカエル助蔵と申す男がござったゆえ、その助蔵めが盗み去ったものに相違ござらぬ。

転んでからのわたしは、だれよりも後老中様御存じでござります。転宗以来の心の苦しみ、苦しみ極まってよりのふしぎな愉楽、まさに「この外道《げどう》に入りたらん人は、背教にこもる不可思議の甘美を覚ゆべし」でござる。——ジュリアン中浦のことなど、とんと忘れはてておりましたのは、その言葉のあまりにもとりとめなく、荒唐無稽《こうとうむけい》のゆえでもござったが、またわたしの体内に鳴りどよもす血の音楽に、心をうばわれておったゆえでもござりました。

それから十六年。

三

「去年になって思い出したか」

と、覆面の老中はいった。

「されば、偶然、この棚に埃まみれになって転がっておる青銅の十字架を見つけたことにより」

と、沢野忠庵《ご》はこたえた。

「あの期におよんで、せっかくわたしの背教を予言しながら、なお何やらわたしにたのむところのあったふしもみえるジュリアン中浦を、さらに裏切るよろこびに、熱病のごとく、例の言葉を思い出し、かんがえつめてござります」

「余には、とんとわからぬわ」

「おそらく、ジュリアン中浦は、法王の黄金のありかを、十五人の童女の体内にひそめておいたものでござりましょう。この十字架で十字をきることにより、その十五人の童女が山彦のごとく答えるであろうと申した意味が、十字架と女体の中の鈴との共鳴現象をいうものとまでは存ぜなんだが、その鈴に財宝の所在が秘めてあるものに相違ござりませぬ。十七年前乳飲児であった童女ならば、いまはかならず二十歳《はたち》前後の娘に成長いたしておるはずと、わたしの見込んだのは的中しておったわけでござります」

「――いかがして、その鈴をみる？」

「それをとり出そうとして、わたしは右手の人差指を失ってござります」

覆面の老中は、忠庵の右掌をくるんだ白い布にもういちどちらと眼をやったものの、とみには挨拶《あいさつ》の言葉もないらしく沈黙したが、忠庵がつづけて、

「指で処女《おとめ》の膜をかき裂き、探りを入れましたるところ、ふいに貝のごとくしめつけ、ついにわたしみずから小刀を以て切断せねばならなかったのでござります」

と、つぶやくのをきいて、思わず、

「なに」と声をたてた。

「忠庵、この女、処女の膜をもっておったと申したな」

「いかにも」

「ならば、処女じゃ。が、何者がいかにして鈴を入れたのか」

「鈴を入れたジュリアンは、魔法の書の修行者でござった」

と、沢野忠庵は深淵《しんえん》をのぞきこむような眼色でいった。

「魔法――いかに切支丹伴天連の妖術をつかえばとて、左様なことが相なるものか」

「人間の一念によっては」

忠庵はそういって、右掌の布をくるくると解いた。人差指のない四本の指があらわれた。忠庵はたちあがって、二つの卓にかかる女体の虹に九本の指をならべて置いた。

「ごらんなされ、伊豆守様《いずのかみ》」

そういって、女のからだを蠕動《ぜんどう》しはじめた九本の指に眼をやって、老中松平伊豆守は息をのんだ。

伊豆守は、この転び伴天連がこの蔵で、淫虐《いんぎやく》のかぎりをつくしていることは承知していた。それを黙認したのは、この男が公儀にとって大いに役に立つ人間であるということと、その犠牲者たる女たちが、地獄に追いおとして当然な切支丹であるということの二つの理由からであった。ただ、その女たちが、死のうと発狂しようと、その原因が荒《こう》淫《いん》によるものらしいことは明らかで、それと、忠庵が転宗の拷問のさい男根を失った男だという知識との矛盾を、いかにもいぶかしいことに思っていたのである。

「十七年間、女人との悦楽のみを思いつめてきた、男にあらざる男の一念の果てがこれでござる」

背教者沢野忠庵の、金毛をそよがせた九本の指は、ことごとく「彼が失ったもの」のかたちをしていた。

女人琵琶行

一

老中松平伊豆守信綱が、この小石川の切支丹屋敷に十七年間とじこめられている背教者沢野忠庵に逢うのは、これで三度目であった。島原《しまばら》の乱に際し、切支丹の殉教思想について諮問《しもん》したのが最初、去年、この忠庵から突然、切支丹がなお莫大な財宝を秘めている事実があるという報告をうけたときが二度目である。この三度目の交渉をふくめて、むろん、すべて内見《ないけん》であった。

そのあいだ、この転び伴天連が曾て羅切《らせつ》の刑をうけたことはきいていたが、手指がいまみるような異形のものと化しているとは、はじめてみることであった。わずか三度目、しかも薄暗い蔵の中の会見だから、信綱自身が気がつかなかったのも、或いは無理はないが、役人からそんな報告をうけたこともないから、忠庵の指は、ふだんはそれほど人目をひかぬ形状を保っているのであろうか。

「雨蛙《あまがえる》は」と、忠庵はいった。「土に置けば土色に、青葉に置けば青葉の色に変ずることは御存じでござりましょう。色のみならずかたちまで木の葉に似せた木葉蝶《このはちょう》、木の枝に似せた尺取虫、すべて、一念のわざ、としか思えませぬ」

そういいながら、忠庵の九本の指は、象牙《ぞうげ》の椀《わん》をふせたような女の乳房の上に渦をえがきつづけている。両掌《りょうて》で、白い粘土から壺《つぼ》でもこねあげるように乳房をもむのにかかったとき、女の胴がかすかにうねりはじめた。ふたつの卓にしばりつけられた女は眼をとじ、歯をくいしばっていた。金色の毛につつまれた九本の指は、そのくびれた腰から象牙色の腹へ、爬虫《はちゅう》のように這いまわる。

「いや、虫も花も魚も、この大地の上に生きるすべてのもの、飛ぶも、咲くも、泳ぐも、ことごとくそのもの自身の一念凝って、あのようなかたちとなり、動きとなると申してようござろう」

指が、真っ白な二本の円柱のようなふとももを、翳《かげ》ふかい谷にむかって微妙にもみあげてゆくにいたって、娘はついにうめき声をたてた。顔が紅潮してきたのは、羞恥《しゅうち》か、怒りか、或いは彼女自身どうすることもできない血のざわめきのなすところか。——

「忠庵」

あきれたように、この転び伴天連の破廉恥な行為を見まもっていた伊豆守は、たまりかねて叱咤《しった》した。

「何をいたす」

「先刻も申すように、鈴をおんまえに出して御覧に入れようと存じまする」

忠庵の碧い眼は、娘を見ずに、うす笑いを浮かべて伊豆守の方にむけられていた。

松平信綱は、このとき五十五歳、老中の職にあることすでに二十年にちかく、しかもその間、島原の大乱を鎮圧して、名実ともに幕府の柱石であった。天下の静謐《せいひつ》を維持するためにはいかなる権謀も辞するところではないが、本人は驕《おご》らず衒《てら》わず、冷徹な理性と円熟しきった常識の権化《ごんげ》のような政治家である。それだけにこのような妖しき人物の妖しき行為には、本能的な嫌悪が頭巾のあいだの眼にみえる。——

それをまた、忠庵は揶揄《やゆ》しているかにみえるのだ。彼はみずから称して感情倒錯症といった。してみれば、その彼をあやつりつつ、自身は幕閣の中枢にあって清寧《せいねい》な理性の政治を愉しんでいるこの当代の賢相を、のっぴきならぬ餌《えさ》でひきずり出して、このような淫猥《いんわい》な見世物をみせつけることも、或いは陰湿な蔵の中にえがいた彼の夢のひとつであったかもしれない。

伊豆守は顔をそむけていった。

「左様なまどろいことをせずとも、いため吟味にかけて宝のありかをきいた方が早いであろうが」

「それはすでに試みてござります。が、白状いたしませぬ。いや、白状せぬというより、この女自身、それは存ぜぬものと見究めました。思えば、ジュリアン中浦があれほどの自信を以て、三百十三年かくしぬくと申した秘宝でござります。わざわざ乳飲児の童女の体内に秘密をとじこめたのは、切支丹側にすら容易に百万エクーの金貨を自由にさせぬはからいからでござりましょう。おそらくジュリアンが細工をほどこした十五人の娘すべてをとらえねば、宝のありかは知れますまい」

九本の指は、女の肌を這い、こねまわし、乱舞していた。涙をながしながら、宙に浮いた白い蛇はくねり、波うちはじめた。

「これ、そのようなまねをいたせば、鈴が出るのか」

「されば、水々しき乙女らを海綿のごとくしぼりつくし、ひいものと変えた忠庵の指でござる。やがて法悦のきわまるところ、この娘は泉のごとき血と愛液を鈴とともにほとばしらせるはずでござれば、愉しみにしてお待ちなされ」

「伴天連どの」

と、はじめて伊豆守の傍《かたわら》に膝《ひざ》をついていた侍臣が声をかけた。

最初伊豆守について彼がこの蔵に入ってきたとき、薄暗がりの中に浮きあがってみえるほど、その顔は美しくみえた。多感な、若々しい眼が、しかも主人の伊豆守すら眼をそむけている行為を、いま冷やかに見まもっているのである。

「鈴をとるなら、殺せばよかろう」

「見らるるとおりの美しい乙女、早ばやと殺《あや》めるのはもったいのうござってな」

忠庵は、嵐《あらし》のように指をうごかせながら、歯をむき出した。

「それに、この娘にまだききたいこともござります」

「何を？」

「この娘、おそらく秘宝のありかを知るまいとは、さっき申したとおりでござるが、しかし、ジュリアン中浦が、切支丹側の何ぴとにもこのことを知らせず、十五童女に秘密を封じこめたまま殉教をとげたものとは存ぜられぬ。それにつけても、いまにして、彼が最後に申した、彼女たちは十五玄義図のマリアとその秘宝を三百十三年護りつづけてゆくであろう、という言葉が気にかかります。そのときは、ただチントレットの十五玄義図のマリアと思っておりましたが、いまつらつらかんがえるに、マリアとは、もしかすると、生きておる女人のだれかではござるまいか。――」

「その女人が、この秘密を知っておると申すのか」

「左様な気がいたします。それと申すは、ジュリアンに仕えておった下僕ミカエル助蔵なるものが、世にも美しき童女を抱いてきたのを、ジュリアンがうやうやしげに礼拝しておったのを見たおぼえがござれば」

伊豆守と若い侍臣は顔を見あわせた。

「あの童女こそ、そのマリアではあるまいか、と思うにつけて、そのマリアの居所をつきとめたいのでござります」

何か問い返そうとした侍臣は声をのんだ。九本の金色の琴爪《ことづめ》にかき鳴らされて、意志にそむいて全身からしぼり出しはじめた嫋々《じょうじょう》たる女のむせび泣きに耳をうばわれたのである。

鈴はほとばしり出た！　金色の弓線をえがいておちた床から、それは世にもあえかな音を発した。忠庵は哄笑《こうしょう》しながら、かけよってひろいあげ、蒼い薄あかりに、その血にぬれた鈴をかざしてさけんだ。

「御覧なされ、案の定《じょう》、鈴に文字が刻んでござる」

「な、何、なんという文字が」

「聖、とただ一字」

二

あきらかに純金のその鈴をもって、伊豆守と侍臣は蔵を出た。すぐ外に待っていた十人あまりの切支丹同心が平伏した。さすがの伊豆守が、この春の真昼、幻怪な夢でもみたように茫乎《ぼうこ》たる表情である。

「あの伴天連といい」

と、つぶやいた。

「この鈴を女人の体内にかくした伴天連といい、切支丹はやはり妖教《ようきょう》じゃの」

「御意」

と、侍臣は点頭したが、ふいにきっと眼をあげていった。

「殿、その十五童女とやらを一刻も早くとらえれば相成りませぬな」

「さればよ。島原の残党もなお命脈を保っておるとみられるに、百万エクーの金貨と申せば、いかほどのものか。いずれにせよ百万といえば容易ならぬおびただしい黄金であろう、それを切支丹どもが抱いておるとあっては、もとより捨ててはおけぬ」

「すでに十五童女のひとりをとらえたうえは、あとの十四人が気がついて、さらにこの世から身をひそめようとするのは必定《ひつじょう》でござります。いままでのごとく、やみくもに切支丹を狩り出して、そのうちからその娘どもをひろいあげておっては、十五人すべてをとらえるのはいつのことやらわかりませぬ。倖《さいわ》い、あの青銅の鍵十字架を以て探索すれば、十五童女の鈴が鳴って応《こた》えるとか、是非、わたしどもに、その御用を命じて下されませ」

伊豆守は侍臣をかえりみた。功名にはやるふたつの若い眼がそこにあった。

「殿、切支丹は、天草《あまくさ》一族の怨敵《おんてき》でござる」

「わかっておるわ」

と、伊豆守はいった。それからやや思案して、

「待て、扇千代《せんちよ》、いずれにしても忠庵が、あの切支丹娘よりなお何やらきき出すかもしれぬ。それを待ってからにいたせ」

といって、番所のまえに置かれた忍び駕籠《かご》の方へ、足をはやめてあるき出した。

まるで赤ん坊でも生みおとしたように、娘はぐったりと失神していた。沢野忠庵はなめずるようにその姿をながめおろしていたが、やがて卓にしばりつけていた縄をぷつぷつと切った。

「モニカよ」

呼ばれて、娘はうつろな眼をあけた。

「鈴はもらった」

忠庵は笑った。

「おまえの肉体は天帝《ゼウス》に叛いた。あらためて、わしといっしょに堕《お》ちて、地獄《インヘルノ》の甘い盃《さかずき》をのみつくせ。いいや、天国《ハライソ》よりも高いところにあるわしの地獄の夢幻境は、いまおまえが味わったとおりだが」

娘の瞳《ひとみ》にひかりがもどった。

「鈴はひとつでは役にたたぬ」

と、彼女はいった。そして、ゆるゆると卓からおり立った。

「天帝の金貨は、かならずマリア様の御許《みもと》にかえるにちがいないのです」

その顔にふしぎな微笑がひろがったのをみて、忠庵はふしんそうに見まもった。

「フェレイラ、わたしがわざとつかまったことをお知りか。肥前でとらえられた切支丹のうち、若い娘だけが江戸に送られる意味を知りたいばかりに、わたしはわざとここへ来たのです。そして、いままで生きていたのも、おまえが何を知っているかを知りたかったためです」

モニカお京は顔をあげて、十字を切った。

「聖ジュリアン様、クリストファ・フェレイラはどこまでも天帝《ゼウス》の敵でございました。あなたさまの御遺志にはとうていそえぬ悪魔でございます。モニカが地獄につれてまいります」

澄んだ音楽のような声であった。彼女は蔵の中央を一直線に十歩あるいた。それからおなじ直線を五歩もどると、横に五歩あるき、足をかえして反対側に五歩あるいて、さらにひきかえした。

沢野忠庵が口をあけたまま見まもっていたのは、彼女のまるで儀式でも行っているような動作に気をのまれたからであったが、ふいに悪寒《おかん》に似た不快さに襲われたのは、娘があるいたあとに血潮の大きな十字架がえがかれていることに気がついた刹那《せつな》であった。

彼は異様な声をあげてとびずさった。血の十字架のまんなかに、白い石膏像《せっこうぞう》のように立って、モニカお京は彼を見すえていた。

「大友忍法——不知火《しらぬい》」

と、彼女はつぶやいた。

沢野忠庵は肩で息をしながら、蔵の扉に背をおしつけて、その赤い十字架を見つめていた。彼はいままでいくど十字架を凌辱《りょうじょく》し、またその凌辱にどれほど愉悦をおぼえたかしれぬ。しかし、これはいかに感情倒錯症であろうと、なぜか毫末《ごうまつ》も快感をおぼえぬ悪魔のような図形であった。

彼はふるえる手で、扉のそばに垂れた綱をひいた。蔵の外で小さな鐘がゆれて鳴った。役人がかけてきて、土戸のかんぬきをはずすのも待てず、冷たい汗をひたいからしたたらせながら忠庵はさけんだ。

「この女をつれていってくれ。しばらく牢《ろう》に入れておいてくれ」

三

牢獄《ろうごく》は官庫の東側に、東西吹き通しの格子から成った五間に二間の建物であった。内部は厚い板で三つにしきってある。

山屋敷の四面にめぐらす檜《ひのき》のあいだに、ほそい三日月のかかった夜のことである。獄舎のいちばん南側の一間に、黒い影がちかづいた。番所とは反対の東側の格子の外であった。影はそのまえに、ほかの二つの牢獄をのぞいた。半月ばかりまえ、やはり九州から送られてきて、沢野忠庵のために発狂させられて、美しい淫獣《いんじゅう》と変えられたふたりの切支丹娘は、ひるまは格子にしがみついて、あられもない姿態をこれみよがしにさらしているが、それもいまは眠りについているらしいことを見きわめると、彼はそっと呼んだ。

「モニカお京」

壁にもたれかかって、ひそと坐《すわ》っていた影が、夕顔のような顔をあげた。

「わしだ、最初にその方をとり調べた切支丹組同心佐橋与七郎と申すものだ。すこし、ききたいことがある」

仄白《ほのじろ》い面輪《おもわ》は、じっと彼を見まもっている。夜中、同心がしのびやかにちかづいてきたことに不審をおぼえたらしい気配である。

「三日まえ、おまえをつれ出したあと、あの老伴天連は土戸をしめきって、それ以後、用あるときに鳴らす合図の鐘がいちどとして鳴らぬ。食べ物も水もとりに出て参らぬのだ。あの伴天連はどうしたのだ？」

夕顔がほのかに笑ったようである。しかし、返事はなかった。

「しかし、わしのききたいことは、忠庵のことではない」

しばらくして、佐橋与七郎はいった。

「そもそも、御老中様御自身、わざわざ当屋敷においでなされたのは何の御用じゃ」

「…………」

「先日、はからずも、伊豆守様と御家臣のお話を、とぎれとぎれにふときいた。女人の体内にかくされた鈴とか、百万両の黄金とか、青銅の鍵十字架を以て探索すれば、十五童女の鈴が鳴るとか――」

「…………」

「何のことやらわからぬ。教えてくれ」

「…………」

「娘、こういっても信ぜぬかもしれぬが、わしはここに相勤めて以来……とくに、切支丹娘どもがこの世のものならぬ無惨な責苦にあうのを見て以来、おまえたちをつくづく気の毒に思っておるのだ。いかにお上のあそばすこととはいえ。あまりにも無慈悲な御所業と胸をいためておるのだ。せめて、出来るだけ、力になってやりたい。叶《かな》うことならば、願いごとをきいてやりたい。おまえは、何かわしにたのみたいことはないか？」

「……………」

「きいてやる。そのかわり、女人の鈴とやらはいかなることかきかせてくれ」

モニカお京は、三日月を背にして暗い同心の顔に、眼ばかり白く欲望にぎらぎらひかっているのを、なお黙して見つめていたが、ややあっていった。

「きいて下さいましょうか」

「うむ」

「お上の御金蔵にもないほどな黄金が埋められている場所が、十五人の切支丹娘のからだの中に秘められているのです。その十五人の娘の鈴は、あの転び伴天連の持つ青銅の鍵十字架で十字をきると鳴るのです」

こんどは、佐橋与七郎がだまりこんだ。しかし、モニカお京は何を思って、このえたいの知れない同心にこんなことをしゃべり出したのであろう。もっともいましゃべったことはすでに公儀の知るところとなったことだから、あえてかくすまでもないと判断したのであろうが、それにしてもよほど切実な願いごとがあったに相違ない。

「それで、わたしのおねがいと申しますのは」

「…………」

「その青銅の十字架を蔵から盗んで、この屋敷の坂下の橋に——あの橋の下の濠《ほり》になげこんでおいては下さいますまいか」

「獄門橋《ごくもんばし》だな」

「お礼には、三日以内に、そこに千両箱がひとつ沈めてあるでございましょう」

「……しかし、蔵には、沢野忠庵がおる」

「忠庵はおそらく死んでおりましょう。また、生きておっても、わたしにたのまれたといえば、十字架をもち出すのに不服は申しますまい」

佐橋与七郎は凝然として格子の外に立ちつくしていたが、ふいに突風に舞いあげられた黒い紙きれのようにかけ去った。

それを見おくると、モニカお京は背にたれた黒髪をひとつまみ左肩から胸にまわした。それから櫛《くし》を一方の手にとった。彼女は髪を梳《くしけず》ろうというのか。

髪を梳るにしては、彼女の行為は奇怪であった。彼女は左手の五指のあいだに、四すじの髪をはさんだ。それをまるで四弦の琵琶《びわ》のごとく、そして一方の櫛を撥《ばち》のごとくにして弾じはじめたのである。むろん、何らの音も発しない。それにもかかわらず、あたかも何らかの音を発するかのごとく、モニカお京は象牙を削《そ》いだような表情をあきらかに必死無想の境に沈めて奏でつづけるのであった。

背教者沢野忠庵の眼は十字架に縫われていた。

一日目、彼は床にえがかれた血の十字架を凝視しつづけていた。いちど羽織をぬいで、それをぬぐいとろうと拭《ふ》いてみて、ところどころこすりとったが、それよりも、かくもじぶんに悪寒のごとき不快感をあたえるものの正体を、なお凝視したいという誘惑にとらえられたかのようであった。むろん、血痕《けっこん》は不快である。背教者にとって、十字架は不快である。しかし、不快なものほど逆に、異様な陶酔をよぶのが十七年間の彼の習性ではなかったのか。それゆえに、いままでも十字架をもてあそびつつ、女たちのながす血を恍惚《こうこつ》とながめてきたのではなかったか。事実彼は、その血の十字架の上をげらげら笑いながら踏んであるいた。

闇に沈んだ血の十字架が、ふいに燐光《りんこう》の炎をめらめらとあげたかにみえたのはその夜のことであった。あっと彼は両眼をおさえてよろめいた。しかし、青白い十字架は、その刹那、彼の網膜にぴしりと灼《や》きつけられてしまったのだ。

彼は盲目になったかと思った。しかし、二日目の朝があけると、眼前のものはよくみえた。ひびの入った壁も、金網の外の息苦しいほどの青葉も、卓も椅子《いす》も、書物も器具も、そして床に黒ずんだ血の十字架もきのうとおなじとおりにみえるのだ。ただ、その視界がもえる白金のごとき十字架に分断されているのだ。

色彩のある物体を少時《しばらく》見つめたのち眼をとじると、その補色の像があらわれる陰性遺像の現象は、彼も知っていた。しかし、それとこれとはちがっていた。彼は眼をあけていたし、しかもいつまでたっても消えなかった。どこをみても、何をみても、彼の眼中には白金の十字架がもえながら浮動していることに気がついたとき、悩乱の極、彼は卒倒した。そして、失神していても十字形の白光は網膜にかがやきつづけているのであった。

失神からさめると、三日目であった。

彼は血の十字架の上にへたりこんで、ただその恐ろしい幻影のみを凝視しつづけた。そして、夜半にいたって、突如瘧《おこり》に襲われたようにわなわなとふるえ出し、さけび出したのだ。

「主《しゅ》よ！　主よ！」

わななく声であったが、しかしそれは十七年前、荒れた野や山の切支丹たちにゼウスのおん奇蹟《きせき》を説いたときとおなじ歓喜にみちた絶叫であった。

「フェレイラは立ち戻りました。お裁きうけまする。御許《みもと》に参りまする」

――切支丹組同心佐橋与七郎が蔵の中に踏みこんできたとき、大背教者沢野忠庵は、彼自身が発明した鉄の絞首架に、ぶらんとぶらさがっていた。

江戸切支丹屋敷の牢獄で、モニカお京は黒髪の琵琶を弾《ひ》きおえた。髪と櫛をもとにもどすと、彼女は端坐《たんざ》し、三日月にむかって十字をきった。

「天姫《てんひめ》さま。……そして、十四人の姉妹《きようだい》よ」

彼女は、いま何者かにむかって通信し終えた言葉を、もういちど声に出してつぶやいて、凄艶《せいえん》な微笑を彫った。

「たとえ、魔女と化そうとも、天帝の金貨を天帝の敵から護りませ」

そして、彼女の首はしずかに垂れていった。「自縛心の術」によって、みずからの心臓の搏動《はくどう》を止めたのである。牢格子《ろうごうし》の縞《しま》が、その胸から膝へかけて、蒼《あお》い十字架をえがいていた。

張孔堂

一

もとは庚申坂《こうしんざか》といったのだが、切支丹屋敷ができてから、そこへゆく坂ゆえに切支丹坂と呼ばれるようになった。その坂の下り口に榎《えのき》の古木が数本亭々と立って、路傍の庚申の石碑を月明りから塗りつぶしている。

それでなくても、細い三日月だけの夜であった。真っ暗な木下闇《このしたやみ》で、だれかぶつぶつとつぶやいている者がある。

「……沢野忠庵の青銅の十字架は、切支丹組同心佐橋与七郎なるものに盗み出させて、獄門橋の下の濠へ投げこませまする」

老人らしいしゃがれ声であった。

「……もし与七郎がその通りにしてくれたなら、礼として三日以内に、そこに千両箱を沈めておいて下さいまし。与七郎には、この用を足してもらうために、やむなく天帝《ゼウス》の金貨の秘密をうちあけました。とはいえ、すでにこれは公儀も知った秘密ゆえ、切支丹組同心たる佐橋が、公儀と張り合って聖貨を狙《ねら》うなどという大それた望みを抱くはずなく、それより、その千両を手に入れる方をえらぶと信じますけれど、何やら不審なふしもございます。もし与七郎がこの依頼を裏切りましたときは」

闇の中で、何かを読んでいるような、異様な緩慢な調子であった。

「討ち果たして、江戸を去って下さいまし」

しばらく声はきえて、また独語した。

「モニカは大事な鈴を奪われました。のみならず、背教者フェレイラに身を汚されました。もはや、生きて天姫さまのもとへかえる勇気はありませぬ。せめて、フェレイラを道づれに、このまま地獄《インヘルノ》へ参りまする。……天姫さま、奪われた鈴は、かならず天姫さまの御許へかえることを信じております。そして十四人の姉妹《きようだい》よ、たとえ魔女と化そうとも、天帝《ゼウス》の金貨を天帝の敵から護りませ」

それっきり、声は絶えた。ややあって、ふとい溜息《ためいき》がひとつもれた。

声の主は、うなだれて、三日月が朧《おぼろ》な斑《ふ》をえがいている路上にあゆみ出た。頭は禿《は》げているが、白髯《はくぜん》で口を覆われた老人である。手に杖《つえ》をもち、背に琵琶を負っていた。

「琵琶法師」

　ふいに声をかけられて、その老琵琶法師は、はっとしたようにそちらに顔をふりむけたが、十歩ばかりはなれた路上に、じっと立っている三人の武士が見えたか、どうか。月光のおちた老人の眼は、盲目であった。

「何をしておる？」

　三人の武士はつかつかとちかづいてきた。いずれも黒い頭巾で面をつつんでいる。老人はたよりなげに答えた。

「ここは、どこでござりましょう？」

　耳がわるいのか、左手を耳にあてている。つんぼで、盲だとみえる。しかし、武士たちは、黙ってじっと老人の顔をみていたが、ふいに中央のひとりがむずと老人の手頸《てくび》をつかんだ。

「何を持っておる」

　つかんだ掌《て》にどれくらいの力があったか、老人は思わず指をひらいた。きらと薄光ったのは異様なものであった。それはたしかに一個の栄螺《さざえ》とみえたからである。

「怪しい法師、見せい」

　と、武士がいった。途端に老人の右腕が杖を捨て、背にまわった。同時にびゅっと凄《すさま》じい音をたてて前にふりおろされたものがある。左右の二人は、「あっ」とさけんだまま、とっさに身動きもできなかったが、中央の武士だけが身を沈めて、間一髪の白光を薙《な》ぎあげていた。

ぴいいん、と鼓膜を銀線でたたいたような美しい音が虚空をつん裂いた。琵琶法師は切断されたものをふりすてて、うしろざまに二間もとびのいた。ふたたびその手が背にまわると、一条の糸が高い榎の枝に走り、老人は蜘蛛《くも》のように空中に弧をえがいて、彼方の大木の茂みへ舞いあがっていった。その茂みをながめて、狼狽《ろうばい》しつつ二人の武士の手から蒼白《あおじろ》い閃光《せんこう》が投げあげられたが、さらにはるかな梢《こずえ》で、ざっとむささびの翔《か》けるような音がしたっきり、そのゆくえは知れなくなった。

「よせ、及ばぬ」

と、中央の武士が吐き出すようにいった。手に一刀を垂らしたままだ。

「忍者でござりましたな」

と、ひとりがなお掌中につかんだままの武器をながめて、無念げにうめいた。いま、空へ逃げた老法師めがけて投げつけたもの——「鏢《ひょう》」という忍者特有の手裏剣の一種である。

「まさか、あの老いぼれが忍者とは——忍法者と知っておれば不覚をとることもありませなんだに」

もうひとりの武士が、老人が梢から地に垂らしたまま残していった糸を切ってかえってきた。それは、はじめ彼らを鞭打《むちう》とうとして切断されたものとおなじ、琵琶の弦《つる》であった。その長さからみて、単に撥で弾くために胴にはられたものではなく、どこかに巻きこまれていて、とっさに抜きとるようになっていたものとみえる。

「それで打たれたら、刃物よりもよく切れたかもしれぬ」

琵琶糸を切った武士は、刀身を鞘《さや》におさめながらつぶやいた。

「きゃつ、何者でござりましたろう」

「……何やら、しゃべっておったな。あれをきいたか」

「されば——天姫さま、そして十四人の姉妹よ、たとえ魔女と化そうとも、天帝《ゼウス》の金貨を天帝の敵より護りませ——という言葉だけを」

「おれもそれだけきいた」

と、うなずいて、しばらく黙っていたが、またいった。

「あの切支丹娘と忠庵のことが気にかかって、切支丹屋敷をのぞきにきたのは虫の知らせであった。果たせるかな、そこまでやってきて、ふしぎな音をきいた。空をわたる琵琶のようなひびきだ」

「拙者らには聞えませなんだ」

「おまえらにも聞えぬ。まして普通の者にはきけぬ。琵琶の音には似ておるが、琵琶の音ではない。おれにも判断がつかぬ。それをいまの琵琶法師がきいておった。あの貝殻《かいがら》を耳にあてて喃《のう》。しかも、あのひびきは、何かの合図だ。言葉なのだ。きゃつは、それをききつつ、言葉に直してしゃべっていたのだ」

普通の人間は、二万サイクル以上の音波はもはや感覚することはできない。しかし、動物によっては、たとえば蝙蝠《こうもり》などはその声帯で七万サイクルの超音波を出し、且《かつ》、その反響を摂受することができるといわれる。この時代の人間として、もとより音波などという言葉は知らなかったが、彼のしゃべっているのはまさしく超音波現象であり、また彼の耳はそれを聴くことができるとみえる。——頭巾のあいだの若々しい眼は不安に波立って、きっと切支丹屋敷の方をふりあおいだ。

「ゆこう」

三人は疾風のごとく走りのぼって、深夜の切支丹屋敷の方をふりあおいだ。

「松平伊豆守家来、天草扇千代——三日前、主人とともに切支丹娘を検分に参った者です。例の女囚についていささか不審のこと出来《しゅつたい》、いまいちどとり調べたき儀がござれば、御開門ねがう」

三人の武士は、開かれた門からかけこんだ。

十数分後、彼らは、錠のおりた牢獄の中で、ひとり端坐して壁にもたれ、こときれているモニカお京を発見した。それからまた官庫の中で縊死《いし》をとげている沢野忠庵の姿を見出した。

そして、十五童女探索の鍵たるあの青銅の十字架は消え失せていた。

二

樹と石と水と――その樹々が暗いほど茂って、石や水まで緑色に染まっているせいばかりでなく、まるで深山幽谷に入ってきたような感じのするのは、たしかにそれらの樹と石と水の配置のせいであった。佐橋与七郎は、京都から高名な庭師を呼んで造らせたというこの庭を、遠望したことは何度もあるが、中に入って、こんな方角へあるいてゆくのははじめてであった。

この屋敷の主人は、白い手をうしろに組んで、しずかに前をあるいてゆく。きれいに切りそろえられた漆黒の総髪が、背の橘《たちばな》の紋にゆれている。背はひくいが、まるで百万石の大名のような寛闊さと重厚さが、その全身をふちどっていた。――日々雲集してその兵法の講義を聴く門弟は四千とも五千ともいわれ、ちかく紀州大納言に高禄《こうろく》を以《もっ》て召しかかえられるとか、いや将軍家御自身へ御進講の企てがあるとかいう噂《うわさ》のある、牛込《うしごめ》榎町《えのきちょう》の大道場張孔堂のあるじ、由比民部之介正雪《ゆいみんぶのすけしょうせつ》がこの人物であった。

――この由比正雪の革命の陰謀が発覚したいわゆる「慶安《けいあん》の変」は、この翌年のことである。この事件の真相は、幕府のために記録がほとんど抹殺されたために、今にいたるもまったくわからない。ただ、失敗したあとからでは、実に他愛なく無謀な冒険にすぎなかったように思われる。しかし、再考してみるのに、作者は必ずしもそうは思わない。この世に、人ほど多く、人ほど少いものはない。プロ野球でもまず頼りになる選手は一球団にせいぜい五人である。俳優でもスターとして遇されているのは一映画会社に十人内外であろう。作家、画家、音楽家、それぞれの分野でまず自他ともにゆるすのは五十人内外である。政治家でも実業家でも、いわゆる実力者は、相当大目にみて、これまたまず五十人である。すなわち、わずか五十人前後が、それぞれの世界を動かしているのだ。若し真の人材が五十人、真の熱火のごとき一団となって事を起せば、天下に成らざることはない。少なくとも大事をなし得る可能性はないとはいえないのである。

ただし、切支丹組同心佐橋与七郎は、数年来この張孔堂に出入しているが、正雪の野心を知らなかった。ただ、この人物の栄達の噂を信じた。少くとも、必ず大いに成するの人だと信じた。彼が、切支丹屋敷で探りあてたことを、ひそかに注進したのは、これによって正雪に注目され、その栄達の糸にぶら下がりたいというさかしらな望みからだけにすぎない。

「面白いことをきかせてくれた」

正雪はそういって、しばらく与七郎の顔を見つめていた。はじめ微笑していたきれながの眼が、このときじっとすわって、一種の妖光《ようこう》をはなった。そして、ふいに立って、与七郎を庭へいざなったのである。

——いったい、何処《いずこ》へ、何しにゆくのか？

泉水のふちをめぐり、竹林のあいだを通ると、築山《つきやま》がみえた。築山の下に、六角の風雅な阿亭《あずまや》があった。草ぶきの阿亭に、あかあかと夕日がさしている。その阿亭は、うしろの築山によりそうようにたてられていて、その背の部分が壁になっているほかは、柱のみの吹き通しであった。まんなかに、まるい石の卓子《たくし》があった。

正雪はその石の卓子にそえられた石の台に腰をおろした。

「御公儀には隠密というものがある」

と、正雪は微笑してこんなことをいい出した。

「とくに伊豆守様は、隠密使いの名人ということじゃ。しかも、このごろ諸大名の身辺をうかがう隠密には、忍びの術にたけておる者が多い——とみられるふしがある」

「先生、どうして左様なことを御存じです」

なんのために、正雪がそんなことをいい出したのか、途惑《とまど》いながら佐橋与七郎はきいた。

「それは、わたしも隠密を使っているからだ。彼らは諸国にゆき、諸大名の内状を探り、風のごとくに帰ってくる。——今日より同志となった貴公を、彼らにひきあわせよう」

そういうと、正雪は石の卓子を手にかけて、しずかにそれを廻《まわ》し出した。佐橋与七郎は息をのんだ。卓子が廻ると同時に、六角の阿亭そのものが、音もなく廻り出したのである。壁が庭の方へ、入口が築山の方へ。——そして、反対に廻った入口は、暗々たる空洞を生み出した。

「参ろう」

正雪は、与七郎の手をつかんだ。蛇のように冷たい感触であった。空洞の傍にひきずりよせられると、階段が下へつづいているのがみえた。

美しい築山の下に隧道《トンネル》が掘りぬかれていたのだ。いや、築山そのものが掘り出した土で築かれたものであったのだ。——佐橋与七郎は混迷した表情で、正雪にみちびかれて、土の階段を下りていった。

十数段おりると、壁に龕《がん》のようにえぐられた四角なくぼみがあって、燈心《とうしん》のもえるあぶら皿が置かれてあった。下りるにつれて、またあぶら皿がもえ、水滴をひからせた壁を照らしていた。与七郎の心は、抵抗しがたい恐怖に粟立《あわだ》ってきた。このひとは、いつ、何のためにこんな大工事をやったのか。じぶんは、途方もない人物にかかわりあったのではないか？

やがて土の階段をおりつくして、佐橋与七郎は茫然《ぼうぜん》としてたたずんだ。ここは地底何十尺にあたるのであろうか。天井も人の背の三倍はたしかにある。まるで巨大な土の筐《はこ》のような空間であった。三方は土の壁になっていて、真正面だけ四枚の板戸がならんでいる。高い天井までとどいた板戸は黒々として、みるからに厚そうであった。

しかし、むろんその奥に何かあるのだ。それは戸というものの機能からそう判断されるということ以外に、その戸のむこうにたしかに人間の気配があるからであった。声ではない、物音でもない。けれど、決してひとりではない人間のむれのうごいている気配が。

「張」と正雪はさけんだ。すると、どこかで「孔」と応《こた》える声がした。

ぎ、ぎ、ぎ……と重々しいきしみをあげて、その板戸がひらいた。まんなかの二枚が左右にうごいて、そこに灯の柱が立った。

「灯りを消せ」

と、正雪はまたいった。十ちかくもともっていた雪洞《ぼんぼり》がいっせいにふっと消えた。

しかし佐橋与七郎の、あっとむき出した眼球には、一瞬みた光景が眼華《がんか》のごとく残った。

板戸の向うは、豪奢《ごうしゃ》な座敷になっていた。そのなかに何十人という男と女が、立ったり、坐ったり、寝そべったりしていたのである。女の大半は、たしかに白い裸身であった。雪洞に香煙がまつわり、それはまるで、漂う幻影のようにみえた。

闇の中で、正雪はしずかに、法王の金貨と十五人の切支丹娘の鈴のことを話しはじめた。

三

これは荒唐無稽《こうとうむけい》な話ではない、と思われるふしがある、と正雪はいい、われらの軍資金として、是非ともその百万エクーの黄金が欲しいのだ、とむすんだ。

「ところで、ただいま帰っておる者どもは誰々《だれだれ》じゃ。名を申せ」

正雪の声に、闇中から返答がつづいた。

「漣甚内《さざなみじんない》おります」

「真昼狂念《まひるきようねん》でござる」

「日ノ輪内膳《ひわないぜん》」

「十六夜鞭馬《いざよいべんま》」

「鶯道忍《うぐいすどうにん》」

「不知火左京《しらぬいさきよう》で」

「天王寺勘助《てんのうじかんすけ》」

「桐ノ木将曹《きりきしようそう》でござる」

「弟子丸銅斎《でしまるどうさい》」

「大文字弥門《だいもじやもん》おりまする」

「篝兵部《かがりひょうぶ》」

「猿羽根冬心《さばねとうしん》」

「秦卍丸《はたまんじまる》です」

「赤厨子丹波《あかずしたんば》」

「朽ノ葉帯刀《くちはたてわき》でござります」

　まじめな声もあった。笑うような声もあった。溜息のような声もあった。すべて陰々たるひびきを帯びていた。――佐橋与七郎は頭をかきむしりたい思いになった。いまきいた声の中には、たしかにこれまで道場や講堂できいた声がある。しかし、それが誰だか思い出せないし、だいいち、彼の知っている者には、ひとりとしてそんな奇妙な名はなかったのだ。

「十五人」

　と、正雪は指を折っていた様子であった。

「わたしは運がよい。偶然であろうが、これは甲賀卍谷《こうがまんじだに》出身の手練《てだれ》の忍者ばかりではないか？」

　それから、またいった。

「その十五人、のこらず一度に九州にやるのはちとつらいが、やはりみないってくれい。

なぜならば」

　声が、きっとなった。

「鈴を秘めた娘は十五人、そのうち一人は切支丹屋敷で死んだそうだが、なお十四人残っておる。それを一刻も早く探し出さねばならぬ。なぜかと申せば、伊豆もこのことを知った上は、かならず探索の手をのばすに相違ないからじゃ。しかも、わたしのみるところでは、伊豆は、このごろしきりに使いおる例の伊賀者《いがもの》どもをやるのではないかと思う」

「面白うござる」

　と、闇の中で、だれかが答えた。

「その上――この佐橋よりきけば、切支丹娘そのものも奇怪な伴天連の妖術《ようじゅつ》を身につけておると思われるふしもあるぞ」

「いよいよ以て。――百万両の黄金より、いま承《うけたま》わったことの方がわれらの血をわきたたせるようでござる」

　正雪は笑った。それからふところをまさぐった。

「よし、それではここに、この佐橋が盗んできた例の青銅の十字架がある。これを以て十字をきれば、切支丹娘の鈴が鳴るとやら、何よりの手がかりではあるが、これは一つしかない。まず誰にこれを持たすべきか、もとよりわたしには判断がつかぬ。すべて、そなたらに委《まか》す。——受け取った者が第一に持て」

　闇の中に、青銅の十字架が投げられた。誰が受け取ったかわからない。ただ、うれしげな声がきこえた。

「それでは、そろそろ、この地底の港を出るとしようか」

「おお——これ、これ、はなせ」

「またすぐに帰ってくるわ」

　物凄《ものすご》い哄笑とともに、肉と肉のぶつかる音がした。女を抱きしめたような気配でもあったし、蹴《け》はなした気配でもあった。

　佐橋与七郎のまえの闇を、なまぐさい、黒い奔流のようなものがかけぬけていった。与七郎は放心状態というより、眩暈《めまい》に似た感覚におちいって、茫乎としてつっ立っていたが、その黒い波に吸いこまれるように、ふらふらとそのあとを追おうとした。

「待て」

　と、正雪の冷たい声はまだ残り、れいの蛇の肌のような手が彼をとらえた。

「万が一、そなたのいったことが偽りならば、生きてここを出さぬぞ」

「せ、先生、少くともわたしの申したことは、わたしのきいた通りです」

「まことか、うそか、三日待つ。そなたの話では、三日以内に——いいや、それがきのうのきょうとなっては二日以内に、切支丹屋敷獄門橋の下から青銅の十字架をひろいあげ、千両箱を沈める者があるという。いうまでもなく、死んだ切支丹娘と一味のものじゃ。それをとらえるまで、ここにおれ」

どんとつきはなされて、佐橋与七郎は板戸の中へころがりこんだ。ぎ、ぎ、ぎ……としまる板戸の音をききながら、与七郎ははね起きることができなかった。たおれると同時に、その四肢にからみついてきたものがあるのだ。

それは、無数の女の四肢であった。与七郎は悲鳴をあげながら、さっき誰かがここを「地底の港」といったことを頭によみがえらせた。それは正雪私設の隠密組が任務を果たして帰邸したあと、秘密にくつろぐ女の港という意味であろうか。それにしても、くつろぎにしては、あまりにも強烈な官能の波濤《はとう》であった。

十幾つかの女の口は、いずれも火のような息を吐いていた。与七郎はさっきからじぶんを襲っている眩暈が、鼻口にからまる異様な甘美な匂《にお》いによるものであることに気がついた。それは香煙と女の体臭の濃密に解けあった匂いであった。あきらかに香煙は媚《び》薬《やく》を焚《た》いたものであり、女の体臭も媚薬そのものに染まりぬいていた。

与七郎の衣服はびりびりにひき裂かれ、肌を無数の汗ばんだ手が這《は》いまわった。唇はもとより、頰《ほお》にも頸《くび》にも、蛭《ひる》のようなものが吸いついてきた。きのうまで、陰鬱《いんうつ》な切支丹屋敷の番所に能面みたいな顔をはめこんでいたこの同心は、分にはずれた野心からみずから招いたこの女地獄で、獣のようにのたうちまわった。曾《かつ》て、沢野忠庵の蜘蛛糸におちる切支丹娘たちを見送って、「出てくるときは、狂人か、死びとか。――」と冷然とつぶやいたこの男が、おのれが突如として同様な運命におちるとは夢にも考えなかったろう。

「助けてくれ、助けて、――」

悲鳴が、断末魔のうめきとも、快美のきわみのうめきともつかぬ声に変ってゆき、しだいにかすれていった。この分でゆくと、二日以内どころか、夜の明けるまでに佐橋与七郎の寿命は尽きるかもしれぬ。また、それも正雪は承知の上であったのかもしれぬ。

天草党

一

「張」

そう呼んだ声を、女のひとりがきいた。この合言葉を知っているのは、任務を果たしてここに帰ってくる「張孔堂隠密組」と、当の張孔堂正雪のほかにだれもいなかった。いつも、たいてい、その隠密組のだれかがいるのだが、今夜は男はひとりもいなかった。ただ、すきまもなく白い蛇のように無数の女の四肢にからみつかれ、おしつぶされて、いまはうめき声すらたてなくなったひとりの男を除いては。

主として、諸国の遊女町から身請けされて、ここへ送りこまれた女たちである。むろん身請けのときは、大藩の重役やら富商の隠居やらと偽わられてきたのだが、ひとたびこの地底の鎖につながれてからというものは、不断に焚《た》かれる媚薬の香煙のために、全身全霊ただ肉欲のかたまりに変質された女たちだ。「隠密」のひとりが帰ってきたのだと思った。いや、彼女たちにとっては、「男」が帰ってきたのだと思った。

「孔」

雪洞はふたたびついていた。歓喜に肉をわななかせながら、その女は、部屋の隅にたれさがっていた金色の鎖をひいた。ぎ、ぎ、ぎ……と、重い音をきしませながら、板戸がひらいた。

老人がひとりそこに立っていた。白髯を胸までたれた琵琶法師である。背に琵琶を負っている。彼は耳にあてていた貝をふところにしまいこむと、さすがに、

「ほう」

と、いった。洞穴《ほらあな》のような眼窩《がんか》のおくに、眼はとじられているのに、まるで眼あきとおなじようにつぶやいた。

「妙なものを作っておる。何のつもりか?」

それは、この部屋《へや》のことであり、これを作った人間の意志をいぶかしんだ言葉であったろう。女たちは、老人をみても驚かなかった。ここに帰ってくる男たちは、年齢、容《よう》貌《ぼう》、装束《そうぞく》、ときには外見の性別すらもさまざまであったからである。それは各人異るとともに、一個人がそのたびごとに千変万化した。ただ、女たちにとっては、それが「男」でありさえすればよかったのだ。しかし、この老人には、男の匂いがなかった。人間は

おろか、動物の匂いもしなかった。まるで木か石のような――そのくせ、凍りつくような妖気《ようき》があった。

　琵琶法師は、女たちを文字通り無視して、すうと入ってきた。また女たちが、眼にみえぬ妖気の靄《もや》につきのけられたように身をひいたのである。

「佐橋与七郎」

　と、老人は、そこにへたばった切支丹組同心の髷《まげ》をつかんだ。まるはだかにちかい佐橋与七郎は、杖でもひき起されたように立ったが、死魚みたいな眼で老人を見たきりであった。彼はまだ完全に正気づかなかったが、たとえ気はたしかとしても、その老人が何者か、また見知らぬ老人がどうしてじぶんの名を知っているのか、五里霧中であったろう。

「着せろ」

　と、琵琶法師は、ちらばった同心の衣服にあごをしゃくった。女たちは傀儡《かいらい》みたいにうごき出した。与七郎は、ぼろぼろになった着物をまとわされた。

「ゆこう」

　そういっても、与七郎がなお茫然と立っているのをみると、老人の腕が肩にあがった。背からひとすじの琵琶糸がすべり出すと、それは、与七郎の頸にまきついた。老人があるき出すにつれて、同心も犬みたいにあるき出した。

「わしは、おまえが組屋敷を出るときから見ておった。この家の主人が、阿亭《あずまや》の石をまわして、この地の底へ、おまえをつれこむのも」

と、土の階段をのぼりながら、琵琶法師はいった。

「それから、正雪とやらがしゃべり、命じた命令も、上の阿亭できいておった」

この老人がふつうの耳ではきこえない音波ですら聴きわける貝殻をもっていることを知らない者には、それは信じられないことであった。

「あの十五人の忍法者、いずれも容易ならぬ者どもじゃ、あの青銅の十字架をもっておると知りつつ、わしもとっさには手が出なんだ」

青銅の十字架、ときいて、放心状態にあった佐橋与七郎は、はじめてはっと老人の背を見あげていた。

「あなたは」

と、さけぼうとして、頸にかかった琵琶糸に息がつまり、指をやったが爪《つめ》もたたなかった。老人はふりむいた。冷たい息が、与七郎の顔に吹きつけた。

「うぬは、モニカお京の頼みを裏切ったな。その罰をあたえるためにわしは来た」

与七郎は満面を黒紫色にしてもがいたが、老人がもう背をみせて、冷然と土の階段を上ってゆくのに、ひきずられていった。阿亭の穴が夜明前の蒼味《あおみ》をおびてみえてきた。

「しかし、わしはわしの手では殺さぬ。成敗はべつの奴《やつ》にまかせよう。おろかな欲の罰は、そちらで受けろ」

夜明前であった。張孔堂正雪はふいに胸さわぎをおぼえて、がばと閨《ねや》の上に起きなおった。しばらく庭の方へ耳をすませていたが、やがて手燭と脇差《わきざし》をとって出ていった。

阿亭にきた。何の異常もない。しかし、彼は石の卓を廻して、もういちど地底へおりていった。そしてはじめて佐橋与七郎の消失していることを知ったのである。彼は女たちから、琵琶法師の話をきいた。女たちの話もあいまいであったが、正雪はさらにその正体がわからなかった。彼は黙々と打ち案じて、ふたたび土の階段をのぼっていった。

阿亭にもどると、彼はつぶやいた。

「――伊豆か？」

そして、腰の脇差を鞘ごめにぬいて、穴のすぐ内側の壁の下にはめこまれた将棋盤大の石をこじり出した。半分ばかりせり出すと、正雪はこれを手で押した。石は階段を重いひびきをあげておちていったが、それを追って、ひとすじの砂が降りそそぎはじめたのである。すぐにそれは奔流となった。石の除かれた穴から、凄じい――しかし音のない砂の滝が落ち出したのをみると、正雪は阿亭の中央にもどって、石の卓を廻した。阿亭は廻転して、壁面は、砂けむりの立つその穴をかくした。

由比張孔堂正雪は、石の卓子に頬杖《ほおづえ》をついていた。総髪はひとすじの乱れもみせず、白皙《はくせき》の額に半眼の表情は、兵学の哲理の瞑想《めいそう》にふけっているようにみえたし、また春の夜明けの庭園に囀《さえず》りはじめた涼しい小鳥の声にききほれているようにもみえた。しかし、見えない穴の底では、砂の瀑布が音もなく秘密の空間を埋めてゆきつつあるのであった。美しい十何人かの女もろともに。

二

——まだ夜明前の薄闇《うすやみ》に沈んでいるが、ここもまた築山を思わせる庭園である。足もともさだかでないのに、灯もかかげず白頭巾《しろずきん》の人が歩いていった。黙々として、そのうしろにひとりの侍臣が従ってゆくが、これまた黒い覆面で面《おもて》をつつんでいた。

平川御門《ひらかわごもん》内にある松平伊豆守の屋敷であった。屋敷はまだ深沈と静寂の中に眠っている。とはいえ、宿直《とのい》の侍も数多く眼ざめているはずだが、誰一人として、庭をうごいている者の気配を感づかなかった。況《いわん》や、それが当の主人だと知ったなら、彼らは息をのんだに相違ない。

奥庭の泉水のほとりまでくると、ふたりは立ちどまった。

「……旅立ちに際し、御目通りに相成るぞ」

と侍臣がいった。しかし、伊豆守の眼には、夜明けの風にそよぐ草や石燈籠《いしどうろう》はみえるのに、そこに人間がいるとはみえなかった。

「天草衆よな」

と、伊豆守はいった。

「このたびの御用の趣き、扇千代からきいたであろうが、大儀である。切支丹どもの隠しおる財宝は、是が非でも押えねば、いつ第二の大乱をひき起すやはかりがたい。その財宝のありかを刻んだ十五の鈴は、十五人の娘の体内にある。その一つは、ここにおる扇千代が持っておるが、ただ一文字、聖とあるばかりで、何の意味やらまだ知れぬ。あとの十四人の娘をいそぎ探さねばならぬ。それを探しあてる手がかりとなる青銅の十字架は、いかなるゆえか、山屋敷より消え失せた。されば、どうあっても、おまえら忍者のはたらきに頼らねばならぬ。——」

「伊豆守様仰せには」

と、黒い頭巾のあいだから、きれながの眼をなげて、侍臣の天草扇千代はいった。

「このたびの御用、首尾よく果たした上は、天草家の再興をおゆるし下さるとのことじゃ。六十年来のわれら一族の夢のかなえられる日がついに来たのだぞ」

はじめて、闇の中に異様な波のわたったのが感じられた。

六十年、と心中につぶやいて伊豆守は、その歳月のあいだ、その夢を抱きつづけてきた一群の人間に、戦慄《せんりつ》に似た感慨をもたずにはいられなかった。天草一族が滅亡したのは、伊豆守すらもまだ生まれぬ天正十六年のことであったのに。

肥後《ひご》の天草島《あまくさ》は、史書にあらわれぬむかしから、天草家と名乗る一族の統《す》べるところであったが、天正十六年、豊太閤《ほうたいこう》の九州征伐に際し、頑としてその威令に服しなかったために滅ぼされた。そして、そのあとはこの征服の陣頭に立った小西摂津守《せっつのかみ》行長にあたえられ、行長が関ケ原に敗れたあとは加藤家へ、さらに寺沢家へと移り、ついに苛政《かせい》の果てにあの乱をひきおこし、乱後は長崎奉行支配下の天領とされたのである。

伊豆守がこの一族の存在をはじめて知ったのは、その島原の乱に彼が征討軍の総司令官として、その地に至ったときであった。百人あまりの異様な野性と凄味《すごみ》をもった武士が陣営を訪れて、切支丹誅伐《ちゅうばつ》のたたかいに協力を申し出た。伊豆守ははじめこれをしりぞけたが、彼らがその昔の天草家の遺臣群であると知り、島原天草一帯の地理に明るい上に、ことごとく忍びの術にたけていることを知ってからは、むしろ彼らの参陣を求めた。彼らのはたらきは攻囲軍の舌をまかせたが、なかでも最大の手柄は、落城前夜の原城に潜入し、城兵たちが餓死に瀕《ひん》していることをつきとめて、伊豆守に総攻撃の決断をあたえる戦機をとらえさせたことであった。

伊豆守は、彼らの奮闘の目的を知っていた。それは主家を滅亡させた小西家への恨みから、ひいてはオーギュスタン行長が熱烈に流布した切支丹への憎悪であり、さらにはもとより天草家再興の悲願によるものであった。伊豆守は彼らのはたらきを認め、彼らの志を諒《りよう》としたが、この大乱鎮圧の功賞として、一握りの天草衆に天草を返還することはゆるされなかった。九州諸大名十数万の大軍を動員した当時としては、かえってこれは出来ないことだったのである。伊豆守は彼らを召し抱えようといったが、彼らはうなだれて去った。

そのときから天草衆は、当時十一、二歳の美しい少年を護って、崇《あが》めていた。主家の嫡孫ということであったが、その少年天草扇千代が、数十人のやはり異様な凄味と野性をもった遺臣たちにかこまれ、伊豆守のまえに、若々しい青年として現われたのは数年前のことである。彼は伊豆守に奉公を申し出た。十二年前に奉公を断り、いまみずから申し出た理由をきくと、遺臣の老人が、それは、立派に成長した扇千代を伊賀の山中に埋もれさせておくことのいたわしさと、彼らがそこで鍛練した忍法のゆきつくところ、われながら恐怖をおぼえてきたからであるといった。

天草を追われたこの一族が、どうして伊賀の山中へのがれて忍法をたしなむようになったかは、伊豆守もふかくは知らぬ。おそらく亡家の遺臣として、新領主に抵抗しようとする隠微な執念から発したものであったろう。しかしながら、のちになっては、この不可思議な体術心術を、やはり天草家再興の機をつかむ武器として養ってきたものであることは疑いをいれない。

天草扇千代は、伊豆守の侍臣となった。しかし、彼の家来は、みな表面に出ることを避けた。御用があれば、扇千代様おひとりにお申しつけ下されい、われら扇千代様と一体でござるゆえ、それにて充分でござる、と彼らは望み、のちになって信綱が、隠密御用のうち至難な役目を彼らに命じるのが最も有効であるということを知ってからは、同時にこの陰の天草衆の存在がいかにも好都合であることを認めた。

彼らの隠れた奉公に対して、いつかは酬《むく》いてやりたいという気持は充分伊豆守にあった。また扇千代を身ぢかにつかうにつれて、彼らの一族の悲願をかなえてやりたいという同情の念もきざしていた。そしてまた、事と次第では、天草をふたたび天草家にかえすことも、いまの伊豆守の地位では必ずしも不可能なことではないという外部的な変化もあったのである。

かくて伊豆守は、いまついに切支丹の秘める百万エクーの財宝をつきとめることを条件に、天草家再興の言質《げんち》をあたえたのだ。

「殿に対し、名を名のって御礼を申すよう」

と、天草扇千代はいった。しずかな声が起った。

「かたじけのう存じまする。鳥羽大膳亮《とばだいぜんのすけ》と申しまする」

「志摩法之進《しまほうのしん》でござります」

「葛城道四郎《かつらぎどうしろう》」

「秩父《ちちぶ》八十八《やそはち》」

「那智《なち》孫九郎《まごくろう》と申す」

「阿波《あわ》小刑部《こぎょうぶ》」

「勿来《なこそ》銀之丞《ぎんのじょう》です」

「厨川《くりやがわ》半心軒《はんしんけん》」

「百済《くだら》水阿弥《みずあみ》」

「結城《ゆうき》矢五郎《やごろう》にござる」

「曾我《そが》杢兵衛《もくべえ》にござる」

「中嶽《なかだけ》塔之介《とうのすけ》」

「騎西《きさい》半太夫《はんだゆう》」

「当麻《たいま》伊三次《いそうじ》と申しまする。ありがとうございまする」

「わたしとあわせて十五人」

と、天草扇千代は伊豆守を見あげた。自信と微笑にあふれた眼であった。

「残る童女とやらは十四人でございますが、ほかに天姫と申す女がおるようにございますれば」

「おお、その天姫じゃ」

と、伊豆守はいった。

「余の調べたところでは、大友宗麟の曾孫《ひまご》に天姫と申すものがあるぞ。長崎奉行所の記録には、寛永《かんえい》七年、長崎にて病死したるマキゼンシア桑姫《くわひめ》なる切支丹あり、これが宗麟の孫娘であったことがのちに判明いたしたが、当時桑姫に天姫なる二、三歳の女児があったということじゃ。しかし、その後、天姫のゆくえは知れぬとある」

「天姫！　天姫！　それでござる」

　と、天草扇千代はさけび出した。

「殿、忠庵が申したことをお憶《おぼ》えでござりましょう。ジュリアン中浦は大友の家臣にて、それがジュリアンに仕えておった下僕ミカエル助蔵なるものが抱いてきた世にも美しき童女をうやうやしげに礼拝していたということを。――その童女こそ、宗麟の血をつたえる天姫に相違ござらぬ。寛永七年当時二、三歳であったとすれば、それから十九年後のいまでは二十一、二。――さらに」

　と、眼をきらめかして、

「先日、切支丹坂にて逢《あ》った奇怪な琵琶法師《びわほうし》こそ、そのミカエル助蔵と申すものではござりますまいか。これは、当方が法王の金貨とやらを知ったということを、むこうにも知られたに相違ありませんぞ」

　といったとき、伊豆守の周囲の大地から十幾つかの煙のかたまりのようなものが立った。薄明の中に、それが十四人の黒装束の男たちであることを伊豆守がみとめるよりはやく、一閃《いっせん》銀蛇がひらめいて、空中に、ぴいいん、と美しいひびきがこだました。

そして、忍者の輪の中に、天からひとりの男が降ってきた。遠くから、しゃがれた笑い声がわたってきた。

「張孔堂からも十五人の忍者が九州へ飛び立ったぞ。くわしいことはその切支丹同心にきけ。――」

天草衆がどっと大地を蹴ったとき、蒼茫《そうぼう》たるひかりにふちどられた遠い大屋根に、琵琶法師らしい孤影が立っているのがみえたが、たちまち雲に溶けこむように、飄《ひょう》とうすれて消えてしまった。

三

大地にへたばった男は、大屋根の上にひきずりあげられていて、手前の大欅《おおけやき》にかけて張られた糸で、空から地へ巨大な弧をえがいて振りおとされてきたものであった。その糸が、長い琵琶糸様《よう》のものであることが知れたのも、あとになってからのことである。数人の忍者は、屋根からきえた妖《あや》しい影を追ってかけ去っていた。

「これ」

と、伊豆守に睨《にら》みつけられて、彼は恐怖のあまり声も出なかった。

「切支丹同心——そういえば、どこぞで見たおぼえがあるぞ。名は何という」

「さ、佐橋与七郎と申すもので……」

彼はようやくいった。そして寒天の化物みたいにふるえながら、昨日からのことを白状した。

「何、由比が——やはり、きゃつが喃《のう》」

伊豆守は長嘆して、驚きの通りすぎたあとは、何やらじっと考えにふけっている様子であった。

「きゃつのことだ。おいそれと尻尾《しっぽ》をつかませるまい」

と、つぶやいて、ふいにきっと扇千代を見すえた。

「しかし、これは容易ならぬ。扇千代、めざす女どもは妖しき術を使うおそれもあるに、また一方には、由比の甲賀者という敵があらわれたぞ」

「甲賀者、面白うござる」

と、ひとりの忍者がうれしげな叫びをあげた。佐橋与七郎は、それが由比屋敷の地下室で正雪が、

「伊豆は伊賀者をつかうぞ」

といったとき、闇の中で、「面白うござる」とこたえた声のひびきと符節を合するよ

うなので、思わず身ぶるいした。

「由比の忍者とたたかって、自信があるか？」

「殿。……いつぞやの沢野忠庵の指をお憶えてござりましょうや。忍法を知らぬきゃつすら、一念の極まるところ、あのような、不可思議を現わしました。ましてや、はじめからそのつもりにて忍法に惨苦の修行をつんだこの者ども。――」

声が、凄然《せいぜん》と笑った。

「殿、それは面白うござります。由比の忍者とやらは――いまさら捕えようとしたとて捕えられるものでもありますまいが――そのまま放たれませ。いかに妖術をあやつるとは申せ、女相手の忍法争いに関するかぎり、何やら心浮かぬふしもあったのでござります」

と、天草扇千代はいった。

「それに、きゃつらの手にあの青銅の十字架が入ったとあれば、その青銅の十字架のあるところ、この〝聖〟の鈴が共鳴りを発します。敵の武器は、そのまま彼らの正体を知らすのでござります。女どもの鈴は鳴り、われらの鈴も鳴る。これは三つ巴《どもえ》の忍法争い、思うただけでぞくぞくするほど面白うござる。――では」

と、言った。

伊豆守は手をあげた。

「待て、扇千代、いまのこやつの話、二日のちに切支丹屋敷の獄門橋に、死んだ切支丹娘の一味があらわれるとみえるが、それを見とどけてからの方がよくはないか」

「御無用でござりましょう。それがおそらくあの琵琶法師。すべてを知った以上、もはやそこにあらわれることはありますまい」

「左様か。——それでは、それは余《よ》の方で見ておこう」

そのとき、ひとりの忍者がすうとあゆみ出て、佐橋与七郎の前に立った。

「殿、こやつはいかがあそばします」

「おお、どうせ成敗いたさねば相ならぬ奴《やつ》、公儀に叛《そむ》いたにくい奴め、磔獄門《はりつけごくもん》にしてもあきたらぬ」

「御免」

と、いうと、その黒装束は両手を出して、佐橋与七郎の髪を二か所つかんだ。長い真っ黒な鉤《かぎ》のような爪であった。とみるまに、それがさっと下にはしると、名状しがたい音がして、佐橋与七郎は顔から下肢まで、衣服はおろか全身の皮膚がひき剝《む》かれたのである。

「殿、獄門磔はこのあとでなされ」

真っ赤な肉に血管や神経を露出させてえたいのしれぬ物体となった切支丹組同心をみて、物に動ぜぬ松平伊豆守も思わず顔を覆った。

そのふたりを残して、忍者天草党は、薄明りの中を黒い奔流のように走り去った。

二日のち、春雨のふる切支丹屋敷の下、獄門橋のあたりをうろうろして、しきりに濠《ほり》をのぞきこんでいる浪人風の男があった。

そのとき、切支丹屋敷から四、五人の男が石段をおりてきた。

浪人はにげようとしたが、その中の傘をさしかけられた貴人のしずかな、つらぬくような眼光に逢うと、何くわぬ顔で濠に石をなげこみ、急に酔ったような足どりをみせて、ひょろひょろと坂をおりていった。

「あ、あれは本郷の――」

と、切支丹屋敷の役人のひとりが口ばしったのに、蛇の目の下で松平伊豆守はふりかえった。

「存じておるか。あれは誰じゃ」

「あれは本郷のお茶の水にて槍術《そうじゅつ》の町道場をひらきおります丸橋忠弥《まるはしちゅうや》と申す御仁にござります」

マリア十五玄義図

一

長崎の春は大空に鳴る風箏《ふうそう》が呼びたてる。

風箏とは、凧《たこ》のことである。長崎では紙鳶《はた》という。凧をあげることをとくに愛するのは、関八州、遠江《とおとうみ》、伊予《いよ》、土佐《とさ》など諸国にまれではないが、肥前長崎ほどこの遊戯に熱狂するところはあるまい。これは春の風物詩というより、紙鳶《はた》をあげなければ、長崎にとって春はこないかのようであった。

それは、二月、風頭山《かざがしらやま》の紙鳶揚《はたあ》げからはじまり、金比羅《こんぴら》山麓《さんろく》やら、茶臼岳《ちゃうすだけ》やら、それぞれ日がきまっていて、市民は子供のみならず、大人、さらには出島《でじま》の和蘭陀人《オランダじん》や唐人屋敷の唐人まで、思い思いに趣向をこらした紙鳶をあげて、その美と力と飛翔力を競う。

子供があげる小紙鳶《こばた》、唐人があげる蝶《ちょう》紙鳶、蜻蛉《とんぼ》紙鳶に蝙蝠《こうもり》紙鳶に百足《むかで》紙鳶、入道紙鳶に障子紙鳶などはそれぞれの形状からきたものであり、桐《きり》に鳳凰《ほうおう》、松に鶴、天下泰平など絵や文字をかいた文字紙鳶のなかに、トランプ様《よう》の図柄などがまじっているのは長崎ならではのことだ。が、これらのなかで独特なのは「婆羅門《ばらもん》」と称する紙鳶であった。長崎名勝図会にこの婆羅門紙鳶のことを、「通例雲竜をえがく。簾を裂弓にかけて頭におく。空中風をうけて声あり雷鳴のごとし。これを弦と称す」とある。すなわち弦とは、紙鳶《はた》にとりつけた箏琴《そうきん》のことであった。

人々は、これらの紙鳶をかけあわせる。紙鳶が雲上はるかに高くあがり小さくみえるころ、人々は気流をはかり秘術をつくして紙鳶をあやつり、糸と糸をからみあわせる。糸は硝子《ガラス》を粉砕して糊《のり》にまぶしたものを塗りつけたいわゆるびいどろ縒麻《よま》と称するもので、切られた紙鳶は、春の蒼《あお》い空へ小鳥のようにとんでゆく。

「愛宕《あたご》の山から風もらおう。いーんま、風戻そう」
「稲佐《いなさ》の山から風もらおう。いーんま、風戻そう」
「あっ、トンバ打った、トンバ打った！」
「つぶらかせ、つぶらかせ！」

紙鳶あげの季節がすぎようとして、その最後の日ともいうべき風頭の山上のにぎわいであった。あちこちに、紙鳶、糸、菓子などを売る茶店も出ている。子供のさけび、大人の歓声、笑う声、泣く声、喧嘩《けんか》する声、まるでつんぼになりそうなのに、さらに蒼い空には何十という色とりどりの紙鳶が――例の婆羅門の風箏が鳴りわたっていた。北を望めば、長崎の町は指呼のうちにあり、その彼方に美しい入江が霞んでいた。

山上の何百という顔はひとつのこらず大空をあおいでいるのに、「や？」と奇妙な声をあげて、手もとをのぞいた者がある。群衆の中をあるいていた深編笠《ふかあみがさ》の浪人風の男であった。彼は手に、黒い布でくるんだ十字形のものをもっていた。

「はてな」

と、たちどまって、耳に手をあてたが、ふいに深編笠のかげで眼を爛《らん》とひからせて傍《かたわら》をふりかえった。

長崎の市民は紙鳶揚《はたあ》げの日に、ただ紙鳶ばかり揚げるためにくるのではない。彼らはおのおの行厨《こうちゅう》をたずさえ、樽《たる》を擁して集まり、草上に或《ある》いは毛氈《もうせん》をしき、幔幕《まんまく》を張り、なかには美妓《びぎ》を侍らせて音曲鳴物をききつけ見物するものも少くなかったのである。

浪人は傍の幔幕に、鎌車《かまぐるま》の紋をみた。珍しい紋だが、長崎の人で、それを知らぬ者はない。だからこそ、雑踏のその一画《いっかく》にちかづく者もなかったのだが、それは、長崎奉行馬場《ばば》采女正《うねめのしょう》の家紋であった。それに気がつかなかったのか、それともただならぬ驚きの衝撃にうたれたのか彼は恐ろしい勢いでその十字の物体をふりおろして、

「きこえる――鈴の音《ね》が！」

うめいて、その幔幕の方へはせ寄った。その絶叫よりはやく、幕をはねのけて、ひと

りの男が現われた。女ではなかった。若々しい薔薇色《ばらいろ》の頰に大名の公子のような優雅さがあるが、眼ばかり寒夜の星のような冷やかさがある。これは江戸から来た天草扇千代《あまくさせんちよ》であった。

江戸を発《た》ってから十日目である。いや、彼が長崎についたのはきのうであったから、江戸から長崎まで三百六十里、実に一日四十里を疾駆してきたわけになる。この速歩を行うとき、忍者は、横に走ったり、爪先《つまさき》だけで走ったり、或いは足の甲で走るという。しかし、むろんそれはなみなみの忍者すべてに可能なわけではない。——しかも、相手が何者かをすでに看破し、且、彼もじぶんと前後して江戸を発ったに相違ないことを察知していた天草扇千代の眼には、おのれを棚にあげて感嘆の色があった。

「やはり、喃《のう》」

うすく笑った。

「が、鳴ったのはこれじゃ」

扇千代の手には、一個の金の鈴があった。

深編笠は凝然《ぎょうぜん》として立ったままである。じぶんの思いこんだことの意表外に出たので、とっさに扇千代の正体も判断がつかなかったらしい。扇千代はささやいた。

「張孔堂組か。名は、何という」

同時に浪人の刀身は鞘走《さやばし》った。依然左手に十字架をぶら下げたまま、片手なぐりの抜討ちであった。一瞬に、扇千代の一刀がこれと嚙《か》みあった。これまた左手に鈴を握ったままの隻腕刀であったが、次の刹那《せつな》、扇千代の美しい顔が異様にねじまがり、ひきつったのである。彼は全身をつらぬく凄《すさま》じい痺《しび》れをおぼえたのだ。

「甲賀忍法——稲妻」

と深編笠の中の声がいった。

「若僧、江戸で張孔堂にくればおれが鍛えてやったものを——おそい！　ふむ、名をきいたな、甲賀卍谷に大文字《だいもじ》弥門《やもん》という男があったと、冥土《めいど》の後学にきいてゆけ」

編笠ごしに、弥門はおのれの発した放電に硬直している未熟な敵の眼をのぞきこんで笑った。発電能を持つのは、或《あ》る種の魚類にかぎらない。人間の筋肉神経もふつう微弱ながら電圧を発生しているのだが、この大文字弥門はそれが術の域に達するまでに強烈なのであった。——が、相手の目を見た瞬間、弥門にとって思いがけないことが起った。彼自身も、相手と同様に全身に麻痺《まひ》が起こったのである。

「やるな」

その声が、相手の蒼白い唇からもれたのは、みずから痺れて発電能を喪《うしな》った大文字弥門からはなれて、五歩六歩あとずさってからであった。しかし、さすがにふたたび近寄りかねて、扇千代はじっと立っている。

ふたりともほとんど声高を発しなかったし、山上の群衆の大半は雲母《きらら》のようにひかる春の雲を背にくりひろげられる紙鳶の乱舞に見とれて、この奇妙な果し合いに気がついた者は、その周囲の数人に過ぎなかった。——そして、息をのんでいた彼らは、それにつづくさらに奇怪な結果に眼をむき出したのだ。

大文字弥門をじっと見すえたまま、天草扇千代の鈴をもった手がするりと袖《そで》からふところに入った。同時に、両者の間にいかなる物体の交流もないのに、ふいに弥門は一刀をなげ、「うっ」とうめいて胸部をおさえたのである。はじめて扇千代は跳躍し、大文字弥門の脳天から胸骨柄《きょうこつへい》まで斬《き》りさげていた。

「忍法山彦《やまびこ》」

編笠を真っ二つに割られてのけぞりながら大文字弥門は、この瞬間まで放さなかった布ぐるみの十字架を、うしろざまに大きく放った。

「……あっ、だれ?」

けたたましい女の声が起った。ちょうど十間ばかりはなれた草の上を大きな紙鳶を頭上にひいて走っていた女だ。十字架のなかば解けた黒い布が、その紙鳶にしかけた風箏の弦にひっかかったのである。しかも、勢いづいた紙鳶は、そのままふわと宙にうかんだ。女ははじめてこのとき地にたおれた深編笠の武士と血刃をたらした扇千代の姿に気がついたらしい。ぽかんと口をあけた女の手の糸巻がからからと廻《まわ》り、紙鳶は大空へ、まるで美しい風鳥《ふうちょう》みたいに舞いあがっていった。

奴凧《やつこだこ》ならぬ遊女の姿にかたどった婆羅門紙鳶《ばた》であった。天草扇千代は走り出そうとしてたちすくんだ。その衣服の右胸部に血がまっかににじみひろがってゆく。

「あれ、あれ」

遊女紙鳶をもった女は、頓狂《とんきよう》な声をはりあげた。たかくたかく舞いあがった紙鳶の糸に、それと平行した数十条の糸のうち、よい獲物とみたのか一本がすうと寄ってきて、そのびいいどろ縒麻《よま》でみごとに切断してしまったからである。

青銅の十字架をのせた遊女紙鳶は、そのあでやかな紅裙《こうくん》を翻《ひるがえ》すようにくるくるとまわりながら、青く霞む長崎の町の方へ飛び去った。

二

「扇千代様」

扇千代はふりかえった。幔幕をなかばかかげて、ひとりの娘がこちらをながめていた。いつから目撃していたのか、彫りのふかい端麗な顔はおどろきと恐怖に蠟細工《ろうざいく》のようであった。――長崎奉行馬場采女正の息女お志乃《しの》である。

扇千代は長崎につくなり、輩下《はいか》十四人の天草党のうち三人だけをつれて、まず長崎奉行所を訪れたのだ。松平伊豆守の密書を携えていた。ただし、彼は奉行所の助力をうける必要をおぼえてはいなかった。公儀が公然と動き出せば、かえって、目的の娘たちを闇《やみ》の底ふかく隠れさせてしまうおそれがあるからだ。しかし、奉行所の機関を時と場合によってこちらから利用することは決して不利ではなかったし、それにこれほど重大な行動を、寛永九年以来十八年間も長崎奉行を勤めている馬場采女正に秘しぬくことは、やはり礼にそむくことであった。

三人の輩下についての扇千代の或る依頼を承《う》けいれてから、采女正はきいた。

「おまえさまはどうなさる」

采女正は、伊豆守の書状から扇千代の素性について一言あかされていて、普通以上に鄭重《ていちょう》であった。扇千代は、他の十一人の天草衆と同様に自由な行動をとりたいとこたえた。采女正はうなずいたが、それにしても一日ぐらいくつろいではいかが、といって、娘のお志乃に、風頭山の紙鳶揚げ見物の案内をするようにと命じたのである。

幼いときに失ったという母に代って家事の一切をとりしまり、それをまた眼に入れてもいたくないほど父が愛しているらしいことは、一夜の滞在だけで知れた。しかし、公事に厳格らしい采女正が、志乃に扇千代の使命など一語も知らせていないことも、容易に想像されるところであった。供侍たちでさえ、幕からのぞいたまま棒をのんだような表情でいたのだから、気丈な娘らしいが、しばらく身うごきもできない様子にみえたのは是非もない。

「扇千代様、何事でございますか」

ようやくいって、まずお志乃がかけ出してきて、ぎょっと立ちすくんだ。

「血が……」

「たのむ、いまの紙鳶をどなたか追って下されい」

「ひどい血でございます」

「それから、あの女、遊女紙鳶をとばした女の素性をたしかめていただきたいのだ」

「扇千代様、胸にお怪我をなされたのでは」

「これは、私がじぶんで刺したのです」

「え、御自分で？　なぜ？」

天草扇千代はふところから左手を出した。鏢《ひょう》を一本つかんでいた。血まみれの手裏剣であった。

「これで私がじぶんを刺したら、きゃっ、おのれが刺されたと感じたのです」

美しい顔で、にやりと笑った。

お志乃はくびをかしげた。

幔幕の中に入ると、お志乃はふたたびしっかりした娘にもどっていた。彼女は蒔絵《まきえ》の印籠《いんろう》から薬をとり出して扇千代の傷にぬり、襦袢《じゅばん》の袖を裂いて胸に巻いた。

「かたじけない」

そのとき、さっきかけ出していった奉行所の侍のひとりがはせもどってきて、

「いまの女は、丸山の遊女、伽羅《きゃら》と申すものでした」

と、告げた。

「なに、遊女？」

「それが、色道以外はとんと薄馬鹿《うすばか》のようにて、丸山にても名高い女郎《じょろう》でござる」

「平右衛門、おまえはよくその女を知っているようですね」

「は、あれならば、拙者――」

と、生唾《なまつば》をのみこんだが、お志乃の清澄な瞳《ひとみ》に見すえられて、うろたえた平右衛門は、金壺眼《かなつぼまなこ》を蒼い空にうつしたが、ふいに、「おおっ」とさけんだ。

「妙な紙鳶をあげた奴が――」

扇千代とお志乃はふりあおいだ。風頭の山からはなれて、長崎の空に赤い紙鳶が舞い群れている。

よくみると、それは魚のかたちをしていた。糸はないか、あっても数尺で切られているようにみえた。しかも、はじめ一個所に頭をよせあつめていた魚紙鳶は、このときいっせいに蒼穹《そうきゅう》に巨大な波紋をえがいて八方に散った。大空にどんな気流が吹いているのか、それは生きている魚のごとく、みるみる雲の涯《はて》へ泳ぎ去ってゆくのであった。

それをかぞえて天草扇千代の顔色が変った。赤い魚は十四尾であった。

三

真昼、ここに立って俯瞰《ふかん》すれば、碧《あお》い鏡のような入江を隔てて長崎の町を見るどころか遠く島原天草をすら望むことができる。長崎の北方稲佐岳《いなさだけ》の山中であった。しかし、いまは夜だ。空にまるい月があるので、それらの海も町も山も、模糊《もこ》たる水煙にぼかされたようにみえるが、ただこの森の中ばかりは永劫《えいごう》の闇のように暗かった。老樹蛇走して、真昼といえども、人のくるところではない。

その稲佐岳の森の中でふしぎな儀式が行われたのは、風頭の紙鳶揚げから三日目の夜であった。そこで、しずかな歌声がきこえたのである。

「参ろうや、参ろうや、
天国《ハライソ》の寺に参ろうや、
天国の寺とは申すけど、
広い寺とは申すけど……」

はじめ地からわき出るようにひくく、かなしく、それは女声の合唱であった。

「ベレンの国の姫君
いまはどこにおわすか
御褒《おんほ》め尊びたまえ。……」
森の穹窿《きゆうりゆう》からひとすじの青白い水しぶきのように、そこだけ月光がふりそそいでいるところがあった。歌声は、その周囲から起ったのである。すると、その月光の中に、まるで行燈《あんどん》のように浮かびあがったものがある。それは濃密な五彩の油でえがかれた、竪《たて》三尺、横二尺五寸ばかりの一枚の絵であった。

これを長崎奉行馬場采女正でもみたら、あっとばかり気死するに相違ない。それはまさに、邪宗門の祭る魔女マリアの画像であったからである。——しかし、厳酷な奉行といえども、もし深夜人なきところでこの画像をみるならば、彼の心に異様な感動が泉のごとくわきあがってくるのを禁じ得ないのではあるまいか。緋《ひ》色《いろ》の肉衣に青いヴェールをかぶり、手に一輪の白薔薇を摘み、童形《どうぎよう》の耶蘇《やそ》を抱き、ななめに首をかしげて耶蘇の手にした地球儀に慈悲ぶかいひとみをおとしているマリアのうら若い面輪《おもわ》には、かぎりない女人の魅惑と母の愛があふれている。

そのマリアの画像をめぐって、上辺、左右にそれぞれ五つの絵がえがかれている。上辺の五枚は、受胎告知にはじまって、聖母訪問、聖子降誕、聖子奉献、学匠たちとの法談にいたる歓《よろこ》びの玄義五図、左の五枚は橄欖《かんらん》山上の祈りから、折檻の基督《キリスト》、荊冠《けいかん》の基督、十字架を担える基督、磔刑《たくけい》の図にいたる悲しみの玄義五図、右の五枚は、基督の復活、基督の昇天、聖霊降誕、聖母被昇天、聖母戴冠《たいかん》にいたる栄えの玄義五図——すなわち、これはマリアの一代の絵巻、切支丹の当麻曼陀羅図《たいままんだらず》であった。それにしても、なんたる筆の迫真力、霊妙さよ。山頂に血の汗をながしながら祈る基督の姿はみるものの肺腑《はいふ》にくいいり、十字架の基督の下に喪神した聖母の万斛《ばんこく》の悲哀はただちに流涕《りゅうてい》の声となって耳朶《じだ》をうたずにはおかない。

そのまえに、黒い影がすすみ出て、拝礼した。

「童貞《ビルゼン》サンタ・マリアは聖ガブリエル・アルカンジョを以ておん告げありければ、その御胎内に於《おい》て天帝《ゼウス》の御子《みこ》は人となり給う。——ウルスラ参りましてございます」

女の声であった。そして彼女の指は、歓びの玄義第一図をおさえた。

二番目の黒い影がすすみ出た。

「童貞サンタ・マリアは、聖イザベルのおん宿へ御見舞としておもむき給う。——サヴィナ参ってございます」

彼女は拝礼して、第二図を指でおさえた。つぎつぎに黒い影は出て、玄義図をさしては名を名のった。

「童貞サンタ・マリアは御子《みこ》を誕生し給う。——ルフィナでございます」

「童貞サンタ・マリア御子の御誕生より四十日目に天帝へささげ給う。——マルタでございます」

「童貞サンタ・マリア御子ゼズス基督の十二歳のおんとき見失い給うて、御堂に於て学匠たちと御法談し給う。――マグダレナでございます」

絵は悲しみの玄義に移った。

「御主《おんあるじ》、ゼズス基督はゼツマニアの森の中にて膝《ひざ》を観念し給い、おん血の汗をながし給う。――ジュリアでございます」

「御主ゼズス基督は石の柱にからめつけられ、五千にあまる打擲《ちょうちゃく》をうけ給う。――カタリナ参りました」

「御主ゼズス基督御頭《みかしら》に荊《いばら》の冠をかけられ給う。――クララでございます」

「御主ゼズス基督みずから十字架を負い給いて、ゴルゴタの山へおもむき給う。――ベアトリスでございます」

「御主ゼズス基督ゴルゴタの山にて十字架にかかり死に給う。――エテルカでございます」

絵は栄えの玄義に移った。

「おん母サンタ・マリアの御子ゼズス三日目にもとの御肉身によみがえらせ給う。――フランチェスカでございます」

「おん母サンタ・マリアの御子ゼズス、オリペトの山より天に昇らせ給う。――ガラシァでございます」

「おん母サンタ・マリアの御子ゼズスの御昇天より十日目に、聖霊《アニマ》はおん弟子たちの上に天降《くだ》らせ給う。テクラ参りました」

「おん母サンタ・マリアは聖霊《アニマ》と肉身とともに天に昇らせ給う。――ジュスタ参ってございまする」

　声は絶えた。……森をわたる夜風の音ばかりが鳴った。それから、こんどは女ではない、しゃがれた声がいった。

「おん母サンタ・マリアは父と子と聖霊のおんまえに於て、栄光《グローリア》の冠を得させ給う。――この栄えの玄義第五図をさすべきモニカは死んだ」

　それは、その十五玄義図をかかげて倒木の上に立っている老人の声であった。闇の中に、おぼろに琵琶法師らしい姿がみえた。

　ひとりの女がいった。

「お召しの紙鳶《はた》が十四しかないので、ふしぎに思っておりました」

――三日前、長崎の空に十四の魚紙鳶《うおばた》が散っていったのは、この奇怪な儀式の予告であったとみえる。……魚は、初期キリスト教徒がエルサレムやローマで迫害されているころから、彼らのみの秘密の合言葉であった。「イエス・キリスト、神の子、救世主」というギリシャ語の頭文字だけをとれば、魚という単語になるからである。

「モニカは江戸へいって死んだ」

　と、老人はいった。

「先年より、肥後一円でとらえられる切支丹のうち、二十歳前後の娘のみ江戸へ送られることのいぶかしさは、そなたらも胸に抱いていたであろう。モニカはその意味をさぐりに、わざととらわれて、江戸へいったのじゃ。果たせるかな、敵は背教者クリストファ・フェレイラの裏切りによって、法王の聖貨と十五の鈴の秘密をかぎつけておった。モニカはそれをつきとめ、フェレイラに天刑をあたえたが、鈴を公儀に奪われたことを恥じて死んだ。……その鈴には、聖、の一字が刻んであったそうな」

「…………」

「公儀は知った。それで、そなたらを捕え、残りの鈴を奪うために、老中松平伊豆手飼いの隠密十五人をこの長崎へ送り出した」

「…………」

「のみならず、この秘密を江戸の軍学者由比正雪と申す者も知るところとなった。由比正雪、その相を観、そのなすところを見るに、容易ならぬ野心をいだく男じゃ。そして、きゃつもまた同様の目的を以て十五人の男を長崎に送った」

「…………」

「合わせて三十人、それがただの男ではない。伊豆組は伊賀者、由比組は甲賀者、そろって手練《てだれ》の忍法者ばかりじゃ。いかに彼らが修行をつんでおるかは、このわしが江戸を出て九日、三百六十里を駈《か》け通したのと前後して、彼らもまた長崎へ入ってきたとみられる形跡からもわかる」

「法王の聖宝は護らねばならぬ」

と、べつの声がいった。琵琶法師のうしろに、寂然と黒い影が坐《すわ》っていた。女の声であった。

十五玄義図に拝礼した十四人は、声さえきかなければ女とは思われぬいずれも黒装束に黒い御高祖頭巾《おこそずきん》をかぶっていたが、その黒い影は、それよりもなお朧《おぼろ》おぼろとして、人というより、そこに一塊の靄《もや》が漂っているようにみえた。

「仰せの通りでございます。マリア様」

と、十四人の女たちはいっせいにいって拝礼した。

「爺《じい》がわたしやそなたらに、大友の忍法を仕込んでくれた苦労が、いま無駄でないときがきた。わたしたちはたたかわねばならぬ。鈴はまもりぬかねばならぬ」

世にこれほど冷たい女の声があるだろうか。靄から氷のような声はながれた。

「そのために、わたしたちは、御教えの慈悲は、一切すてねばならぬ」

遊女伽羅

一

「もとより、あくまで鈴をかくしとおすつもりならば、それは一応はできぬではあるまい。そなたらの処女《おとめ》の膜を切りひらき、鈴を集めてかくせばよい」

と、マリアとよばれた闇中《あんちゆう》の女はいった。

「しかし、それはならぬと爺はいう。ジュリアン中浦の心に叛くという」

「ジュリアン様のお心は、法王より拝領した聖宝を三百十三年秘しぬくということであった。三百十三年後はじめて切支丹は天日のもとに栄え、そのときはじめて百万エクーの金貨が生きる。それまでは、公儀はおろか、切支丹すらもその埋蔵の場所を知ってはならぬということであった」

と、老琵琶法師は厳粛にいった。

「そのために、ジュリアン様は、最も敬虔《けいけん》な若い母……しかも二、三歳の童女をもつ切支丹のみをえらんで、その秘密を刻んだ鈴を、童女の体内に入れられたのじゃ。その数を十五人とされたは、むろんマリア十五玄義図にちなんでのことであった。しかも、そなたらの母もそなたらも、おたがいの素性はおろか、俗名さえも知らぬ。そなたらは、年にいちど御身《おんみ》の御降誕《ナタラ》の夜以外、あの魚紙鳶《うおばた》の飛んだ日の夜のみにこの山に集まり、十五玄義図に従って、割りふられた証《あか》しの教名を名のるのみで、おたがいの顔も知らぬ。それもみな、法王の聖宝の秘密を三百十三年護りぬかんがためのジュリアン様の深いお智慧《ちえ》にほかならぬのじゃ」

黒い十四のお高祖頭巾はひそとうなずいた。

「そなたらの素性と俗名を存じておる者は、このマリア天姫さまばかり。……しかも、その天姫さまといえども、そなたらの鈴に刻んである文字は御存じない。わしも知らぬ。いいや、そなたら自身も知らぬ。……それは、そなたらからそなたらの娘へ、またそなたらの息子の娘へつたえられ、三百十三年間護りぬかねばならぬ秘密なのじゃ」

マリア天姫はいった。

「鈴をそなたらの体内に秘めたままにしておきたいというのは、ジュリアンの遺志ばかりではない。わたしもそれを望む。なぜならば、そのままにしてもし鈴が公儀または由比一党とやらの忍者に奪われるようなら、たとえとり出してどこに隠したとて、結局奪われるであろう。聖宝を護るわたしたちが勝つか、邪心をいだいて江戸からおし寄せてきた彼らが勝つか、それこそジュリアンのいい残した三百十三年の予言が成るか成らぬかの証しとなる。ジュリアンが、大友家に代々伝わる忍法を極めたこのミカエル助蔵に、おのれが異国でまなんできた魔法を伝授し、さらにわたしやそなたらに教えさせたのは、かような受難の日を覚悟してのことであったにちがいない。それを験《ため》す日がとうとう来たことを、むしろよろこぶがよい」

「敵が十五の鈴の秘密をかぎつけたことはわかりました」

と、ひとりの女がいった。

「けれど、その鈴をもつわたしたちのことを、どうしてつきとめたのでございましょうか」

「敵はまだ知らぬ。しかし、十五の鈴のありかを告げる物があるのじゃ」

と、琵琶法師はいった。

「それもまたジュリアン様の恐ろしいまでのお智慧であった。ジュリアン様は、秘宝を切支丹のみが自由にすることのないように、その筐《はこ》をあける十字架の鍵《かぎ》を公儀の犬となったクリストファ・フェレイラにわざと渡されておった。のみならず、その十字架を以て十字を切れば、そなたらの体内の鈴が共鳴りを発するのじゃ。おそらく三百十三年という長い年月のあいだに、いかなる変事が起って、十五の鈴が離散するやもはかりがたいとおもんぱかって、それを呼びあつめる呼子の笛として、かような細工をなされたものであろう。――その十字架は、由比一党の手に入った。そして」

「三日前、それは風頭《かざがしら》の紙鳶《はた》のひとつに巻きあげられた。たまたま風頭におった爺がとっさにその紙鳶の糸を切ったために、それは紙鳶とともに飛び去って、いまそのゆくえも知れぬ」

と、天姫はいった。

「しかし、わたしは爺はいらざることをしたと思う。あれは敵にもたせて、そなたらとめぐりあわせるよすがとした方がよかったのじゃ。敵がそなたらを知らぬと同様に、わたしたちもその十三人の忍者の姿、所在を知らぬ、きゃつらを討ち果たす機会をむしろのばしたものとして、わたしはくやしい」

「姫。……敵は実に恐ろしい者どもでござりますぞ。軽く思われてはなりませぬ。この爺が申すことでござる」

「……その敵のひとりをわたしは知っております」

と、ひとりの女がいった。琵琶法師はその方を見た。

「サヴィナであろう」

と、うなずいた。

「そなたの知っておる奴だけは、わしも知っておる。それゆえ、わしも風頭で見張っておったのじゃ。……しかし、サヴィナよ、きゃつにはそなたは手を出すな」

「なぜでございます」

「理由は二つある。あのときはじめてきゃつの忍法をみたが、想像通りの、若いが恐ろしい奴であった。忍法山彦とかいったな。きゃつは自ら傷つける。すると、相手が山彦のごとく、おなじ個所に痛みをおぼえるらしい。きゃつを殺せば、相手も同時に死ぬかもしれぬ。それが第一」

「もう一つは？」

「きゃつ、天草扇千代と申す奴は、伊豆から放った十五人の忍者のうちの頭領にあたる。すなわち、六十年前、天草を領していた一族の裔《すえ》で、きゃつらは天草家再興の欲を以て働いておる。されば、その頭領をまず討ち果たせば、その輩下十四人は望みを失ってそのまま離散するやもしれぬ。一見、それはこちらに好都合のようじゃが、あとに由比一党が残る。……わしは、このふた組の敵をたがいに嚙みあわせ、とも食いさせてやりたいのじゃ。そのために、きゃつのみはしばらく飼い殺しにしておきたい。これが第二。サヴィナ、わかったか」

「それでも、あの男は、生かしておけばなお恐ろしい奴でございましょう」

「それには、わしに一工夫がある。あの男だけはわしにまかせておけ」

　天姫がまたいった。

「爺の思案は取越苦労とみえるが、きゃつらをとも食いさせるという策は面白かろう。さりながら、所詮《しょせん》、たよるはおのれの力のみじゃ。この外道の敵三十人を討ち果たしたとき、なおそなたら十四人、つつがなくこの山で見ることができねば、とうてい三百十三年秘宝を護ることはできぬと思わねばならぬ」

十四人の女はいっせいにいった。

「わたしたちは、天帝《ゼウス》の御加護を信じております」

「いや、悪魔の加護を信じるがよい」

闇の中の声は、はげしい調子でいった。

「またそなたらの忍法をつかうためには、慈悲や貞潔、一切かなぐりすてねばならぬことはわかっておるではないか。悪魔とたたかうためには悪魔の魂をもたねばならぬ。残忍であれ、無慈悲であれ」

凍りつくような声であった。しばらくして、つきはなすようにいった。

「では、ゆくがよい」

十四の黒い影は、もういちど闇にむかって礼拝すると、風さえまっすぐに吹かぬ森の中を、ながれるように駆け去った。それは三日前、長崎の大空で散った十四の魚紙鳶《うおばた》のようであった。

琵琶法師は、マリア十五玄義図をゆっくりと巻きおさめた。暗い声でつぶやいた。

「ジュリアン様のお智慧のふかさははかり知られぬことながら、なんとのう、ふびんでござる。あれらの母親は、その夫にも知らせぬ秘密の重荷にたえかねてか、いまひとりとしてこの世にあるものはござらぬ。あれらは三十人の忍者と、身の毛もよだつたたかいをして、体内の鈴を護りぬくでござろうが、それはわしや姫が教えた忍法の力ではなく、その母たちが吹きこんだ信仰の力によるものに相違ございませぬ」

「助蔵、わたしは――」

天姫はややだまっていたが、やがていった。

「敵の忍者どもが、あの娘たちの鈴をすべて奪えばよいと思わぬでもない」

「姫、何と仰せられます」

「もとより、奪われた鈴はかならずわたしがとりかえす。わたしはその鈴で、秘宝のありかを知りたいのじゃ。三百十三年待ちとうないのじゃ」

老琵琶法師は愕然《がくぜん》として闇を見つめた。

「三百十三年たたねば、聖宝は天帝《ゼウス》にささげることにならぬとは、聖ジュリアン様が御殉教に際して厳かに占われたことでござりますぞ」

「助蔵、ジュリアン中浦はそなたの主人かもしれぬが、わたしにとっては家来であった」

と、天姫は冷やかに笑うようにいった。

「もとより中浦が、十五人の女の体内に鈴をとじこめたは、たんに秘宝をかくすためのみならず、同時に切支丹の信仰の命脈を三百十三年保たせようというつもりからでもあったであろう。さりながらジュリアンは、おのれが死ぬときまだあの島原の無惨ないくさを知らなんだ。敵はジュリアンの予想していた以上に無慈悲なのじゃ。このままにしておいては、この敵の天下に、切支丹は三百十三年の命脈を保ち得ぬような気がしてならぬ。ただ、あの十五人の娘の人別帳ともいうべき十五玄義図の番人として、三百十三年わたしだけが生きていってよいか？　悪魔とたたかうためには悪魔の魂をもたねばならぬと、さっきわたしはいった。このたびのことで、すでにその覚悟が要る。いっそわたしはその百万エクーの金貨をいま手に入れて、公儀にとってはあの原城の益田《ますだ》四郎《しろう》以上のまがまがしい人間となって生きたいのじゃ」

琵琶法師はじっと立ちすくんでいたが、やがてうめくようにいった。

「ジュリアン様に叛くことは相成りませぬ。いまはただ、三十人の忍者を斃《たお》すことのみがわれらの務めでござる。……そのために、あなたはもはやその姿になられたのでございませぬか？」

闇の中なので、天姫がどんな姿をしているのかわからなかった。

「それでは、とりあえず天草扇千代とやらの眼を縫い申そう」

「眼を縫えば、あの忍法山彦とやらを封じられるかえ？」

「あの風頭で扇千代が張孔堂組の大文字弥門を討った様子をうかがったところでは、おそらく扇千代の眼の技《わざ》によるものと見申す。されば、まず扇千代の眼を縫い、術を封じたのち、きゃつが無用となるまで飼い殺しにして置き申そう」

姿はみえず、珠《たま》をころばすような笑い声がした。

「では、天姫を埋めや」

それから、みずから口ずさんだ。

「ベレンの国の姫君
いまはどこにおらすか。

御褒《おんほ》め尊びたまえ。……」

二

長崎奉行所が立山に移ったのは後年のことで、この慶長三年当時は本博多《もとはかた》町にあった。もとの領主寺沢志摩守《しまのかみ》の旧邸である。

天草扇千代は胸の傷がいえるまでに五日かかった。大文字弥門を斃すために思わず深く刺した傷であったが、恐ろしく治癒《ちゆ》力のはやい肉体であった。彼がそれまで奉行所に滞在したのは、奉行の息女お志乃の切なる請いによるものだ。当然、彼女は風頭の異様な決闘の意味をきいてやまなかったが、扇千代は笑って答えなかった。

ただ、傷がいえるまでのあいだ、お志乃に、あの遊女紙鳶《ばた》のゆくえと、それをとばせた丸山の伽羅《きやら》という遊女についての調べをたのんだのは、それがきわめて緊急事であったからでもあるが、彼女の熱心な協力的なまなざしにうごかされたからでもあった。凧頭の件について、父の奉行馬場采女正《うねめのしよう》に報告することをつよく断ったのも、彼女は素直に受入れて、一夜など、その遊女紙鳶が海の方へとんでいったという知らせに、自ら船頭をやとって捜索してくれたということもあとできいた。

青銅の十字架のゆくえはついに知れなかった。

また、丸山の遊女伽羅についても、その噂《うわさ》をきいて扇千代は狐《きつね》につままれたような思いを禁じ得なかった。あのとき、十字架を紙鳶にまきあげていったのは、偶然としか思えないが、そのあと何者かがその糸を切ったのは、偶然か故意か疑問である。ただ伽羅は丸山の妓楼引田屋《ぎろうひきたや》で数年前から評判の花魁《おいらん》だときき、さらにその評判は悩殺的な白痴美と、色道の凄じさと、天衣無縫の奇行から発していることをきけば、彼女がじぶんの探している女たちのひとりとは思いもよらない。しかし、あの日の翌日から三日間、伽羅の姿が丸山からきえていて、その後飄然《ひようぜん》とかえったことをきくと、扇千代はやはり彼女を探ってみる必要をおぼえた。

五日目の夕方、天草扇千代は奉行所を出た。

「思いのほか御世話に相成りました。御用を首尾よく果たした節は、いずれまた改めて御礼に参りまする」

そう奉行に挨拶《あいさつ》して出てきた門まで、お志乃は見送り、采女正もそれを微笑して黙認した気配であった。

つつましく、意志のつよい眼のおくに、無限の感情をこめたお志乃の眼を思い出しながら、扇千代はふとじぶんが天草領主になったとき、城の上に立っているおのれとお志乃の姿を夢みた。

長崎の春はようやく逝《い》こうとしているのに、丸山の高燈台《たかとうだい》にかかる月はなまめかしいおぼろであった。寛永十九年に開かれて以来、江戸の吉原《よしわら》、京の島原《しまばら》とならぶ柳暗花明の不夜城からたちのぼる妖気《ようき》のせいにちがいない。

今鍛冶屋《かじや》町から本石灰《もとしっくい》町に入るところに、眼鏡のような双円の石橋がかかっていた。水に白粉と海の匂《にお》いがした。人々はこれを思案橋《しあんばし》とよんでいた。本石灰町に入って左側に折れると、すぐに廓《くるわ》の大門があるからだ。

その思案橋の右の手すりによって立っている影を見とめて、天草扇千代はぴたと立ちどまった。そこに琵琶《びわ》法師《ほうし》が立っていた。

くぼんだ眼窩《がんか》のおくの眼は、とじられたままであったが、扇千代がちかづくに従って、その顔が徐々にうごく。さすがの扇千代が骨までつらぬく冷気をおぼえた。

　しかし、彼はそのままあるき出した。その足が石橋にかかった。眼は射るように老法師の面上にそそがれたままだ。

「わしは盲じゃ。うぬの眼はみえぬ。忍法山彦はわしに通ぜぬ」

　琵琶法師はしゃがれ声で笑った。しかも、彼のとじられた眼球には何やら映るらしいのだ。心眼を持つとしかいえぬ奇怪な盲僧であった。

　ふたりの間隔は二間《けん》に迫った。充分背中の琵琶から例の恐るべき琵琶糸が鞭《むち》うたれる距離であった。しかも、法師の手はうごかぬ。一間《けん》。

　このとき、天草扇千代は両眼をとじた。同時に琵琶法師の満面に、墨汁《ぼくじゅう》のような狼狽《ろうばい》の相があらわれた。その手が稲妻のごとく肩にあがると、扇千代の頭上から空をきりさいて琵琶糸がふりおろされていた。

　しかし、それはその刹那まで法師自身が予期していなかった行動のようであった。扇千代のひるがえった袂《たもと》が、刃物できったように切りおとされると同時に、眼をとじたまま一跳躍した扇千代の一刀は、袈裟《けさ》がけに老法師を斬りさげていた。

「しまった」

　左の肩胛骨《けんこうこつ》から右あばらを一本のこらず斬りはなすまでの手応《てごた》えをおぼえて、さけんだのは扇千代の方であった。彼はむしろこの老人を捕えるつもりであったのだ。これは仮の盲目ゆえのはずみであった。

老琵琶法師は石橋の欄干に背をもたせたまま、しかし、じっとそこに立っていた。扇千代は眼をひらいて、法師の頬《ほお》ににやりとうす笑いのはしったのを見た。

「法師、うぬのもとの名はミカエル助蔵と申した奴であろう？」

「扇千代とやら、ようやった。六十五年の修行をつんだ大友忍者をよう破った。……じゃが……」

法師の両腕はだらりとたれたままで、徐々に白い髯のあごがあがり、のけぞる姿勢になった。

「これ、天姫とやらはいずれにおる？」

横にまがった法師の顔をのぞきこんでさけぶ扇千代の瞼《まぶた》を、このときしゅっと何やら吹いた。法師の口からとんだ銀線をみたのが、扇千代の最後の視覚である。

「あっ」

彼はとびのいた。はっととじた両眼を凄じい痛覚が横に走った。

「忍法髪縫い。――針についておった糸は女人の秘毛じゃ。針はぬけたが、瞼を縫った毛は肉に埋まって、もはやうぬの眼はひらかぬ」

血笑ともいうべき老法師の笑い声がきこえた。

「十五人の童女の処女《おとめ》の膜を縫いあわせたのもそれよ」

眼鏡橋の下で水音があがったのを、天草扇千代はおのれまでが死の水底におちたようにきいて、両眼をおさえて立ちすくんだままであった。

「……おや？」

女の声がきこえて、石橋の上をけたたましい下駄の音が鳴ってきた。

「どがんしたとね、こんひと？」

「まあ、眼ばとじて、両眼の眼じりから、絹糸のごたっ血のながれよるばい」

ひとりではない。若い女の声と、少女らしい声がもつれあって、焚《た》きしめた香の匂《にお》いが扇千代をつつんだ。

「そなたらは、どちらのお方じゃ」

と、扇千代はうめいた。

「うち？　うちはこの丸山の引田屋の伽羅という女です。こいは禿《かむろ》のりん弥《や》ということも」

三

水底から成ってくるような美しい鈴の音に、扇千代は眼ざめた。同時に、じぶんがあたたかく香ばしいものにぴったりとまといつかれているのに気がついた。それは寝具のほかに、はだかの女の肌であった。

「む。……」

がばと起きなおろうとした扇千代は、そのまま柔軟な肉にしばりつけられた。女は笑った。

「綺麗《きれ》か鈴ねえ。何か字の刻んであっばい。こがんとばお侍様が何のおまじないで持っとんなっと？」

扇千代の手がのびて、匂やかな女の顔をおさえてはっとひきこめられたが、鈴を掌《てのひら》でころがしていた女の手は逆についとむこうへにげた。扇千代はじぶんが盲目のままであることを知って身もだえした。

身もだえしたのは、すでに昨夜のことであった。引田屋の裏口からつれこまれたところは、花魁伽羅の部屋《へや》らしかった。両眼の痛みはきえていたが、瞼は肉が溶けあったようにひらかなかった。伽羅の問いを「そなたにかかわりないことじゃ」と受けながしたときは、まだ真に両眼を縫いあわされたと信じきれぬ以前である。むしろ扇千代は、そもそも丸山へ足をはこんだ当初の目的を果たそうとした。

伽羅が三日ばかり行方をくらましていたのは、ふいに雲仙《うんぜん》の湯の宿へゆきたくなったからだという。なんの屈託もない声でけらけら笑い、天衣無縫のふるまいは、この妓楼全体がもはや黙認しているらしく、亭主が出てきて挨拶したとき、「このお盲さんは気に入ったけん、当分うちの間夫《まぶ》にすっぱい」と宣言しても、べつに異議は出なかった。彼女は、どんなわがままをいっても、なお勘定があう売れっ妓《こ》の上に、だれにも愛されているらしく思われた。

　が、酒をすすめられるうちに、扇千代はもだえてきた。めざす十四人の童貞女のひとりも探しあてぬうちに、まず劈頭《へきとう》にじぶんが敵の血祭りにあげられるとは、何たる不覚であろう。扇千代のとじた両眼からは、また血のまじった涙がつたわった。もだえぬいて酔いつぶれて、目ざめてみればこの始末だ。

「伽羅とやら、そなたはなぜわしを泊めたのだ」

「どこに帰るとですかってきいても答えんやったじゃないですか。とはいうものの、うち、あんたが好きになったけん泊めたとばい。好いとる男はお客にせんで間夫として、うちがいやになるまでここに囚人のごとしてしまうとが、うちの道楽なんです。御亭《ごて》さんも今じゃあきらめとらすけん、安心して、もっといて。……ばってん、なんか変なかお侍さまねえ」

　伽羅は、女郎蜘蛛《じょろうぐも》みたいに扇千代にまたまといついてきた。その名のとおりむせかえるような伽羅の匂いに、扇千代はしばらく息もつけなかった。そっちこそ、へんな遊女だ。

「そいにしても、あなたはどこんひと？」

香ばしい息が、扇千代の耳たぶをぬらす。

「お知り合いの、あらすとでしょ？」

「伽羅」

と、扇千代はしばらくしていった。

「当分、わしをここに飼っておいてくれるか。思うところあって、しばらくそなたの俠《きょう》気《き》にすがりたい」

「うちが言うたことじゃなかね」

「それでは、その上にもうひとつたのみがある。これはそなた自身にいってもらわねばならぬ」

「どこしゃんか、ゆかすとですか」

「左様、歌舞伎《かぶき》町の辻《つじ》に、居合抜きの浪人がひとり出ておるはず。そこへいって、その鈴をわたし、わしがここにおることを知らせてもらいたい」

忍法「おんな化粧」

一

「ただの土左衛門《どざえもん》じゃなか」

「斬《き》られとるたい。肩から袈裟がけばい」

丸山町を下りたところの本石灰町《もとしっくい》の通りを、西へ人々が駈けていった。銅座橋《どうざばし》の下に、ひとり琵琶法師らしい屍骸《しがい》がひっかかっているというのだ。

「おかしかねえ。橋からはなれるとけ、ながれんぞ」

「琵琶糸が橋にからみついてひっかかっとるたい」

顔色をかえてさわいでいる群衆の中に、ふくいくたる伽羅の匂いがして、ふりむいて、みんなまぶしいような笑顔をした。

桔梗《ききょう》の紋羅《もんら》に江戸褄模様《えどづまもよう》をつけた紅絹裏《もみうら》の袷帷子《あわせかたびら》に黒天鵞絨《くろビロード》の帯をしどけなくむすび、

兵庫髷《ひょうごまげ》にながい玳瑁《たいまい》の笄《こうがい》を一本よこにさしたおそろしく華麗な女が、熱心に河をのぞきこんでいた。丸山の名物遊女、花魁《おいらん》伽羅である。

「ああ、用足しのまえに、いやなものばみたばい」

と、彼女は可愛《かわい》らしく舌を出した。それから、言葉と反対に、野放図に明るく、天使のようにあどけなく、そのくせくらくらするほど官能的な笑顔を、初夏《はつなつ》の朝のひかりの中におしげもなくみんなにまきちらすと、彼女はからころと下駄の音を石だたみにひびかせて、思案橋の方へかけ出していった。


長崎の歌舞伎町は、上方からはやってきた女歌舞伎がここに小屋など組んで、自然と演劇興行の町となってから名づけられたもので、いまの東古川町一帯にあたる。寛永六年女歌舞伎が風紀をみだすという理由で禁止され、またその後諏訪《すわ》神社能太夫早水治部《はやみじぶ》が長崎における芝居軽業見世物などの興行権一切をあたえられてのちも、早水家の許可のもとに、ここは依然として小屋掛けの見世物や大道芸人などの雲集する町であった。江戸の両国《りょうごく》または浅草奥山《あさくさおくやま》にあたるものといってよかろうが、竪琴《たてごと》をひく芸人があったり、鸚鵡《おうむ》の人語を売物にする女があったり、またチャルメラや明笛《みんてき》の音がきこえたり、どこか和蘭陀《オランダ》くさい、唐人くさい匂いのまじっているところが、ややちがう。

その雑然、騒然たる町を、花魁伽羅は、あっちに立ちどまり、こっちに見とれ、からころ面白げにあるいていた。「いずかたを見るにも、遊女はその廓より外へ出さぬ掟《おきて》なるを、長崎にかぎりその法度《はっと》しまりなく」とものの本にあるように、丸山の遊女は古来、外出外泊、すべてが自由な境遇におかれていて、彼女たちは思うままに船宿や旅籠《はたご》や、町の人々の自宅や唐人屋敷にまで出かけていって、色を売った。だから、どこを遊女があるいていても珍しがる町ではないが、それでも、洟《はな》をたらした子供たちが、眼をかがやかして伽羅のあとをくっついてあるいているのは、伽羅がまるで孔雀《くじやく》みたいに美しいからだ。彼女はカステラを買って、子供たちにやりながら、ときどきじぶんもたべていた。

「ああ、あれか」

と、伽羅はうなずいた、と或《あ》る辻に、二、三人の大道芸人がならんでいた。南京あやつりに曲独楽《きよくごま》に、居合抜きに。——伽羅はその居合抜きに眼をとめたのだ。

刀掛けに四尺から六尺くらいの大太刀を三本かざり、そのまえに、色あせた黒紋付にたすき鉢巻、野袴《のばかま》に高下駄をはいて、いましもその六尺の長刀をとってわめいているのは、三十年配、不精鬚《ぶしようひげ》をはやした豪快な浪人者だ。

「いや、長いことは御退屈じゃ。これより一ト腰ぬいてお目にかける。お目にかけるが、そのまえにちょいと御披露申さねばならぬは、この家伝の歯薬、第一ゆるぐ歯をすえ、虫歯、口熱、悪い歯はぬいてあげる。——」

高下駄でのっしのっしとあるきまわっているが、ぶらさげた長刀には、なかなか手がかからない。うしろには歯薬がまずしげにならべられている。

そのとなりに顔をうつして、伽羅の眼がとまった。これは曲独楽だが、まるで透きとおるような美少年だ。どういうわけか、総髪というより髪を腰までたらしているが、大《おお》振袖《ふりそで》のたもとを背にむすんで、見なりは仰々しいけれど、やっていることは、ひらいた扇子《せんす》の上にひとつ独楽をまわしているだけだ。それでも見物人はそっちの方に多かった。とくに、女が多い。いうまでもなく、少年の美貌《びぼう》ゆえだ。うしろに金創腫物《はれもの》の薬がつんであった。

「独楽の若衆さん、薬をもらうよ」

「うちにも――」

と、次から次へ手が出るのに、

「ああ、銭はそこへ置いて、勝手にもっていっとくれ」

と、少年はおっとりと独楽をまわしている。居合抜きの浪人はやけのように、いよいよ大音声《だいおんじょう》をはりあげて、

「さあ、いよいよ抜くぞ抜くぞ――歯ではない、この一太刀、これがすなわち鞍馬《くらま》相伝！」

わめくと同時に、びゅーっと一気に六尺の長刀を鞘《さや》ばしらせた。

「鞍馬相伝八双の構え、横に払うが車斬り、肘《ひじ》かけ、ひら首、向う袈裟、いやはあっ」

と、水車のようにふりまわすたびに、見物人はどっとさがって、いよいよ遠巻きになる。伽羅はくっくっと笑った。

「ちょいと」

と、声をかけようとしたとき、群衆のなかで、かすかなざわめきがあった。

「早水《はやみ》さまだ」

「早水さまのお嬢さまばい」

と、路をあけた。人々のなかから、下男らしい男をつれたひとりの娘があらわれた。紅い絵日傘をさして、武家風とも町人風ともつかない娘である。それは彼女の、清潔さとなまめかしさ、二重まぶたのくっきりした勝気さと、唇のはしのややまくれあがったどこかおきゃんな感じの顔にも混合していた。

長崎の町の人々が、どこをあるいていても伽羅を知っているように、この歌舞伎町の人々もみんな娘を知っている。諏訪神社能太夫早水治部の娘お貝《かい》である。

諏訪神社は、長崎の総鎮守だ、切支丹《キリシタン》への対抗策もあって、幕府の庇護《ひご》があつく、秋のいわゆる諏訪祭は、全国でも名高い大祭で、とくに丸山遊女の奉納踊りが異彩をはなつが、それとともに神事能が重んぜられた。早水家はこの諏訪神社の能太夫だが、同時に長崎に於《お》けるすべての興行は早水家の拝領地のみにかぎられるという特権をあたえられていた。そして、それ以外の場所で興行を行うときは、小屋掛けはいうまでもなく大道芸人といえども、早水家にその敷地料を支払わなければならなかった。つまり、いまのショバ代である。

この歌舞伎町もその例にもれないが、治部の娘お貝が、その取立役となって、あるきはじめたのは、いつごろからであったろう。はじめはそのおきゃんな気性から面白がってやり出したのであろうが、結局彼女がまわるのがいちばん悶着《もんちゃく》がすくないという妙な事実がわかって、父の治部も容認するようになったのであろう。いわば、この娘は歌舞伎町の女親分であった。

「ないっ」

と、お貝がちかづいてくるのをみて、居合抜きの浪人はどなった。

「銭はないっ」

「おや、おまえ、新米だな」

と、下男は袖をまくりあげた。

「長崎で興行する者は、みんな早水様のおゆるしをいただかなくっちゃいけねえってことを知らねえのか」

「だから、きのうも払った。おとといも払った。しかし、きょうは歯薬がひとつも売れないから、銭はないっ。だいたい、いかに長崎とは申せ、ここは天下の大道、それを一神社の能太夫が、いちいち場所代をとるのが気にくわんのだ。やい、とれるものなら、とってみろ。この大だんびらは、見世物ばかりではないぞ」

と、下男の鼻さきを、びゅっとながいひかりがなでて、下男に尻《しり》もちをつかせた。お貝の眉《まゆ》が、きりっとあがった。――そのとき、

「ちょい待ち、御浪人さん」

と、はずんだ声がかかった。ふりむいて、浪人は眼をまるくした。伽羅はしゃなりしゃなりとあゆみ出た。まぶしいような笑顔で、

「お嬢さま、よかお天気でございます」

「まあ、伽羅さん、朝から妙なところに」

と、お貝も笑顔になる。

「え、ちょいと御用があったものですけん――こん御浪人さんに」

「な、なんだと、このおれに?」

「そう、実はあなたにね、あずかりもんのあっとよ。ほら、こん金の鈴」

と、さし出した白い手に、金色の鈴がぴかとかがやいた。浪人の眼が、その鈴よりもひかって、彼はとっさに声もでない様子であった。

「うちのお客様がね、こいばお前さんにわたしてくれって、言わしばってん、いま聞きよったら、早水さまに場銭ばはらわんで、なんちゅう罰あたりのわからずやね。そん代

り、こんばお嬢さまにやればよかですたい。ほら」

伽羅がなげると、金の鈴は空中に美しいひびきをひいて、お貝の手におちた。

「あっ、と、とんでもないことをいたす。場代とそんな鈴とひきかえられるか。場代は払う、やい、それをわたせ」

と、浪人が狼狽《ろうばい》して、ふところに手をいれたとき、能太夫の娘はまわりを見まわした。

十人あまりの地廻《じまわ》りが、血相かえて走ってきた。

「なんだと、早水さまに場代を払わねえもぐりがとび出したと?」

「やいやい、どこのどいつだ。この歌舞伎町の入口にある奉行様の御高札《ごこうさつ》を知らねえか」

お貝は金の鈴をたもとにいれた。

「御浪人、あなたにはここで永代居合抜きをゆるしてあげます。その代り、この鈴はもらっておこう。うちの猫の首につけるのにちょうどいいわ」

そうして、いたずらっぽくにこりとして、となりの独楽廻しの方へ、紅《あか》い絵日傘をまわしていった。眼をむいて、そのあとを追おうとした浪人を、どっと地廻りたちがとりかこんだ。

浪人は、ちらと手の大刀に眼をはしらせたが、すぐだらりとぶらさげてしまった。いくら六尺の長刀でも、まさかここではふりまわせないと観念したようである。凄《すご》い眼で、もういちど能太夫の娘の日傘をにらみ、すぐその視線を伽羅にもどした。

「丸山町の花魁だな。……おれにあの鈴をわたせといった客はどんな客だ？」

思いのほかに、沈んだ声であった。

二

歌舞伎町を出ると、何思ったのか、集めた場銭を下男にもたせて家にかえし、能太夫の娘お貝は、ぶらぶらと町から石段の山道へかかり、松森《まつのもり》天神の方へのぼっていった。片手の鈴をりーん、りーん、と空中になげあげながら。

石段の両側からは、初夏の青葉若葉がさしかわして、むせかえる緑の隧道《トンネル》のようであった。紅《あか》い絵日傘が紫色に染まって、くるくるとまわりながらのぼってゆく。——と、そのうしろから、低い跫音《あしおと》が追ってきた。

「早水さまのお嬢さま」

お貝はふりかえった。走ってきたのは、あの独楽廻しの美少年だ。

「早く、おかくれなされ。あの居合抜きが追って参ります」

「え、あの男が、なぜ？」

「おそらく、鈴をとりもどしにではありませぬか。お嬢さまがおゆきになってから、きゃつ花魁としばらく話をしておりましたが、急にあの辻からかけ出しましたゆえ、てっきりお嬢さまを追っていったものと存じ、拙者もそれを追ってきたのです。先まわりして諏訪神社のお屋敷の方へゆきましたが、かえっていったのが下男ひとりと知って、こちらへかけつけてくるようでござる」

「まあ、どうしたらよかろう。……この鈴が、それほど大事なものかえ？」

「さ、何やら拙者にはわかりませぬが、お嬢さまにとっては御面倒なものらしゅうござる。いっそ、拙者がいただいて、きゃつにかえしてやりましょうか」

と、手を出した。

しかし、お貝はこのとき、おろおろと石段の下をみた。もうそこに、例の浪人者の姿がみえたからだ。彼は高下駄を鳴らして、疾風のごとくはせのぼってきた。

「やむを得ぬ。……拙者が護って進ぜる」

と、少年は女のようにやさしい唇でつぶやいた。お貝はあきれたようにその横顔をみた。居合抜きの浪人は三間ばかりの間隔にちかづいてから、ぴたりと立ちどまった。

「そうか。いままで知らなんだが、うぬは由比組の奴《やつ》であったか」

と、いった。若衆はうなずいた。

「知らなんだのはおたがいさまだ。うぬは豆州《ずしゅう》の犬だな」

「いかにもおれは、伊豆様御手飼いの結城矢五郎《ゆうきやごろう》」

と、さけぶや、浪人は六尺の長刀を鞘走《さやばし》らせた。美少年はにやりとして、大振袖に両手をいれた。

「これは甲賀、秦卍丸《はたまんじまる》の忍法くさび独楽《ごま》！」

声と同時に、そのふりそでから、びゅっとうなりをたてて飛んだものがある。右から五つ、左から五つ、それは雁《がん》のようにならび、交錯して、結城矢五郎の頭上から肩へおちていった。それは十の真紅の独楽であった。

矢五郎の長刀は一閃《いっせん》した。それは三つばかりたたきおとされた。しかし、独楽のおちる速度に微妙に差があって、残りの七つはみごとに矢五郎の頭と肩にならんでおちた。

結城矢五郎は立ちすくんだ。顔面の筋肉に痙攣《けいれん》が走った。次の瞬間、全身をゆさぶってそれをふりおとそうとした。が、七つの独楽は、ぶうんと虻《あぶ》みたいな音をたててその肩と頭にとまったままだ。――地におちた三つの独楽は、そこで廻りつつ、みるみる軸がくさびのごとく大地へめりこんでいった。

「……あっ」

驚愕《きょうがく》のさけびをあげたのは、しかし張孔堂組の秦卍丸の方であった。くさび独楽の軸は三寸もあり、鉄から出来ていて、尖端《せんたん》は錐《きり》のごとくとがっていた。それはひとたび吸いついた個所から、石をも穿《うが》つはずであった。――しかも、結城矢五郎にとまった独楽は、七つとも、おなじ高さで旋回しているだけなのだ。

「伊賀忍法、肉鎧《にくよろい》」

と、彼はうす笑って、左手を伸ばして、その独楽のひとつひとつをつかんで捨てた。すなわち結城矢五郎の皮膚は、錐はおろかおそらく刃《やいば》もたたぬなめし皮と変じていたのである。

「見たかっ」

次の刹那《せつな》、うなりをたてて薙《な》ぎつけられた六尺の豪刀のきっさきから、秦卍丸は色を失ってとびずさっていた。二飛び、三飛び、うしろざまに、しかも石段を上へ、二十段ばかりも舞いあがっていったのは、おどろくべき体術であった。

追おうとして、結城矢五郎は、そこに茫然《ぼうぜん》と立っているお貝の手をつかんだ。

「まず、あの鈴をもらおうか」

手くびをしめつける万力《まんりき》のような苦痛に顔をひきつらせながら、お貝は、いきなり懐剣をぬいて浪人の胸をついた。かん、と鋼《はがね》みたいな音がして、懐剣ははじきおとされた。

「ほ、気丈な娘御だな。じゃじゃ馬ぶりもよいかげんにせぬと、なおいたい目をみるぞ。おれをただの大道芸人と思うか」

と、矢五郎は笑いながら、その襟に手をかけて、ぐいとひらいた。ひどい力で、まっしろな乳房がひとつむき出しになり、鈴がおちて石段にはねあがったのを、矢五郎は、お貝をはなした手で受けとめた。

「さて、きゃつだ」

と、長刀をとりなおして、きっと頭上をふりあおいだとき、矢五郎は、ふいに「や?」とさけんで棒立ちになった。お貝も両手で頬をおさえて立ちすくんでいる。

このとき、ふたりの立っている石段を中心に、それをはさむ青葉若葉が徐々にまわり出したのだ。次第にそれは迅《はや》くなり、めくらめく青い旋光のごとく回転しはじめ、ついには石段さえもまわりはじめた。つむじ風に吹きくるまれたような回転幻暈《げんうん》であった。

「――きゃつ!」

その浪人のうめきを遠くきくと同時に、お貝はよろめいて、どっと四、五段ころげおち、足を上にひらいたまま、気を失った。

結城矢五郎は、歯ぎしりして、このときみずからの感覚する回転とは、逆の方向にからだを回転させつつ、高下駄の足で、たたたたと石段をにげおりていった。その周囲に六尺の長刀を、水ぐるまのように廻しながら。――

三

高い石段のひとつに腰をかけたまま、秦卍丸は、じっと両股《りょうまた》のあいだをのぞきこんでいた。そこに赤い独楽がひとつ廻っていた。それを凝視したまま、彼はお貝がたおれたのも、結城矢五郎がにげ去ったのも、まったく意識の外にあるかのようであった。

はじめ廻っているともみえず、しいんと水のように直立していた独楽がしだいにゆらぎはじめ、たおれると同時に、彼は一念投入の姿勢から醒《さ》めた。顔をあげて、石段を見おろす。結城矢五郎の姿はなく、石段のまんなかに花のようにかかっている能太夫の娘の姿だけがみえた。

「……にげたか?」

と、くやしげにうめく。それから独楽をたもとにいれて、そろりとたちあがった。石段をおりて、たおれたお貝のそばにじっと立って、じっと見おろした。お貝の乳房はひとつむき出しになり、白い足は二本の雌《め》しべのようにひらいたままであった。

「……結城矢五郎といったな。きゃつ、刀もたたぬ忍法者だ」

眼とはべつのことに思いふけっているつぶやきだ。

「……それに、きゃつの仲間が、丸山の引田屋におるとか。ふむ」

と、うなずくと、かがみこんで、お貝のからだをぐいと両手で抱きあげた。風にもたえぬやさしい姿なのに、失神した娘をかるがると抱いたまま、ひらいたままの絵日傘の柄《え》を口にくわえ、石段から一方の青い林のなかへ入っていった。

青い林のなかに、倒木が一本横たわっていた。お貝はそこに一糸まとわぬ姿にされて、その木に半円をえがいてなげかけられていた。象牙《ぞうげ》のようになめらかな腹部を頂天に、上半身はずりおちて、乳房を盛りあげている。その反対側にひらかれた両肢《りょうあし》のあいだに秦卍丸は顔をうずめていた。これまた全裸のすがたであった。

「……処女《おとめ》か？」

と、いちど彼はつぶやいた。

彼の脳裡《のうり》を、例の鈴を秘めたまだ見ぬ童貞女たちの影がかすめた。しかし、切支丹たちが異教の敵の本殿ともみている諏訪神社の能太夫の娘は、それとはおよそ結びつけられないものであった。

……お貝は、青い海底にたゆとう夢をみていた。波濤《はとう》は彼女のからだをなぶり、うねりは彼女の体内に波うった。その波濤とうねりがいくたびか去り、いくどめかに高まり極まると、潮が彼女の全身にみち、そしてあふれ出すのをおぼえた。失神の中で、お貝は四肢をひきつらせて、さらに失神した。

舌をうごかせていた卍丸の美しい顔は、むしろ無念無想のきびしさすら彫刻されていた。二度三度うごいたのどぼとけが、このとき夢のように淡くきえていった。それから、その胸から、しだいにふたつの乳房がふくよかに盛りあがってきた。それだけでもおどろくべき変化なのにやがて秦卍丸の性器はしだいに縮小していって見えないまでになり、やがて完全に消滅したかとみるまに、そのあいだにふかい切れ目がやわらかくくびりこまれていったのである。

甲賀忍法の精髄、女の愛液をすすってはじめて成る「おんな化粧」であった。のみならず、卍丸の顔もしだいに変っていって、二重まぶたのくっきりした勝気さと、唇のはしのややまくれあがったどこかおきゃんな感じの——お貝の顔そっくりになった。

青い森の中の儀式は終った。秦卍丸は化粧《けわ》い終えた。しばらくののち、お貝のきものをきて、お貝の帯をしめて、ただ黒髪のみ背にながく垂れた能楽師の娘そっくりの娘が、軽やかに林の中を出ていった。紅い絵日傘をくるくるとまわしながら。……

忍法「おとこ化粧」

一

——天草党の忍者結城矢五郎は、半日、腕をくんで考えこんでいた。かりのねぐらに借りた大工町《だいくちょう》の裏店《うらだな》である。

ここにかえってきたとき、彼は酩酊《めいてい》したような足どりであった。外界の回転幻暈《げんうん》がようやくやむと、こんどは逆にからだの内部が廻《まわ》っているような感覚がつづいた。彼はなんども、蟇《がま》みたいに這《は》いつくばって、嘔吐《おうと》した。古来の拷問のうちもっとも苦悶《くもん》をあたえるのは、縄で吊《つ》るして回転させる。いわゆる「駿河問《するがど》い」というやつだといわれる。これは人間の平衡《へいこう》感覚をもみねじるという、ふだんあまり経験しない苦痛だから当然であろう。

それとおなじ現象にひきずりおとす張孔堂組の忍者秦卍丸の忍法にちがいないが、いかにしてその忍法をかけられたかわからないだけに、彼は腕をくんで思案せざるを得ない。

「――きゃつ、あれから、どうしたか？」

明日また歌舞伎町の辻に独楽を廻しに出るとは思われないが、存外平然として現われるかも知れぬ。さすがの結城矢五郎も、あの美少年との再会を思うと、冷たい汗のしたたるのをおぼえた。実は、居合抜きの芸人に化けて大道に網を張っていたのも、鈴を秘める切支丹娘のみならず、張孔堂の忍者をそれとなく見つけ出すのが目的であったにもかかわらずである。――それにしても、あの蜻蛉《かげろう》のような美少年が、当の張孔堂組の忍者だとはまったく看破できなかったのは大不覚だ。

その鈴は、いま彼の眼前にころがされていた。その金色の肌には「聖」という一文字が刻んである。首領の天草扇千代がもっていたものであった。

さて、その扇千代様は、どうなされたか？　この鈴は、丸山町の伽羅《きゃら》という花魁《おいらん》がもってきたものだ。けしからぬ奴で、ことづかってきたものを、平気であの能太夫の娘にわたし、それを奪いかえすためにはからずも松森《まつのもり》天神で、秦卍丸と死闘をくりひろげる羽目となったが、それはともかく、扇千代様はどうなされたか。

あの伽羅という遊女は、実にとりとめのないやつで、くわしいことをきいてもよくのみこめないところもあったが、要するに扇千代様は盲となって、引田屋という妓楼にいるらしい。伽羅は「あたしがいやになるまで、あたしの虜《とりこ》として飼っておくつもりだから、安心して、とりもどしになどこないで」といった。鈴をことづかってきたのは、扇千代様の代りに、これによって張孔堂組を捜索しろということにちがいない。

何はともあれ、来るなといわれても、丸山に様子を見にゆかずばなるまい、それにあの卍丸の忍法を破る智慧をかりる必要もある。と、結城矢五郎はようやく思案した。

「御免なさい」

表で、そのとき、女の声がした。矢五郎はあわてて鈴をたもとに入れて出ていって

「お」と眼を見はった。

路地はいつしか夕焼けであった。その夕焼けを吸いよせたような絵日傘のなかの顔は、あの能太夫の娘お貝にまぎれもない。それが、この傘をうしろに投げすてると、いきなり矢五郎の胸にとびこんできたのである。

「くやしい、かたきを討って」

と、お貝はさけんだ。身もだえする娘を抱いたまま、矢五郎はめんくらった。

「かたき？　いったいどうなされたのだ」

「鈴をもっていったのは、わたしがわるかった。女子《おなご》のおもちゃのようなものゆえ、あれがそれほどそなたに大事なものとは思わなかったのじゃ。……その罰《ばち》があたったといえばいえるが、あの独楽廻しのために、わたしは、わたしは……」

熱い息が、矢五郎の胸毛をくすぐった。心中、さては、とうなずきながら、矢五郎はわざとおちつきはらって、

「承《うけたま》わろう、汚ないところじゃが、まず上られい」

といった。

うすよごれた畳にのぼると、お貝は急にひそとだまりこくって、坐《すわ》った。まくれあがった唇のはしがひくひくとうごき、眼が宙にすわっている。いつも、歌舞伎町の芸人市場を颯爽《さつそう》とあるきまわっているお貝のようでない。それに、なんとなくふだんのお貝とはちがう雰囲気に感じられるのは、そんな表情や様子ばかりではなく、着くずれた着物の感じにもあるようだ。……奇妙ななまめかしさをみて、矢五郎はにやりと浮かぶ笑いをかみ殺した。

「あれから、どうなったのか。おれは知らぬが、それではあなたはあの独楽廻《こま》しのために身を汚されたとでもいわれるのか」

お貝はうなずいた。耳たぶに血の色が透いてみえた。問いただすと、石段でふたりの決闘をみていると、ふいに森も石段もいっせいに廻りはじめて、足をよろめかせてころがりおち、気を失った。……意識をとりもどしたときは、松森の林の中で、一糸まとわぬからだにされて、あの独楽廻しの少年になぶりつくされている最中であったという。——

「あれはいったい何者じゃ。ただの独楽廻しとも思えぬ。そなためがけて沢山の独楽が、まるで鳥のように飛んでとまったし、あとで森がまわりはじめたのも、あの独楽廻しの術ではなかったのかえ？」

「いかにも、左様で、きゃつ……忍者のようでござる」

「忍者？」

お貝の顔に、いぶかしさと恐怖の翳《かげ》がちらとさしたが、急に眼に涙がかがやき出し、そのくせ平生の勝気な表情にもどって、

「何にしても、わたしにとっては早水家支配下の大道芸人、その芸人に心ならずも身を汚されたとあっては、このまま家にはかえられぬ。御浪人、かたきを討って」

といって、思いつめたような眼を矢五郎にすえた。

「そう考えたは、御浪人、そなたもおそらく忍者とやらであろう。それにどうやら松森天神のなりゆきでは、あの独楽廻しとは敵のあいだがらではないのかえ？　かたきを討ってくれることのできるのは、そなたのほかにはないと思案してやってきたのです」

お貝はいざりよってきて、矢五郎のひざに手をかけた。

「きいてくれぬ以上は、わたしはここをうごかぬつもり、きいておくれか」

矢五郎は、その白いあごに手をかけた。お貝はちらと見あげて、すぐに眼をとじた。

……一瞬、その瞳《ひとみ》に恐怖と媚《こ》びがさざなみを散らしたようだ。

むろん、おれに惚《ほ》れて抱きついてきたわけではあるまい、と矢五郎はすぐに見ぬいた。あたりまえだ。ただ、あの独楽廻しへの報復の一念のみから、この娘はおれの力をかりにやってきた。処女の身を汚されたくらいで、女がこれほど復讐心《ふくしゅうしん》にかりたてられるものかどうか、と矢五郎にはふしぎであったが、よほど恥ずかしい目にあわされたとみえる。また権式高い諏訪神社能太夫の娘としては、こんな心もあり得るのかもしれぬ。何にしても、据膳《すえぜん》くわぬは男の恥とやら。

「おれも、大道芸人でござるぞ、それでもよいか？」

と、しゃがれた声で念をおしたが、その手はぐいと娘を抱きすくめている。身もだえの反応が、やはりこの娘らしくない、いたいたしいまでの恐怖から媚びへ移行して、矢五郎の肉欲を逆さにあぶった。

うすよごれた浪宅のたたみの上に、落花狼藉《ろうぜき》の光景がくりひろげられた。矢五郎はお貝の上に覆いかぶさったまま、眼をとじて放散の恍惚境《こうこつきょう》に沈んだ。……その腰のあたりを、冷たいものがすうと走った。

一刹那、彼の全筋肉と全皮膚は「肉鎧」と化して、大きくはねあがっていた。彼の眼は、いままでおさえつけていた娘のからだから真っ白な半円球が消えているのを見た。

「秦卍丸！」

絶叫した矢五郎を、稲妻のごとく懐剣は追って、一薙ぎに彼の性器を切断していた。

……斬れたのだ。全筋肉と全皮膚は肉鎧と化したのに、放散の弛緩《しかん》に陥っていたただ一個所だけは、豆腐のごとく斬り落されたのである。

部屋の一隅にまろび飛んだ結城矢五郎は、大刀ひっつかんで仁王立ちになったが、ひろげた股間からは真紅の血しぶきがたたみをたたいた。このとき、衣裳《いしょう》はお貝のものながら、顔はまったく張孔堂組の忍者にもどった秦卍丸は、これまたすっくと立って、

「案の定、肉鎧をぬぎおったの」

にんまりと笑った。

卍丸の美しい笑顔とみえたのも、ひと息かふた息つくまでのかげろうの相であった。その四肢がみるみるごつごつと骨ばってき、背たけまでぬうとのびてきた。

必死の跳躍をみせようとした矢五郎は、あっと息をひいた。眼前に笑っているのは、彼自身、もうひとりの結城矢五郎ではなかったか。

「甲賀忍法、おとこ化粧」

と、彼は詩《うた》うようにつぶやいた。——女の愛液をすって能太夫の娘と変身した秦卍丸は、いま男の精液を吸収して、天草党の忍者結城矢五郎に変形《へんぎょう》したのである。

「この姿で丸山に参る。うぬの仲間が、引田屋とやらにおると申したな」

と、悠然と背をみせた。

獣のようなさけびをあげて、その背を追った矢五郎の豪刀の下を、うしろなぐりに真

紅の流星が走った。矢五郎は弓のようにのけぞった。

秦卍丸はしずかに佇《たたず》んで、たたみに縫いとめられた巨大な昆虫《こんちゅう》みたいにのたうちまわる伊賀の忍者の、真っ赤な切断面から腹腔《ふくこう》へ、ぶうんと埋没してゆく赤いくさび独楽の唸《うな》りを、明笛のひびきでもきくような顔をして聴き惚れていた。

二

「おや」

遊心やたけにはやる浮かれ男たちが、さんざめきつついぞく丸山町入口の思案橋の上である。そんな嫖客《ひょうきゃく》をさておいて、いったいどこへ出かけるつもりか、禿《かむろ》ひとりをつれ、そのまるく反《そ》った石橋に、からころと下駄を鳴らして町の方へゆきかかった花魁伽羅は、眼をまるくして立ちどまった。

やはり、昨夜とおなじ、春のような朧月《おぼろづき》の下を、ぶらぶらとあるいてきた浪人者がある。色あせた黒紋付に野袴というはえない姿なのに、ひとり目に立ったのは、彼が三寸あまりの高下駄をひきずってきたからだ。

「あら、けさほどは」

伽羅はちょっとまごついたようであったが、すぐにけろりとした顔でその方へちかよった。

「おお。――」

と、大道居合抜きの浪人も狼狽したように高下駄をとめたが、これまたこだわりのない笑顔をむけた。

「これはよいところで逢《あ》った。これからあんたの方へゆこうと思っての」

「何の用ね、歌舞伎町の場銭も払いきらんおひとが、丸山町にきてもだめですよ」

「いや、遊びにゆくのではない。あんたの虜となっておるというおれの仲間に逢いたいのだ。どうか、ひきあわせてくれ」

「うちのひと?」

と、伽羅はまるで女房のような口をきいて、くびをふった。

「いけない、うちのひとばつれ出そうちしたって」

「しかし、仲間なのだ。どうしても逢わねばならん用があるのだ」

「どうせ、しょうなかお仲間でっしょ?　あなたにあん鈴ばわたせってゆうたぎり、名も素性も名乗らっさんけん、うちもめんない様って呼びよるくらいばって、歌舞伎町の辻で居合抜きばやりよるあなたが、よかお仲間とは思われんもん」

「何、めんない様?」

「そう、盲よ。あら、けさそのことをいわんやったかね」

浪人は、ふきげんにだまりこんだ。伽羅はふしぎそうにその顔をながめていたが、急に甘美な思い出し笑いをして、

「盲はん、可愛いかとさ。めんない様も、いっときうちに飼ってくれってたのまれましたとよ。可愛い男にたのまれちゃあ、丸山町でちっとは知られとっ伽羅じゃんば、うちの顔にかけたって達引《たてひ》かんば承知でけんもん。大道芸人なんか、そんげん哀れか浮世の雨風やらにさらしたりするもんね」

「そんなことではない。……しかし、盲ときいては」

と、浪人はうめいた。月光に眼が焦《じ》れたひかりをはなって、

「いよいよ、是非とも逢わねばならぬ」

「居合抜きの先生、うち逢わせとなかわけはね」

と、伽羅は子供みたいにくびをすくめた。

「めんない様からあなたへ、あの鈴ばわたせとことづかったとに、早水様のお嬢様にやってしもたでっしょ。そいがわかったら、めんない様に叱《しか》られるけんよ」

「要らざる懸念《けねん》だ。鈴は、ここにあるわ」

たもとからとり出した鈴が、大きな掌《てのひら》の上できらとひかったのをのぞきこんで、伽羅は口をぽかんとあけた。

「あらあら。……お嬢さまからもどしてもろたと？」

「思いたいように思え、それでは参るぞ」

「待って。そんなら仕方のなか、逢わせてやりまっしょう。ばってん、あなたのごと薄汚れた御浪人に——すいまっせん——友達顔してのりこまれるっと、そいじゃのうても間夫《まぶ》を居候させよるとけ、御亭《ごて》さんがいやな顔ばさすけんか、ここに呼んでやります」

伽羅は禿のりん弥に耳うちした。りん弥はうなずいて、小鳥みたいにかけもどっていった。

浪人は伽羅に何やらきこうとしたが、伽羅は石橋にもたれかかって、生ぬるい潮の香に兵庫髷のほつれをなびかせながら、知らん顔で何やら唄《うた》を口ずさんでいた。

「かんふらん、はるたいてんよ
長崎　さくらんじゃ
ぱちりこ　ていみんよ。……」

何の意味だかわからない。しかし、この唄は、歌舞伎町でもだれかうたっているのをきいたことがある、唐人歌ということであった。どこかのどかで、哀愁のある唄声に、いらつき気味の浪人もふとききほれた。伽羅の鼻唄はつづいた。

「ベレンの国の姫君
いまはどこにおらすか

御褒《おんほ》め尊びたまえ。……」

そのとき、りん弥が息せききってかけもどってきた。そのうしろに四、五人の武士がくっついて走ってくるのをみて、浪人はいささか狼狽した。

「花魁、そなたの客人はどれじゃ」

伽羅は上眼づかいに、長い睫毛《まつげ》ごしに浪人を見た。

「お友達ば知らんと?……どうもおかしかと思った。そいけん、御役人ば呼ばせったい」

「なにっ」

と浪人はとびずさったが、このとき役人がぐるりとまわりをとりかこんだ。伽羅はにこにこと笑った。

「居合抜きの先生。早水様のお嬢さまがけさ歌舞伎町からの帰りがた、そいぎり行方のわからんごとなって、御役人が手をわけてさがしようすと、知んなさらんと?」

「早水の娘? そんなものは、おれは知らぬ」

「ばってん、うちがお嬢さまにわたした鈴ば、いまあなたが持っとるたいね」

浪人は絶句した。そのそばに役人たちはつかつかと寄ってきて、まえに立ちはだかった。

「これ、能太夫の娘をいかがいたした」

「殺したのか、かどわかしたのか」

浪人は、なお眼をひからせたままであった。いうまでもなく、これは秦卍丸であった。みごとに結城矢五郎の姿に「おとこ化粧」し終えて、丸山の引田屋にいるという松平伊豆組の一人に逢い、そのまま討ち果たすか、あわよくばほかの敵のいどころをもさぐり出してやろうというつもりでやってきたのだが、このおかしな遊女のために、思いがけぬ罠《わな》にひっかけられてしまった。

けさ、歌舞伎町で、この遊女が無造作にあの鈴を能太夫の娘にわたしたのに、矢五郎があわてたのをみて可笑《おか》しかったが、こんどはじぶんがまんまとこの奇妓のために翻弄《ほんろう》されたようだ。……あまりの馬鹿《ばか》げた失策に腹は煮えかえるようだが、弁明はむずかしい。

といって、役人を相手にくさび独楽ではあるまい。彼は役人をじろりとながめ、伽羅に眼をうつした。

「案ずるな、能太夫の娘は生きておる。どこにいったか知らぬが、そのうち現われるにきまっておるわ」

と、あいまいなことをつぶやきながら、じりじりと石橋の欄干にもたれかかった。手がすうとうしろにまわる。とみるまに、そこから、ぶうんと虻の羽音に似た微《かす》かなひびきが起った。

「あっ」

役人も、伽羅もよろめいて、まるで水中を漂う藻のように泳いで、わずかに欄干に身を支える光景も、視界の外にあるかのごとく、浪人はそこに廻る赤い独楽を、しいんとのぞきこんでいた。

独楽がたおれて水中におちたとき、大道居合抜きの浪人姿は、思案橋の上になかった。

三

「——はてな」

と秦卍丸は河ぞいに足をとめた。片側は寺ばかりの人ひとり通らぬ夜の路だ。その路を、異様なものがあるいてくる。

ふりみだした髪を背にたれて、大振袖に袴《はかま》をつけているが、たしかに女だ。しかも片肌ぬぎになって、ひとつあふれ出した乳房が、地上の朧月《おぼろづき》のように浮かんでいる。あきらかに、狂女だ。

「能楽師の娘だ。……あれで狂ったか。ちとふびんな気がするな」

と、じっとその姿を見すかして、卍丸はつぶやいた。能太夫の娘お貝である。彼女はうつろな眼で、そこに立った大道居合抜きの浪人の姿にも気づかぬように、ふらりふらりとあるいてきた。

松森天神の林の中で眼がさめて、おのれのむざんな姿に気がついて発狂したか、それ以前に「おんな化粧」の忍法にかけられたこの世のものならぬ快美に正気を失ったか。

——そのとき、卍丸は、ふたたびはたとひとつの妙案に思いあたった。

もはやこの結城矢五郎の姿で、引田屋にいる伊豆組の奴に逢うのはむずかしい。のみならず、この姿で役人たちをあのような目にあわせた以上、かえってこの「おとこ化粧」は厄介でもある。それより、ふたたびこの能太夫の娘に「おんな化粧」をするにしかず
——と、かんがえたのである。

「これ」

と、彼は寄って、お貝の肩をとらえた。お貝は眼をあげた。けさまでのお貝とは思いもよらぬかなしげな眼であったが、うつろであった。

「おれが、わからぬか？　さてさて、そなたをこう乱心させるまでにむごい目にあわせたのはだれじゃ？」

薄笑いしてのぞきこむ卍丸の肩に、いきなりお貝の両腕がまきつけられた。身もだえして、うめいた。

「おとこ、おとこ」

あえぎながら、両肢もまた卍丸の胴にまきつけて、腰を波うたせる。——この女に化

けるという目的よりも、この妖美《ようび》な狂乱ぶりに、卍丸の心猿はもえた。

「可愛いや、あのつんとした娘が、色きちがいになりはてたな」

と、いって、片側の寺の山門をちらと見あげて、娘をからみつかせたまま、卍丸はしとしとと歩き出す。お貝はうわごとのようにあえいだ。

「吸って、吸って――」

「おお、その寺で、心ゆくまで吸ってやろう」

「いま、ここで口を吸って――」

むせぶような吐息の芳香に、あるきながら卍丸は、娘の唇に唇を重ねている。歯のあいだから、やわらなくぬれた舌がすべりこんできた。（変ったのは、おれよりも、この娘かもしれぬ）と、ややあきれながら、白桃の一片をふくんだように、卍丸はお貝の舌をしゃぶった。

「うっ」

ふいに卍丸はうめいて娘のからだをつきはなした。つきはなされるよりはやく、お貝のからだは、三間もはなれた路上にとんで、片ひざをついていた。

棒立ちになった卍丸の満面が、みるみる暗紫色に変った。一瞬に、彼ののどを柔かい肉がぴたとふさいだのだ。それはお貝の舌であった！　嚙《か》みきったのではない。舌全体がすっぽり自切《じせつ》されて、男の気管にふたをしたのであった。

——ちがう、おれはおまえを辱しめた秦卍丸ではないぞ！　おれは結城矢五郎だぞ！

乱心者とはいえ、この姿をよっくみろ！

卍丸はその言葉が出なかった。のどをかきむしり、からだを海老折《えびお》りにし、四肢をぶるぶるとふるわせ、地上に転々して彼は悶《もだ》えた。

「大友忍法——とかげ舌」

やさしい息が、死にゆく卍丸の耳たぶをなでた。断末魔の中に、驚愕の痙攣がまじった。——この能太夫の娘が、あの童貞女のひとりであったとは！

「これ、天帝《ゼウス》の鈴をもらってゆくぞ」

声ではない、舌を失った女に声はない。それはただ息の旋舞によるささやきであった。

卍丸の左のたもとから、美しい鈴の音が出て、一歩、二歩、遠ざかった。

忍法「水絵」

一

諏訪神社能太夫の娘お貝は、歌舞伎町の大道芸人、結城矢五郎と秦卍丸が、法王の鈴を狙《ねら》って長崎に潜入した松平伊豆組、また由比正雪組の忍者であるとは、けさまで知らなかった。

居合抜きの浪人結城矢五郎がその人間だと知ったのは、歌舞伎町の辻《つじ》で、花魁伽羅《きゃら》から、その鈴のひとつ——江戸へいって死んだモニカお京の鈴——を受けとった刹那である。——彼女が、わざとひとり松森天神へ上っていったのは、むろん矢五郎がじぶんを追跡してくるものと承知して、不敵にもたたかいを挑むつもりからであった。

しかし、はからずもそこにとびこんできた秦卍丸の忍法は、彼女にほとんどなすところなからしめた。のみならず、松森天神の林の中で、卍丸のために言語道断の辱しめをうけた。それも無抵抗の夢心地で、あとになってからじぶんが一糸まとわぬ裸体とされ、そのからだの上に投げかけられた卍丸の衣服で、じぶんを辱しめたのが秦卍丸であったとはじめて知ったほどであった。

ただ、さすがの卍丸も、じぶんの正体までは看破し得なかったらしい。じぶんの鈴は無事であったのがせめてものことである。

それにしても、結城矢五郎に奪われたお京の鈴だけは何としても奪いかえさねばならぬし、お貝はその決意で彼をさがしもとめていたので、いまじぶんが斃《たお》したのが秦卍丸の変身したものであろうとは夢にも知らなかった。刃《やいば》もたたぬ肉鎧の忍法を持つ矢五郎と思えばこそ、おのれの舌を失うことを覚悟の上で彼を屠《ほふ》り去ったのだ。

お貝は、結城矢五郎が完全に絶命したものとみて、あともふりかえらず、三間ばかりゆきすぎた。

が——死んだ男の、夜目にも白ちゃけた右腕が、高速度撮影のように緩慢に右のたもとに入った。そこから、ぶうんと虻の羽音が飛び立った。

お貝が、はっとして立ちどまったとき、赤い独楽は、まるで千鳥みたいに地を跳ねていって、お貝の両肢のあいだに吸いこまれていった。それは軸を逆にし、錐を上向きにしてはね上ったのである。

お貝の全身は硬直した。硬直した女体を恐るべきくさび独楽は、その肉と血を四方に飛散させつつ掘った。

……暗い天にのけぞったお貝の唇がわななないた。

舌を失ったのみならず、この凄《すさま》じい大苦痛のために声とならぬ息が、彼女の胸のうちでこうささやいたのである。

「童貞《ビルゼン》サンタ・マリアは御子《みこ》を誕生し給う。ルフィナお貝。ここに殉教《マルチリ》をとげまする。天帝《ゼウス》のおん鈴を、天帝のみもとへ——」

その右手から鈴は前へ、そしてくさび独楽にしゃくい出された体内の鈴はうしろへ——夜の道へ、美しいひびきをあげつつ、ころがっていった。お貝は、全身をふるわせて息絶えた。


「あらあら、こがんところに誰《だれ》かたおれている」

夜の道を、「引田屋」とかいた提灯《ちょうちん》をぶらさげて、からころとあるいてきた下駄の音がたちどまった。のぞきこんで、

「まあ、これは居合抜きの先生。……おや？　きものはたしかそうばって、どがんしたとやろうか。顔はあの独楽廻しの人たい」

すっとんきょうな声をあげたのは、花魁伽羅であった。息絶えて、秦卍丸の「おとこ化粧」は剝《は》げおちていたのである。つれてあるいていた禿のりん弥が、ふいにそこから

三間ばかりまろび出した。

「ここにも人が……若衆姿で——あらっ、伽羅さま、これは早水様のお嬢さまですたい！」

「えっ、おのお嬢さまが——」

「おう、この恐ろしい血しぶき——太夫さま、たいへんです」

「りん弥、はやく御奉行所へいっておくれまっせ、でも、これはいったいどがんしたことやろか」

りん弥がかけ出していったあと、伽羅はふたつの屍骸《しがい》のあいだに茫然と立っている。

ふと、地におちた提灯のまるい灯のふちに、きらりと金色にひかるものが二つあった。

彼女はひろいあげた。

「おや、こん鈴は——こっちはたしかめんない様からあずかった鈴ばって、こっちんとはちがう字がきざんである。うちにも読める、御って字ばい。これはあのめんない様に知らせてやらんば」

伽羅は、ふたつの屍骸をあとに、からころともと来た路へかけ出していった。

二

——五月五日、端午の節句に幟《のぼり》をたてたり、鳥毛の槍《やり》をたてたりするのは、ここにかぎらないが、長崎にはもうひとつ、ほかの町にはみられない華やかな行事がある。それは「ペーロン」という特殊な船の競漕《きようそう》である。

長崎の海手の町々がそれぞれ所有するペーロン船は、その船体を剣や弓矢や竜などの絵で彩色し、長さも十五尋《ひろ》から二十尋を越すに至る長大なもので、これに二、三十人から五、六十人もの人間が乗りこみ、銅鑼《どら》と太鼓にあわせ、「ペーロン、ペーロン、ペーロン、ペーロン、エッ」という勇ましいかけ声をかけながら、大黒《だいこく》町あたりの海辺から港の入口まで、或《ある》いは伊王島《いおうしま》よりはるかに三、四里の沖合まで、海を走る百足《むかで》のごとく競漕する。それを陸では人々が雲集して、それぞれの町のペーロン船に、海と空をどよもすばかりに声援するのである。これは南支那の風習で、唐人が伝えたものであった。

ただし、この物語の当時は、後世のごとく盛大な行事として定着されておらず、時も四月半ばのことであった。ちょうどまた「伝来中」といってもいい。

場所も唐館のすぐ下の波止場から、二艘《そう》のペーロン船がこぎ出された。

一方は、はだかの赤ふんどし、ねじり鉢巻の男たちであるが、一艘は、大半唐人であった。大半というのは、そのなかに二、三人、役人らしい影もみえるからで、これは唐人屋敷に勤務するいわゆる唐人番の人々で、監視役としてのりこんでいるのだが、むろんこれは遊戯だから、和気藹々《あいあい》としている。この唐人たちは、五月五日のペーロンに、日本人と競漕をこころみたいという望みで、いまから町の有志を訓練しようとしているのであった。

ただ、その唐人船で、わけても異彩をはなっている者がある。それは船の中央に立てられた柱に銅鑼がひとつかけられて、その傍に立っている娘であった。まなじりが切れあがって、どこか野性にみちた美貌、翡翠《ひすい》の耳飾り、まっしろな腕をむき出しにしたはなやかな長衣をみればわかるように、あきらかに唐人の娘であったが、このとき潮風にのどをあげてさけんだのは、歯ぎれのいい日本語であった。

「では出しますよ。そら、ペーロン、ペーロン、エッ、ペーロン、ペーロン、エッ」

同時に彼女の鎚《つち》をにぎった繊手は、銅鑼をうち鳴らし、数十本の櫂《かい》は水しぶきをあげて、唐人船はすべり出した。それにくっついて、一方のペーロン船も、おぼつかない櫂さばきながら、あとを追う。

潘香蓮《はんこうれん》——唐人が丸山の遊女に生ませた混血児だ。唐人は原則として唐館から外を自由に徘徊《はいかい》できないが、彼女ばかりは例外であった。支那と日本を往復する唐人のなかで、彼女だけは誕生以来、長崎をはなれたことはない。いまでは、唐人屋敷の女王のような存在だ。ときどき、日本娘とおなじ髪かたち、きものをきて町をあるいていることもあるが、それはそれなりに、日本娘よりもきりりとして、しかもどこかひどくあだっぽいところがあって、長崎の若者たちの胸をさわがせた。彼らは彼女を、「お香さん」と呼んでいた。

このペーロンの稽古《けいこ》にしても、ペーロンそのものより、教えるのが香蓮だときいて参加した若者が、案外多かったかもしれない。

青い港の波をきって、二艘の彩られた船は、美しい交響をかわしながらすすんだ。……明るい初夏の日光の下に、巨人のつくった緑の階段のような町は遠くなってゆく。日本人のペーロン船も、ようやく櫂さばきが馴《な》れてきたようである。

「ありゃなんだ?」

ふいに、その日本人の船から、だれかさけんで、櫂がとまった。唐人船もとまった。いつしか港を出て、伊王島やら香焼島《こうやきしま》やらの島々がちらばる彼方は、渺茫《びょうぼう》とひかる大海原であった。その島の手前に、何やら漂っているものがある。

「紙鳶《はた》だ」

と、まただれか声をあげた。

「なに、紙鳶？」

と、唐人船のなかから、ひとり立ちあがった者がある。唐人番の曾我杢兵衛《そがもくべえ》という男であった。

「おいっ、船を近づけて、あれを拾え」

急にあわてた声でそうさけんだとき、日本人のペーロン船もその方へすべり出した。彼らもそれを拾おうとしているらしい。

……しかし、その漂流物めがけて漕ぎよせる唐人船は、その本領を発揮して、みるみるそれと距離をあけた。

そのとき、その日本人のペーロン船から異様などよめきがあがった。ふりむいて、唐人たちはいっせいに口をあけた。二、三人、思わず櫂をとりおとした者もあった。

その船からひとり海へとびこんだ人間があるのだ。——が、その人間は、泳ぎはしなかった。彼は四ツン這いになった手足を、波の上に置いただけであった。その姿勢で、その男は、まるで水馬《みずすまし》のように海を走った。

気がつくと、その男は、褌《ふんどし》ひとつの裸体ながら、髪は月代《さかやき》をのばした侍髷《さむらいまげ》であり、口には匕首《あいくち》をくわえている。

「きゃっ……張孔堂の甲賀者だな」

絶叫したのは曾我杢兵衛であった。四ツン這いのまま、こちらの船を追いぬきながら、その男は獣みたいによくひかる眼をこちらにむけた。彼は口の匕首をとった。

「そういったところをみると、うぬは伊豆の犬か」

彼はにやりと笑った。

「いかにもおれは張孔堂組の漣甚内《さざなみじんない》。……大文字弥門から十字架をさらった紙鳶《はた》のゆくえを追って十余日、ひょっとしたら、とあの妙な船にまぎれこんで海へ出てみた甲斐《かい》はあった。見ろ、甲賀忍法水馬《みずすまし》――十字架はもらってゆくぞ」

その姿に、黒い閃光《せんこう》がとんだ。曾我杢兵衛の手からはなたれた鏢《ひょう》であった。しかし、漣甚内の飛魚《ひぎょ》のごとき敏捷《びんしょう》なからだは、それを尻目に水の上をはしっていって、波に漂う紙鳶に達した。

「船をとめろ」

と、曾我杢兵衛はうめいた。彼は腰にさげていた瓢箪《ひょうたん》をとりあげて、栓《せん》をぬいた。そのまま彼は、瓢箪をさかさまに、舷《ふなばた》からその内容をとろりと海へこぼしたのである。

それは、酒ではなかった。うす白い乳のようなものであった。とみるまに、その液体は黒くなり、また褐色となった。濃厚な絵具のような液体は、たゆとう波に散りもせず、流れもせず、一塊となって沈み、みるみる何やらのかたちを描き出した。

「忍法、水絵《みずえ》。――」

と、杢兵衛はつぶやいた。舷に坐《ざ》して、瓢箪をかたむけたまま、彼は眼をとじて、まるで無我の境にでも入ったような面貌《めんぼう》であった。

大道芸人の芸のひとつに、砂絵というものがある。五色の砂を一握にしてこぼし、地上に絵をえがくもので、また「嬉遊笑覧《きゆうしようらん》」に、「細砂を染めて五色になし、蠟《ろう》に浸したるを水上に浮かべ絵をかく」とあるように、水を対象ともした。――おそろく、その一種であろう。しかし、いま曾我杢兵衛の水中に描き出したものは、たんに絵ではなかった。一塊となって沈澱《ちんでん》した絵具は、生けるがごとき立体像を生み出した。生けるがごとき――いや、それは水死人のような皮膚をした曾我杢兵衛自身であった。

色褪《あ》せて、何が描いてあったか、原形をとどめない遊女紙鳶《ばた》であった。それは波の面《おもて》に伏して、錘《おもり》のように水中に青銅の十字架を吊るしたまま、十幾日か、この海を漂っていたものであった。

張孔堂組の忍者漣甚内は、その糸をたぐってみて、手応《てごた》えをたしかめると、一方の手くびに糸をからめ、紙鳶ごめにふたたび波の上を疾走しようとして、ふと傍に何者かが忍びよってきたのを感じた。

ふりむいた。水中にあおむけになってひとりの人間が漂ってきた。

「うぬは！」

絶叫して、稲妻のごとく匕首をその人間の胸につきたてた。水死人のような伊豆組の忍者は、水そのもののごとく匕首をつらぬかせたまま、白い眼をむいて、ひんやりと甚内の四肢にからみついてきた。

動顚《どうてん》した刹那、水馬《みずすまし》の忍法は破れた。強烈に水をはじいていた手足が表面張力をつらぬいて、ずぶりと水中に没したかとみるまに、彼の全身は水しぶきをあげて海底に沈んでいった。夢中にもがいて、浮かびあがる。――水面にあらわれた漣甚内の鼻ばしらに、その一瞬、波を切って飛び来《きた》った鏢は、こんどは狙《ねら》いあやまたず、その短い刃がすべて没するまでにくいこんだ。曾我杢兵衛の絵具より、もっと濃い真紅の液体が波紋をえがいた。

この間、ものうい銅鑼の音は、依然として海にながれていた。

海の上の忍者の死闘に、知らずして放心したように伴奏をつづけている潘香蓮であった。

三

――陸にもどってきいてみると、漣甚内はまったくの飛入りであった。ペーロン船にのりこもうとしていた一同のそばへ、それを面白そうに見物していた浪人者が、いきなり裸になって是非仲間に入れてくれと割りこんできたものだという。――

曾我杢兵衛は、天草扇千代が長崎奉行馬場采女正に身のふりかたを委嘱した三人の輩《はい》下《か》のうちのひとりであった。彼が唐人番――唐館警衛役人――になったのは、むろん唐人そのものを探索の対策としたからではなく、十五人の童貞女とやらがいかなる素性の女たちであるか、雲をつかむような話だけに、唐人屋敷に出入りする商人たちに眼をつけて、中に万一切支丹くさい奴でもあればと、その探索の一部門を担当したにすぎない。

唐人屋敷にかえったのは、もう夕ぐれであった。もとは十善寺《じゅうぜんじ》村御薬草園といわれた土地で、九千三百六十三坪の土地は、深さ六尺の濠《ほり》と、高さ七尺の土塀で外界と区切られている。

支那《しな》風《ふう》に甍《いらか》の反った大門には次のような禁制の札がかかげられていた。

「一、断りなくして唐人構えの外に出づる事。

一、傾城《けいせい》の外女入る事。

一、出家山伏諸勧進《かんじん》のもの並びに乞食入る事。

右の条々之を相守るべく、若《も》し違背するに於《お》ては曲事《くせごと》たるべきもの也《なり》」

唐人たちをこの門の奥へ送りこんで大門番所へひきかえした曾我杢兵衛は、青銅の十字架をとり出して、ひねくりまわした。これが童貞女たちの体内の鈴に共鳴りを発せしめる十字架か。――

杢兵衛は、ふと眼をあげた。濠にかかる橋を、きらびやかな女の一団が入ってきた。

もう唐人番の朋輩《ほうばい》たちがあるいていって、彼女たちに冗談をいいながら対応をしている。「傾城の外、女入る事」という禁制は、遊女ならばゆるされるということである。一夜の唐人の夢をまどかにむすばせるべくやってきた今宵当番の丸山の遊女たちであった。

「ええと、うちはね、唐人行の女じゃあなかとです」

そんな声がきこえた。丸山の遊女のうちでも、唐人行、和蘭陀行と、それぞれの分担がきまっていたのである。

「唐人番さんのなかに、曾我杢兵衛さんって、おらす？　その方に、ちょいと御用があるものですけん」

「曾我杢兵衛はおれだ」

曾我杢兵衛は十字架をふところに入れ、その方へあるいていった。

「ああ、あなた」

と、笑顔をむけたのは、十四、五人あまりの遊女たちのうち、群をぬいて、息をのむほどきれいな女であった。思わず杢兵衛はまばたきしながら、

「おれの名をどうして知っておる」

「うちのめんない様から、おことづけがあるとです」

「めんない様？」

「盲の若いお侍。うちの間夫《まぶ》」

李兵衛は、そばの唐人番にきいた。

「――この遊女は、いかなる女かな」

唐人番は、にやにやしながら耳うちを返した。この伽羅という遊女が、丸山の名物女であることを告げたのである。

「盲？　盲など、おれは知らぬぞ」

と、李兵衛はいよいよけげんな顔をしている。青銅の十字架が遊女紙鳶《ばた》にさらわれたことは、まだ扇千代が奉行所にいたころにきいたが、奉行所を出た扇千代のその後のことは、彼はまだ知らなかったのである。扇千代はあの「聖」の鈴をたよりに、彼なりの探索をつづけているのであろうと思っていたばかりだ。

「そいばってん――」

伽羅は、李兵衛の耳たぶに口をよせた。脳髄もしびれるような芳香であった。

「めんない様は、あなたがきょう海でひろってきたとば、うちにわたすごとって――」

「なに？　左様な話、だれからきいた」

「きょう、ペーロン船にのっとった若い衆が、廓《くるわ》にきて話しよらした。そいから、まあ、うそかほんとか知らんばってん、海の上ば走る男ば見たってばい」

李兵衛は沈黙した。伽羅のいうめんない様とはだれのことか、やっとのみこめてきたが、しかし見知らぬ遊女に大事な十字架をわたすことはできなかった。彼はささやいた。

「それは、おれが、そのめんない様とやらに逢って渡すとしよう」

「そう、そんなら、うち、それとひきかえにあなたにわたすごとって、ことづかってきたもんのあっとばってん、それもおあずけたいね」

「ことづかってきたもの？　それは何だ？」

話しているあいだに、ふたりだけとりのこされた。遊女たちは、唐人番から探り改めをうけて、ぞろぞろと二の門の奥へ入ってゆこうとしている。

「鈴」

と、伽羅はいった。李兵衛は手を出した。

「それをわたせ」

「それがねえ」

伽羅はくっくっと笑った。

「ほんとに綺麗《きれ》か音ばたてて鳴る鈴たいねえ。いまここへくる途中、みんなに見せてやったら、みんな欲しがてから、うちにもどしてやらっさんとばい。いいことにつこうて、唐人さんばよろこばせるけん、貸しとけって――」

「ばかな」

「とうとう、だれかがかくしてしもうたですよ。どうせ、あしたになれば返さすことはわかっとっとけん、うちもそがんまで気にしとらんやったとばってん。――」

杢兵衛は、眼をむいたきりであった。怒ろうにも、ふしぎに怒れない天真爛漫《らんまん》な伽羅の顔であった。

もともと唐人相手に春を売りにやってくる女たちだ。唐人を恐悦させ、法外な金やら翡翠やら珊瑚《さんご》珠《じゆ》やらをせしめるためには、どんな恥しらずの行為でも辞さない連中であることはいうまでもないことであった。

「まあ、おそろしか顔――わるかったやろう？　そいじゃあ、いますぐ追っかけて返してもろてくるけんね。だれが持っとっか、わからんばってん」

伽羅はかけ出した。が、彼女は二の門を入ると同時に、二の門はとじられた。

二の門が閉じられた以上、明朝までは開かれないことは自明のことであった。大門の警備をつとめとしている彼に、二の門をあけさせる権利はなく、またあの遊女たちをつかまえたところで、ほかの役人のみている前で、鈴をとりかえすことははばかられた。

曾我杢兵衛は、苦虫をかみつぶしたような顔で立っている。

二の門の内部は六千九百坪ばかりあり、なかにいくつかの二階建の唐人の住居、大小通辞部屋、土蔵、牢屋《ろうや》、探番所――それに、関帝廟《かんていびよう》や土神廟や観音堂や、納涼所、歌舞庫などがちらばっていた。

ぴんと甍の反った軒先に、あちこち靄《もや》のようなものがからみついている。阿片《アヘン》の燻《く》ゆる煙であった。その屋根にかかる細い新月を、五羽、六羽、蝙蝠《こうもり》がかすめた。その蝙蝠に似て、はるかに大きく、完全に羽ばたきの音をたてぬ影が、屋根から屋根へ移っていった。

忍法「指蚕」

一

唐人屋敷の夜空に、今宵は、脳髄のじんとしびれるような阿片の煙ばかりではなく、眼にみえぬかげろうに似たものがゆらめいているようであった。唐人特有のしつこい油や酒の匂《にお》いもあるが、それにまじって、たしかになまぐさい愛欲の吐息が、無数にもつれあい、たちのぼっていた。

丸山から遊女の入った夜はいつもこうだ。

商用とはいいながら遠く異国に来て、この一画に押しこめられたまま、外出といえば荷役、唐寺参りくらいのもので、きょうのようなペーロンの船遊びのゆるされるのは例外だ。しかも必ず唐人番という役人の監視のもとにある唐人たちにとっては、遊女の訪れが、日本人の想像もできない歓《よろこ》びであった。唐貿易一年の商い額を銀七千貫とか八千

貫とかに限られた時代に、

「異国に持帰る銀子を、遊女のために長崎につかい捨てること一か年におよそ千貫目ほど成るよし」といわれたことでも思い半ばにすぎる。

もっとも、大門の警衛役たる曾我杢兵衛にとっては、この二の門より内部に入るのは、これがはじめてであった。屋根から屋根へとびうつるその姿は、むろん新月の夜空に溶けこむような黒頭巾《くろずきん》に黒装束だ。

彼は、夜の唐人たちを見て通った。あちらこちらの房に、蜂《はち》がくわえ入れた花みたいに遊女たちが入っている。朱い円卓に豚やあひるの料理をならべ、椅子《いす》に遊女たちを抱きあげて口うつしに紹興酒などを飲ませている組があれば、豪奢《ごうしゃ》な寝台にもう鴛鴦《おしどり》のように戯れている組がある。それも、唐人たちは銀托子《ぎんたくし》とか勉子鈴《べんしれい》とか懸玉環とか、さすがの杢兵衛も名も知らぬような奇怪な器具を使用すれば、遊女たちもたんに金品をしぼりあげる便法ばかりではなく、相手が唐人とあっては、日本人にはみせられないような姿態をみせて恥としないのか、金竜探爪《たんそう》の体位をとったり、紫嘯《ししょう》を吹いたり――濃艶《のうえん》な金瓶梅《きんぺいばい》さながらの世界がいたるところにくりひろげられていた。

曾我杢兵衛は、なんども生唾《なまつば》をのんだ。ときどき、手にした青銅の十字架をふることすら忘れた。――が彼は、はっとわれにかえって十字架で十字をきり、耳をすませた。

みえない屋根の下を、かすかな美しい鈴の音が、房から房へ、回廊から回廊へ移ってゆく。伽羅だ。ほかの遊女に貸したというあの鈴をいつの間にとりもどしたのか、彼女はそれを空中になげあげたり、袂《たもと》に入れたりして、蝶《ちょう》みたいに面白そうにあそびあるいているのであった。

曾我杢兵衛は新参の唐人番なので、この唐人屋敷にやってくる遊女たちの顔をすべて見憶《みおぼ》えているというわけではないが、その顔ぶれは大体きまっているらしい。とにかく伽羅という遊女をみるのははじめてであったが、ほかの唐人番からきいたところによると、いままで何度かここにきたことはあるらしい。しかも彼女自身、「あたしは唐人行の遊女ではない」と断ったにもかかわらず、特別扱いの女らしく、どこの房にいっても歓迎される。あちらの部屋《へや》で唐人の胡弓《こきゅう》にあわせて妙な歌を唄っていたかと思うと、こちらの部屋で、唐人と遊女の痴態を頬杖《ほおづえ》ついて見物しながら、卓の上の蜜餅《みつもち》などをたべている。

杢兵衛は、彼女をとらえるために、忍びこんできた。彼女のもっている鈴を奪うこと、引田屋とやらに泊っているという首領の天草扇千代の動静をききだすこと――目的はそれだが、まるで悪戯《いたずら》ッ子をつかまえようとするようなもので、彼女の天衣無縫のうごきは、さすがの杢兵衛にも、容易にはとらえかねた。聞えつ、消えつする鈴の音を追って、彼は屋根の上を這いまわった。

「はてな」

ふと、李兵衛は屋根の一画に、奇妙なものを見つけ出した。三尺四方くらいの四角なものが、淡い月光にひかっている。「ぎやまんだ」と、彼はつぶやいた。ぎやまんが、屋根にはめこんであるのだ。その一部が細くひらいて、そこから白い湯気が、すうと吹きながれていた。天窓になっているらしい。彼は這いよって、のぞきこんだ。

ぎやまんの下は、いっぱいの湯けむりであった。その底に、白いものがうごいている。女が風呂《ふろ》に入っているのだ、と気がついたとき、どこかで、りーん、と鈴が鳴った。

「や――？」

李兵衛は屋根の上で、十字架をふった。ふいに水の音がした。石を組んだ浴槽に身をしずめていた女が、愕然《がくぜん》として立ちあがったのである。

「……だれですか」

と、彼女はさけんだ。この唐人屋敷に生まれ、いまはここの女主人ともいうべき潘香蓮であった。

風呂の入口がすこしひらいて、べつの女の顔がのぞいた。

「ああ、伽羅さん」

と、潘香蓮は笑ったようであった。

「こがんところに湯屋があったと？　いっちょん、知らんやった。まあ、石で造ってあるとですね」

「……あなたも、お入りなさいな」

「そうですね。こんな綺麗《きれ》かお風呂なら、ちょっと入ってみたかねえ」

と、いって、伽羅は、戸の外でもぞもぞしていた。きものをぬぎ出したようである。

と、そのとき、そこから浴槽の石の上に、珠をころばすような音が走った。

「まあ、鈴が！」

と、潘香蓮はさけんだ。白い手がのびて、それをひろった。

屋根の上で、曾我杢兵衛は、じいっとくびをひねった。——さっき、たしかこの下で鈴の音がきこえた。あれは伽羅の鈴の音であったのか。いや、ちがう。あれはたしかに、香蓮のからだからきこえた。

曾我杢兵衛の顔色は変っていた。実に思いがけないことであったが、ひょっとしたら、この唐人と日本の遊女の混血児が、童貞女のひとりではあるまいか？

彼はもういちど、青銅の十字架をふった。鈴の音がきこえた。しかし、香蓮の掌の上で、伽羅の鈴が鳴りひびいているので、それはもはやいずれとも弁別しかねた。

杢兵衛はなおしばらく考えこんでいたが、やおら腰から瓢簞をとりあげて、口にふくんだ。とみるまに、ぎやまんの天窓のすきまに口をよせたかと思うと、その唇から音もなく、色彩ある霧がほそく、ゆっくりとおちはじめた。

それは浴室にみちる湯気のなかに、水に淡い絵具をおとしたように緩慢に垂れ下がりつつ、ぼやっとにじみひろがるようにみえて、一塊ずつ色を変えてかたまりながら、次第にひとりの男をえがき出していった。唐人番姿の曾我杢兵衛自身であった。

二

「……伽羅さん、きれいな鈴だこと」

と、香蓮はいった。ただならぬ顔色であったが、それは湯げむりにかくれ、またさりげない声であったので、伽羅は気がつかないらしく、

「え、綺麗《きれ》かばってん、へんな字の刻んであるとですよ。御っていう字が。ようと見てんごらん」

「御」

鈴をのせた香蓮の掌は、かすかにふるえている。ふたりは浴槽にひたっていた。四つの乳房、四本の足が、白いかぐわしい水中花のように漂っている。

伽羅は鈴よりも、しげしげと香蓮の肌をながめながら、

「香蓮さん、ほんとにきれいか肌ばしとらすこと。温泉、水滑《なめ》らかにして、凝脂に洗《そそ》ぐっていうのは、このことたいね」

と、むずかしいことをいって、じぶんで笑った。

「ほほ、たったいま、唐通辞の江七官《こうしちかん》さんから教えてもろうたとです。長恨歌って歌を」

しかし、伽羅の雪白の肌は、香蓮にゆめおとるものではなかった。潘香蓮は、ほかの遊女であったら、いっしょに湯にひたりはしない。この伽羅は、唐人行の遊女にまじってときどきこの屋敷に見物がてら遊びにくるが、ここでは決して色を売らないので、なんとなく遊女ではないような気がするのだ。しかし、丸山では一、二を争う花魁《おいらん》であるとはきいているから、この大理石を刻んだように清浄の感すらある肉体はふしぎであった。が、香蓮は、いまは彼女の肌に見とれているひまはなかった。

「伽羅さん、この鈴をどうしてあなたは持っているのです」

「そいはね、うちのよかひとから、ことづかってきたものよ。この屋敷のお役人に」

「だれに」

「唐人番の曾我杢兵衛ってひとに」

そういったとき、伽羅の眼がふっとひらいた。湯げむりの中をじっと見つめて、ふいに息をひいた。

「香蓮さん、そこに――」

いつのまに入ってきたのか、入口の戸を背に、朦朧《もうろう》と立っているのは、曾我杢兵衛であった。醜怪な笑いをうかべ、眼が白くひかって、浴槽のなかに立ちあがった裸の美女ふたりをながめている。

「いや!」

香蓮はふいに反対の方角へ伽羅をつきとばした。伽羅はよろめいていって、湯船の石にもたれかかった。

香蓮の手は、鞭《むち》みたいにうしろにまわって、湯船のふちにあった何かをつかんで投げつけた。そこに立っていた曾我杢兵衛にではなく、ぎやまんの天窓へ。——凄じいひびきとともに、月が砕けたかと思われる無数の光の破片が風呂にみだれおちた。同時に天窓からもんどりうって黒い大きな物体がおちてきた。

浴槽にあがったしぶきは、鮮麗な紅であった。その真っ赤なしぶきがおさまったとき、彫像のように立ちすくんでいた伽羅は悲鳴をあげた。

「香蓮さん!」

香蓮はうつ伏せに漂っている。その下に、いまおちてきた何者かが半ば沈んで、あおむけにこれまた漂っている。黒頭巾に黒装束の男だ。そののどぶえに、八方に釘《くぎ》を突出させた金具がくいいって、彼はあきらかに絶命していた。が、その右手には、ひとすじの刀身が冷たくひかり、左手には、ぎゅっと十字架をつかんでいた。

そのとき、潘香蓮の右手が、蛇みたいに下腹部へうごいた。重心が移って、彼女はあおむけになった。伽羅は声も出ない風であった。香蓮の美しいからだは、乳房のあいだから下腹部へかけて、真一文字に斬《き》り裂かれていたのである。落下しつつひきぬいた曾我杢兵衛の刀身のわざであった。

血みどろの湯に腸みたいなものがびらびらともつれ漂い、そこから香蓮の手は何やらをつかみ出した。その手が湯船のふちにのると、彼女はかすかにつぶやいた。

「御主《おんあるじ》、ゼズス基督はゼツマニアの森の中にて膝《ひざ》を観念し給い、おん血の汗をながし給う。――ジュリアお香、ここに殉教《マルチリ》をとげまする。天帝《ゼウス》のおん鈴を、天帝のみもとへ――」

そして、彼女のあたまは赤い湯にひたった。

ながいあいだ、そこに立ちつくして、この血の池地獄をみつめていた伽羅は、やがてそっと手をのばして、湯船にのった潘香蓮の掌をひらいた。血まみれの鈴がひとつあらわれた。

さっきの鈴は、湯船の外にころがっている。ちらとそれをみて、伽羅はその第三の鈴にもういちど眼をおとしてつぶやいた。

「瀬、ときざんであるわ」

三

唐人屋敷の大門のまえに、数十人の商人風、職人風の男たちがあつまっていた。なかには、内儀風の女や、娘の姿もちらほらまじっている。手に手に大きな包みを持っている。朝だ。

唐人番の役人たちは、彼らから一々鑑札を示されて、帳簿と照らしあわせながら、ときどきふしぎそうに話しあっていた。

「曾我杢兵衛はまだ見あたらぬか」

「いったいどこへいったものだろう。――うむ、魚町の青貝屋藤七、通れ」

「御奉行から特別に廻《まわ》されてきた男だから、ひょっとしたら何かの急用で奉行所の方へでもいったのではないか」

「それにしても、この忙しいのに、無断で留守をするとはけしからぬな。炉粕町《ろかすまち》のぎやまん細工師、玻璃屋《はりや》宗七、よろしい」

「いったい、あの男はふしぎな男だ。新参のくせに、話しかけてもろくに返事もせぬし、うすきみわるい奴だといっていい。きのう海で、瓢箪から色水を出して、海中におとしたら、きゃつそっくりの人形が浮かんだという話はみんなきいたろう」

「きいた。奇態な術をつかう奴《やつ》だな。あれを御奉行さまがさしつかわされたということは、何かふかい仔細《しさい》が——豊後町の油絵商、山田屋銀兵衛、通れ」

ここにあつまった連中は、唐人相手の商人や職人たちであった。当時、唐船は生糸や毛織物や砂糖や薬をつんで来航し、その代金として銀銅を持ち去ったのであるが、若干は日本の特産物や、また南蛮渡り或いは唐人みずから教えて日本人が天性の器用さと勤勉を以て独特の精巧さを作り出した細工物などをあがない去った。竹細工やからすみなどは日本の特産であり、油絵や遠目鏡虫目鏡やぎやまん細工や土圭《とけい》や象眼鍔《ぞうがんつば》などは南蛮渡りのものであり、螺鈿《らでん》や珊瑚《さんご》細工や南京針《ナンキンばり》や綵花《つくりばな》などは唐人みずからが教えたものである。——彼らは、売込み或いは註文《ちゅうもん》の品をもって、見本をみせたり商談をしたりするために、定期的にこの唐人屋敷にやってくるのであった。

大門と二の門のあいだに、市場が設けられている。いつもはここに喧々《けんけん》たる取引の声がわきあがるのだが、この朝は、商売にかけては呆《あき》れるほど厚かましい唐人たちが、ひどくおとなしいので、商人たちはみなくびをひねった。彼らはむろんその意味もわからなかったが、唐人たちは沈み、むしろおびえているようであった。

実は、唐人たちは、昨夜深更、花魁伽羅から知らされた潘香蓮と曲者《くせもの》との筆舌につくしがたい惨劇に肝《きも》をつぶし、途方にくれていたのである。はじめ、入浴中の香蓮を襲った痴者《しれもの》と思いこんだが、覆面をとってみると唐人番なので、声をのんだ。絶対の権力をもった役人が加害者にして被害者をかねているとあっては、そのまま届けを出すのも考えものだ。幸か不幸か、その唐人番も秘密に忍びこんできたものとしか思えないので、とりあえずその死骸《しがい》を土神廟にかくし、香蓮の死だけはあとで何とかとりつくろって届け出ることにして、その隠蔽《いんぺい》工作をやっと伽羅にもききいれてもらうことにしたばかりなのである。

その伽羅が、二の門から出てきた。彼女は、そんな陰謀はおろか、昨夜の惨劇もけろりと忘れた顔で、石だたみの上をからころと大門の方へゆきかけたが、横の空地に市場がひらかれているのをみると、すぐ面白そうにそっちへあるいていった。手にぶらぶらと、四角な平たい包みをぶらさげている。

塀のむこうに朱や青に彩られた関帝廟の屋根がみえ、あたりに徘徊しているのは唐人の方が多いから、まるで支那の市場のような景観のなかを「御免なさい、御免ね」と、伽羅はかきわけていった。——と、その喧騒《けんそう》のなかに、まるで糸みたいにほそく、りーんと鳴った音がある。むろん、そんな小さな音をだれもきいた者はないと思われたのに、はっとしたように立ちどまった人間がある。

「鈴の音だ」

と、うめいたのは、さっき油絵の商人といって入ってきた山田屋銀兵衛という男であった。

　もっとも長崎で山田屋といえば、島原の乱で原城から幕府方に内応した有名な山田右衛門作《えもさく》の弟のひらいている店で、銀兵衛は相当の年輩だから、この二十四、五の男はその手代か何かであろう。

　のっぺりとした顔をふりあげたそのそばを、伽羅が四角な包みをふりふりすれちがっていった。男は顔に似合わぬ凄《すご》い眼でふりむいたが、伽羅を見知っていたらしく、すぐにもうひとりの若い娘に視線をすえて、かけよって、その手くびをつかんだ。

「おまえはなんだ」

「うちは、袋町の綵花《つくりばな》職人の娘お雪ってんです。突然ひとの手をにぎって何さ。おはなし」

　と、娘は眉《まゆ》をつりあげた。そらしたあごの線が陶器みたいに美しい。両手にかかえた芍薬《しゃくやく》の花は、これが造花かと見紛《みまご》うばかりであった。しかし、男はその手をはなさなかった。

「おまえ、鈴をもっておるか」

「そんげんものは、もっとらんよ。うちは花ば、売りに来たとやもん」

「それでも、いま、おまえのからだから鈴の音がきこえた」

　男は娘の貝殻みたいなうすい耳たぶに口をよせた。

「うぬは、十五人の童貞女のひとりだな」

「十五人の童貞女？」

けげんそうにいいながら、お雪は造花の花びらを米粒のような白い前歯でかんだ。とみるまに、その一片をぷっと男の顔に吹きつけた。

「あっ」

男は両眼をおさえた。花びらはふたつにわかれて、その両眼の角膜にぴたと蓋《ふた》をしていた。狂気のごとく眼をこすったが、それはとれなかった。

お雪は、脱兎《だつと》のごとくにげ出した。その姿をめがけて、すうーっと数条の糸のようなものがながれていった。糸よりほそく、まるで白いながい毛髪のようなものは、三間もはなれたところで、彼女のくびにからみつき、粘着した。

「待て」

と、さけんだのは、油絵を売る男ではなかった。横で、唖然《あぜん》としてこの異変をみていた唐人たちのうしろに立っているやはり職人風の男であった。たしかぎやまん細工師玻璃屋宗七の手形を大門で見せた男である。

そうさけんだときは、白い糸は幾十条幾百条となく風にふきみだれて、お雪のくびを、腕を、足くびをからめている。それにしても、その一本一本は眼にみえぬほど細いものなのに、それがどれほど威力をもっていることか——それは、くびにかかった糸のひとすじに、のけぞりながら指をかけてお雪がひきちぎろうとしたとき、その指が刃物できったように切れておちたことからもわかった。魚釣りに用いるテグスは繭《まゆ》からつくる。そのテグスに似て、テグスよりも強靭《きょうじん》な糸であった。

唐人は、その男をふりむいて、眼をむいた。糸は彼のさしのばした五本の指さきから出ていた。どこかに糸巻をひそめているのではない。彼はその指さきに絹糸腺《せん》があるかのごとく、指そのものから青白色にひかる糸を吐き出しているのだ。古来、仏教の信者の間に神秘な奇蹟《きせき》として伝えられるものに「糸引名号《いとひきみょうごう》」という現象がある。すなわち、南無阿弥陀仏《なむあみだぶつ》の名号を一心に唱えていると、一念極まるところ合掌の指頭から、白色の美しい糸が出るといわれ、これは体内の血漿《けつしょう》中の繊維素が汗腺《かんせん》から滲出《しんしゅつ》するものといわれるが、或いはそれと同じ現象であったろうか。

「伊賀忍法指かいこ。——」

と、彼はうすら笑いをしてつぶやいた。

もう一方の手があがると、その五本の指さきからも、びらびらびら……と青白色の糸がほとばしり出て、なお両眼をおさえている油絵商人のからだに粘着しはじめた。うごめく十本の指は、まさに十匹の蚕《かいこ》そのものにみえた。

いや、この男自身が青白くぷよぷよとした皮膚をして、巨大な蚕のような感じがある。ふたりがまったく白い繭につつまれてしまったのを見すますと、彼はのろのろと油絵商人のそばへちかより、耳に口をあてた。

「童貞女を見つけたのはうぬの手柄だが、鈴はおれがもらってゆく。うぬも、もはやわかったろう。おれは張孔堂組の猿羽根冬心《さばねとうしん》というものだ。では」

と、水死人が笑ったような顔で二、三歩あとずさり、背をみせようとした。その刹那《せつな》、この両腕こめて全身繭糸にからまれた男は、赤い唇をとがらせた。まるで空気がはじけるような音がした。

「伊賀忍法、鎌《かま》いたち」

そうさけんだときは、猿羽根冬心の青白くふくれた顔が、真っ赤な柘榴《ざくろ》みたいに裂けたあとだ。

「きこえるか、おれは伊豆組の勿来銀之丞《なこそぎんのじよう》。――」

両者のあいだには、何物の交流もなかった。ただ大気だけであった。

実にこの勿来銀之丞は、強烈な吸息により、距離をおいて真空の気泡をつくり出す忍者なのであった。

一瞬満面を粉砕された猿羽根冬心は、しかしその位置に凝然と立っていた。左右に張られた繭糸だけに支えられて立っているのだ。銀之丞をとらえていた糸から手がはなれた。ふらりと寄ってくると、懐中からとり出した匕首《あいくち》の鞘《さや》をおとし、銀之丞のみぞおちに柄《つか》まで刺しこみ、その足もとに崩おれた。

勿来銀之丞は、相手が生きていようとは思わなかった。彼は盲であった。盲というより、網膜いっぱいにゆれる芍薬の花だけをみていた。みぞおちを刺し通されて、彼は海老《えび》折《お》りに片ひざついたが、しかし、次の瞬間、猿羽根冬心のもう一方の手ににぎられた繭糸を、口でしゃくいあげたのである。

「鈴、法王の鈴」

糸を唇のはしにねばりつかせたまま、彼はうめいた。張られた糸のはしに、美しい繭糸にまきつかれてもだえぬくお雪のからだがあった。

銀之丞はその糸によって、狙いをさだめた。その口がとがった。

きいん、と大気がはためき鳴ると、お雪をからんでいた繭糸ははじけ飛んだ。同時に、彼女の下腹部も柘榴のように裂けた。

白日の下に血の霧がたち、その霧がまだ消えぬのに、お雪は飛びちった芍薬の花に覆われてつっ伏した。かすかな息が、のどに波うった。

「童貞サンタ・マリア御子《みこ》ゼズス基督の十二歳のおんとき見失い給うて、御堂《みどう》に於《おい》て学匠たちと御法談し給う。――マグダレナお雪、ここに殉教《マルチリ》をとげまする」

人々は、この幻想としかいいようのない凄惨《せいさん》な光景に、茫乎《ぼうこ》として立ちすくんだままだ。

伽羅だけが、ふらりとかがみこんだ。その足もとに、お雪のからだから血とともに飛んできた鈴がころがっていた。彼女はその鈴に刻みこまれた字を読んだ。

「宝」

忍法「肉豆腐」

一

碧《あお》い油をぬったような空に、三色旗がはためいている。朱と白と紺と——出島にひるがえる和蘭陀《オランダ》の国旗である。

まるで海中にひろげられたきれいな扇のような島は、広さわずか四千坪足らず、これだけが鎖国以来、世界にむかってひらかれた小さな窓であった。この小さな通風口から吹きこむ酸素あってこそ、明治の血液に若々しい生命力が潜在していたといえるのだが、当時は不承不承、いやいやながらひらいていた扇形の窓であった。

出島の周囲には、船も自由につけられぬように海中に杭《くい》をめぐらし、本土の長崎の町とは、ただひとつの石橋のみでつながる。ここにも門があって、平常は鎖《とざ》し、門番がいて厳重に監視し、奉行所の許可証のないものは出入を許さない。むずかしい顔をした奉行所の役人か、狡猾《こうかつ》な商人たちか――「東洋の牢獄《ろうごく》」とここを呼んだ和蘭陀人たちに、わずかに香ばしい息をつかせたものは、ただ丸山の遊女だけであった。

唐人屋敷とひとしく、この遊女たちばかりは、出島に出入も滞留も自由だったのである。和蘭陀屋敷には、一棟の遊女部屋さえ設けられていた。

潮の匂う初夏の午後であった。出島へゆく石橋を、二挺《ちょう》の駕籠《かご》がわたった。むろん、橋をわたったところで門番にとめられる。

「引田屋の伽羅《きゃら》でござんす」

と、さきの駕籠からひとりの遊女があらわれた。

「あの、うちの山弥《さんや》さんが産気づいたのに、和蘭陀のお医者様が中気にかかってとりあげられないということで、こっちからお医者をつれてきたとですばい」

「ああ、そのことはきいておる。御苦労」

と、門番たちはいったが、うしろの駕籠から出てきた天神髯《てんじんひげ》にどじょう髭《ひげ》の医者よりも、この有名な遊女の爛漫としか形容のしようのないあで姿に見とれている。もっとも伽羅が出島にきたのは初めてではない。彼女は「和蘭陀ゆき」の遊女でないにもかかわらず、しばしば遊びにやってきて、あえて役人たちがそれをとがめないのは、彼女の抜群の美貌《びぼう》と、することなすことの無邪気さからであった。

「油屋町の産科の竹井銅斎《どうさい》でござります」

と、どじょう髭の医者はおじぎをした。門番のひとりがふりかえって、

「油屋町に産科の医者があったかの」

「こんごろ、江戸からきらした先生なんです。とてもお上手だって評判やけん、うちがとくにおたのみしたのですよ」

と、伽羅がいった。門番はこのとき、出島の中央道路をあるいてくるひとりの若者に気がついて、「おい、鞍吉《くらきち》」と呼んだ。

「山弥花魁の産婆――ではない、産科の医者がやってきた。案内してやってくれ」

若い小柄な鞍吉は、小走りにやってきた。

「それは助かった。もう陣痛がひどくって、バイレンさんも蒼《あお》くおなりになるし、気をもんで、いまかいまかと様子を見にきたところです」

和蘭陀人たちに使われている小者の鞍吉は、女のようにやさしい顔を明るくして、

「さあ、どうぞこちらへ」とさきに立って走り出した。伽羅と医者の銅斎はそのあとにつづいて、和蘭陀屋敷の方へ消えてゆく。銅斎は産科の道具箱をさげ、伽羅は何か薄い平たい四角な布包みをさげていた。

中央の道路の右側には、砂糖蔵、蘭人商務員部屋、医者部屋、甲比丹《カピタン》部屋などがならび、左側には花畑、そのむこうに蘭人補助員部屋、御朱印書物蔵、丁字蔵《ちょうじぐら》、鮫蔵《さめぐら》、銅蔵、甲比丹別室などが建ちならんでいる。木造ではあるが、そのうちのいくつかの建物はヴ

ェランダなどをめぐらして、たしかに洋館風であった。

遊女部屋は花畑に面して設けられていた。遊女が和蘭陀人のたねを懐胎したときは、概《おおむ》ね親許《おやもと》にもどって出産したけれど、望み次第では和蘭陀屋敷で分娩することもゆるされた。生まれた子供は、そのままここで育てようと、遊女にしようと、或いは里子に出そうと、それは随意であったが、ただ海の外へつれてゆくことだけは厳禁されていた。

いまこの出島には、甲比丹スヌークのもとに、商務員五人、補助員四人、医者のほかには、門番、船番、廻り番、通辞、ポルトガル語からきたコンプラと称する町への買物使い、台所人、園丁《えんてい》、それに少年の給仕たちが住んでおり、これはむろんみな日本人である。この商務員のうち、ファン・バイレンという和蘭陀人の愛した山弥という遊女が臨月となったのに、たまたま駐在の老医チモンスゾーンが中風にかかってしまったので、あわてて日本人の産科医を呼んだのだ。和蘭陀人たちにとっては、さぞ不本意でもあり、不安でもあったろうが、普通の病気や怪我と異り、事が事だけに、彼らだけではなすべもなかったに相違ない。

「おや?」

と、花畑に沿って走りながら、医者の銅斎はくびをかしげた。

「何だか妙な音がきこえたようだが」

「先生の御道具の音じゃありませんか」

「いや、鈴の音のような」

「ああ」

と、伽羅は笑った。

「そんなら、うちよ。鈴をあずかってきたもん」

「鈴を――妙なものを、だれからだれに」

「うちのお客から、廻り番の騎西半太夫《きさいはんだゆう》という人に」

そのとき、遊女部屋のある一棟から、若い紅毛の和蘭陀人と、ふたりの日本人があらわれた。ひとりは細長い厳格らしい顔をした役人で、ひとりはみるからにりりしい美少年であった。

役人は片眼であった。

少年給仕の鞍吉がいった。

「産科の竹井銅斎先生でございます。まだ間にあいましたか」

出迎えた少年が、きれいな和蘭陀語で、異人につたえた。異人が喜んで思わず十字をきったのを、役人は隻眼でぎろりとみたが、ファン・バイレンはじぶんの大失態にも気がつかぬ風で、銅斎の手をとって、その建物にひき入れていった。

「丈太郎どの、これは？」

と、役人が伽羅をみて、あごをしゃくった。

「これは、山弥とおなじ引田屋の伽羅という遊女です」

と、若い通辞は伽羅に笑いかけた。

「御苦労でござる。伽羅、これはこのごろ奉行所から廻り番として参られた騎西半太夫と申されるお方」

「あら、そいじゃあ、うちのたのまれた方だわ」

伽羅は片手に金の鈴をのせ、片手で四角な包みを振った。すると、その鈴は、掌の上で美しい微《かす》かな音をたてた。

出島内の巡邏《じゅんら》役人、騎西半太夫の顔色は変った。

二

五月の微風が花畑をざわめかしていた。海際を白い土塀でかこまれて、紫陽花《あじさい》、芍薬、牡丹《ぼたん》、つつじ、山吹、夾竹桃《きょうちくとう》、藤など、色とりどりに吹きゆれるなかに、ひとりの白髪あたまの老人がたちあがって、いまゆきすぎた医者と遊女を見おくって、くびをかしげた。身なりからして、園丁らしい。

「爺さん」

道の方から、ふいに呼ばれて、老人はふりかえった。ふたりの駕籠かきが、汗をふきふき近づいてきた。

「おいら、はじめてこの出島に入ってきたんだが、妙な花や樹《き》があるね」

「あの樹の赤い花は何ってんだね」

「あれは柘榴《ざくろ》だ」

「こっちは？」

「薔薇《ばら》じゃ」

老人は何やら思案しながら無意識的に答えたが、ふと気がついて、じろりと駕籠かきをながめて、にがい顔をした。

「おまえたち、こんなところまで入ってはいかん」

「門の御役人が、あっちにひかえおれといって、あっちってどこだときいたら、花畑で花でも見て待っておれといったよ」

と、駕籠かきはいった。どっちも日に灼《や》けて、筋肉隆々としている。花畑の上には蝶が幾十匹ととび、ぶうんと懶《けだる》い虫の羽音がみちていた。庭師の老人はあきらめて、もういちどくびをひねってひとりごとをいった。

「はてな、いまたしかに鈴の音が二つきこえたが」

急にふりむいてたずねた。

「駕籠屋、いまやってきたのはだれじゃ」

「油屋町の竹井銅斎ってえ医者と、丸山町の伽羅太夫だよ」

「伽羅——その花魁は鈴をもっておったか」

「鈴？　そんなものを持ってたかどうか気がつかねえが、変なことをきくね。鈴がどうしたってんだい？」

老人は答えず、もういちどつぶやいた。

「鈴の音は、二か所からきこえた。銅斎か、伽羅か、それとも——」

老人は顔をあげた。遊女部屋の方から、いま医者を案内していった小者の鞍吉がひとりもどってくるのを見ると、ふと呼んだ。

「おうい、鞍吉」

「あ、八十八《やそはち》さん、何御用」

笑顔でやってくる鞍吉を、庭師の八十八はじっと見まもっていたが、ふいにそのくぼんだ眼がきらりとひかった。

「そうか。——いままで気がつかなんだ？」

「何が？」

「鞍吉、妙なことをたずねるが、おれはさきごろまで御奉行様の御屋敷の庭師をしていて、この出島のなかのことはまったく不案内だ。おまえさん、いつからここに奉公しているんだ」

「三年まえからさ。ずっとむかし死んだおやじが、ここの船番をしてたんでね」

「そのまえから、おまえは男として育てられたのか」

「えっ」

鞍吉が顔色をかえたとき、彼はむずと老人にかかえこまれていた。枯木のようにみえて、おそろしくしなやかな腕がのびると、その襟から下へ、さっと掻《か》いた。その手には何もなかった。ただ鴉《からす》の嘴《くちばし》みたいに黒くのびた爪《つめ》だけで、鞍吉の衣服は、帯も袴《はかま》も、いっきにかき裂かれたのである。

花園のなかに、雪のような裸身の美少年が茫然《ぼうぜん》と立っていた。美少年？　いや、その胸には、むっちりとふたつの乳房が盛りあがっている。かたく巻いていた晒《さらし》も、刃物できったように裂きおとされたのだ。

急に鞍吉は、身をひるがえしてのがれようとし、老人は追いすがろうとした。そのはだかの女体をうしろからぐいと抱きとめ、また老人のうしろから、

「伊豆組か」

と、さけんだ者がある。ふたりの駕籠かきであった。さすがに老人は、愕然としてふりむいた。その顔に黒い閃光がうなりをたててたたきこまれ、老人の眼から鼻ばしらにかけて、血と脳漿《のうしょう》がとび散った。

「はからざるところで逢《あ》った。おれは由比組の天王寺勘助《てんのうじかんすけ》」

と、うしろの駕籠かきは、なおもう一方の手に鉄金具のマキビシをつかんでちかよろうとしたが、顔の上半分うち砕かれた老人が、にやりと歯のない口だけで笑ったのをみると、ぎょっとして立ちすくんだ。

「なるほど、そうか。いかにもおれは天草党の秩父八十八《ちちぶ》」

と、うなずくと、老人はどうと花の中へうち伏した。

それを見すますと、鞍吉を抱きとめていたもうひとりの駕籠かきは、その耳もとに口をおしつけてささやいた。

「切支丹娘がこの出島と縁ありはせぬかとは考えておったが、男姿で暮しておるとは思いもよらなんだぞ。これ、うぬのもっておる鈴をよこせ。おれはその鈴をもらいにわざわざ江戸からやってきた赤厨子丹波《あかずしたんば》という男だ」

と、いいながら、よじれもだえる娘の下肢のあいだに手をわりこませようとした。

その手も、娘の細い胴にくびりこむほど抱きしめていた腕も、このときふいにはっとしてうごかなくなったのは、娘の白蠟《はくろう》のような肌が、一瞬に色を変じたのをみたからである。それは実に鮮麗な紅色であり、黄色であり、緑色の曼陀羅《まんだら》であった。手がぬるりとすべった。それは赤厨子丹波が、娘の裸身を染めたものが、その肌からながれおちた五色の汗であることを知ったとき、娘は彼の腕からすべりぬけて、花畑のなかに身をなげこんだ。

「しまった。のがしたぞ！」

赤厨子丹波がうめいたとき、むこうの天王寺勘助も同時にさけんだ。

「爺いの姿がみえぬ！」

天王寺勘助は、松平伊豆組の老忍者秩父八十八のたおれた位置にとんで、そこに老人の姿がないのにはっとしていたのである。同様に赤厨子丹波も、身をなげこんだ娘の姿がそこから消滅しているのに愕然としていた。

「花のうごきをみろ」

「風でないそよぎを」

ふたりはささやきかわし、立ちあがって、一瞬に、風でない風が、一方は海を隔てる土塀の方へ、一方はそれと直角の遊女部屋の方角にある牡丹畑の方へ、すうと吹いてゆくのを見た。その土塀の方へ吹いた風から、きらきらとたんぽぽの毛のようなものが吹きかえしてきた。

「心得たり」

由比組の天王寺勘助と赤厨子丹波は、がばと花畑のなかへ身を沈めた。たんぽぽの毛のようなものが微小な針だと見ぬいたのである。同時に、ふたりは花の中を、風を追う風のように、別々の方角に這《は》い出した。びっしりと生えた灌木《かんぼく》や草花の間を、まるで蛇のようにうねってゆく。

「あの老いぼれめ、たしかに顔をうち砕いたぞ。あれでは生きて十間とは走れぬはず」

と、天王寺勘助は確信した。

——その通り、彼は牡丹畑の中に、うつ伏せになってたおれている老人の姿を見出した。彼はふところから匕首をとり出した。老人のからだにふれた一指から、秩父八十八に生命の弾撥力《だんぱつりよく》のないことがわかった。天王寺勘助はのしかかって、そのうなじを刺しつらぬいた。

このとき、死人がひくく笑ったのだ。笑い声は、うなじの上から湧《わ》いたようであった。かぶさった髪のすぐ下から、つぶやいた声さえきこえた。

「伊賀忍法双面《ふたおもて》。——」

息のようなものが、白髪を吹きわけて、そこにもうひとつ顔があらわれた。

一瞬、それを見たとたん、天王寺勘助の匕首は空中に静止し、眼は吸いよせられた。まぶしい五月の日光をさえぎる牡丹の花の底に浮かびあがったのは、この世のものならぬ肉感的な美女の顔であった。

おそらくそれは、みずから造り出した肉腫《にくしゆ》の一種だったのではあるまいか。人面瘡《じんめんそう》というにはあまりにも美しい女の顔を、枯骨のごとき老忍者秩父八十八は、頭の背面にもうひとつ持っていたのである。

けぶるような星眼がじっと見あげ、なまめかしい唇がにんまりと吐いた息が顔にかかったとたん、天王寺勘助は深淵《しんえん》の渦にひきこまれるようにくらくらとして、その唇に吸いついていた。

その顔は、そのまま膠《にかわ》でつけられたように離れなくなった。天王寺勘助の四肢に痙攣《けいれん》がはしった。美しい唇をぬらす唾《つば》――肉腫のひだにたまった膿汁《のうじゅう》をすすった刹那に、勘助は悶死《もんし》したのである。

一方、赤厨子丹波は、撩乱《りょうらん》たる花畑を吹く風を追った。彼はあの娘が五色の汗によっておのれを迷彩化したことにようやく気づいたのである。這い走る彼のゆくえは、青い海藻のような無数の茎、白い貝殻《かいがら》のような花弁のゆらぎがみえるのみで、娘の姿のまったくみえないのに彼は舌をまいた。ただ、そのゆらぎのみを彼は追う。

ふいに、ゆらぎがきえた。彼は白い土塀に相対した。丹波は茫然とそこに釘づけになった。そのとき、花畑の彼方の道路にかんだかい人の声が聞えたのである。丹波は思わず立ちあがった。

その背後から、くびに白い蛇のようなものが巻きついた。それは一本の女の腕であった。たとえ丹波がふりむいたとしても、壁から腕が生えたとしかみえなかったろう。しかし、壁と丹波のからだとの空間に、たしかに白い濃い煙のようにうごくものがあった。

ただ一本の腕のみがくっきりと浮き出して、それは鞭《むち》のように強靭に丹波の頸《くび》をしめあげた。——赤厨子丹波とて驚天の忍法の体得者であろうに、ふいをうたれて彼の満面は紫色になり、その鼻孔からたらたらとふたすじの血の糸がながれおちると彼は崩《くず》折《お》れた。

「大友忍法木ノ葉蝶。——」

と、笑うような女の声がきこえた。

壁のなかに赤い花が咲き、黒いふたつの光がともったようであった。赤い花は笑った口で、黒い光はひらいた双眸《そうぼう》であった。女忍者は花の中をのがれつつ、真っ白な汗によって黒髪も秘毛もぬりつぶしたのである。壁がもりあがったように、白いものが土塀から分離しようとして、ふたたび溶けこんだ。

道の方で、銃声が聞えたからである。

三

短銃を射ったのは商務員のファン・バイレンで、射たれたのは医者の竹井銅斎であった。

遊女山弥の生んだ子は逆子《さかご》であった。つまり、足からにょっきり出てきたのである。

それに対して、竹井銅斎先生は、なすところを知らずというより、何やらほかに屈託することがあるらしく、天神髷に手をあてがったまま宙をにらんでいて、むなしく産婦を子供もろとも悶死させてしまったのである。

身もだえして、悲痛なさけびをあげるファン・バイレンをきょとんと見て、銅斎はきいた。

「通辞どの、あれは何といってわめいておるのかな」

「日本の医者を呼ぶのではなかった、悪魔を呼んだも同然だったと怒っているのです」

と、和蘭陀通辞の西丈太郎はいって、顔色をかえて、銅斎を押し出した。

「あ、先生、たいへんです。早くにげて下さい。鉄砲で射ち殺してやるといっています」

その西丈太郎の手をかいこむようにして、銅斎は不謹慎な笑いをうかべ、とことこと遊女部屋から出ていった。

部屋には、遊女の伽羅、役人の騎西半太夫をはじめ、甲比丹のスヌークや三人ばかりの商館員が、血みどろの寝台に股間《こかん》から小さな足を生やしたまままことされている遊女をかこんで茫然と立っていたが、そのなかから血相かえたファン・バイレンが隣室にとびこむなり、短銃をかかえてきて、銅斎を追ってとび出した。みなとめるいとまもなかった。

銅斎は通辞の腕をとって、もう花畑の傍をあるきながらたずねていた。

「通辞どの、ちょっとそなたにききたいことがある」

「先生、あっ、追っかけてきました」

「そなた、女ではないかえ?」

若いりりしい通辞の西丈太郎がはっとして銅斎の腕をふりはらってとびのいたとき、五間ばかりうしろに迫ったファン・バイレンは、大粒の涙をこぼしながら短銃をかまえた。竹井銅斎はふりむいた。

このとき、さらに遊女部屋から走り出した人々は、銅斎の顔色がすうと白くなり、皮膚がぶるぶるとふるえるのをみた。恐怖の震慄《しんりつ》といった程度のものでなく、人間の筋肉とは思われない異質のものに変ったように感じたのである。

銃声がとどろいた。竹井銅斎の左胸部の衣服に穴がぷつりとあき、貫通した弾《たま》は道の向うの鮫蔵の白壁に命中した。それなのに、銅斎は平然と立っている。天神髯をしごいて、にやりと笑った。

「通辞どの、ちと気にかかることがあって、産婦を見殺しにしたは気の毒であった。これでかんべんしてくれといってくれ」

胸から一滴の血もながれなかった。西丈太郎が一言も発せぬさきから、眼をかっとむいて立ちすくんでいたファン・バイレンも甲比丹もほかの和蘭陀人たちも、恐怖の声をあげてころがるように逃げ出した。

あとに、伽羅と廻り番の役人と通辞の西丈太郎だけが残された。

「気にかかることというのはな、おまえの体内から鈴の音がきこえた。——これ、十五童貞女、うぬの鈴の銘は何とある？」

そういって銅斎が西丈太郎の方へあゆみ出すのと、騎西半太夫が抜刀して銅斎の方へ跳躍するのと同時であった。

「あっ、うぬは由比組の忍者だな。くたばれ」

その刀身は閃光《せんこう》のごとく銅斎の胸をつき刺した。鍔《つば》もとまでつらぬいた手応《てごた》えが、まるで流動体のように柔かいのに、騎西半太夫がよろめいたとき、銅斎の両腕はそれを待っていたように半太夫の頸にかかっていた。

「鉄砲の弾さえ役にたたぬ甲賀忍法肉豆腐をよく見なんだのか。うぬが伊豆組のひょろひょろ忍者であることは先刻承知、男に化けたこの女通辞から法王の鈴を奪ったら、うぬも始末して立ち去ろうと思っていたのだ」

と、銅斎は笑いながら、半太夫を絞めつけた。

「おれは張孔堂組の弟子《でし》丸《まる》銅斎、教えてやってももう遅いが」

足もとにくずれおちた騎西半太夫のからだを踏んで、天神髷の忍者が飄々《ひょうひょう》と西丈太郎の方へあゆみ出したとき、美少年は道路に奇妙な円をえがきつつ、二間、三間、彼方へにげ去ろうとしている。

「待て、のがしはせぬ」

と、弟子丸銅斎のたもとからひとすじの縄がほとばしり出て、丈太郎のくびにからんだ。二丈にあまる黒髪で編んだ細い縄であった。

忍法「死眼彫」

一

和蘭陀《オランダ》通辞西丈太郎はのけぞりつつ、五、六歩ひきもどされた。

ひきもどされつつ、脇差《わきざし》をぬいて、くびにかかった黒髪の縄をひき切ろうとする。縄は、まるでそれ自身生命あるもののごとく、その部分だけくねって刀からのがれた。とみるや、丈太郎はその刀身をみずからの腹にあてたのである。

「死ぬか」

と、縄をつかんだまま、弟子丸銅斎は思わず叫んだ。

しかし、丈太郎はおのれの腹に刀をつきたてたのではなかった。何を思ったのか、じぶんの袴の帯をぷっつりと切ったのである。袴の帯のみならず、下紐《したひも》も同時にきれて、くるくるとからだを廻しつつ、彼はみずからのきものをかなぐりすてた。碧い五月のひかりのなかにむき出しになったのは、真っ白な乳房と腰であった。

西丈太郎は女人であった。そうと知っても、銅斎は驚愕《きょうがく》せぬ。ただ彼がかっと眼をむいたのは、丈太郎の足もとにしたたりおちる透明な液体だ。

気がつけば、その液体は、先刻丈太郎が奇妙な円をえがきつつ逃走をはかろうとした足跡のとおり、地上にくっきり水痕《すいこん》をとどめて、彼が、いや彼女がみずから衣服をすてたのは、その滴りを効果あらしめる目的にほかならなかったのだ。——その地上に環をつらねた水痕から、蒸気のようなものが立ち昇るのがみえたのは、次の瞬間であった。

空中に花粉みたいな甘ずっぱい匂《にお》いが瀰漫《びまん》した。

「忍法蜜霞《みつがすみ》。——」

と、丈太郎はさけんだ。それは彼女の股間からながれおちる濃厚粘稠《ねんちゅう》な液体であった。

狼狽《ろうばい》して、縄をひこうとして、弟子丸銅斎は「あっ」とさけんだ。

ふいに両眼が霞んだのである。天日も昏《くら》くなった。おのれと丈太郎のあいだに煙の幕がかかったようにみえたのも一瞬、それが何百匹ともしれぬ蝶《ちょう》や蛾《が》や虻《あぶ》の群とその鱗粉《りんぷん》であることに気がついたとき、縄はぷつりとたち切られて、西丈太郎の姿は、彼の視界から消えていた。

それは、丈太郎のしたたらす「蜜」が呼んだ昆虫《こんちゅう》の群であった。その液体がどれほどの拡散力をもっていたことか——人さえもくらくらと麻痺《まひ》する思いがして、

「いけない、にげましょう」

と、袖《そで》で伽羅が口を覆いながら、まっさきに遊女部屋にかくれると、銅斎を射ったファン・バレインをはじめ和蘭陀人たちも、たまりかねてにげこんだくらいであったから、花畑にむれていた蝶や蛾が、狂ったように吸いよせられたのはむりもない。

由比組の忍者弟子丸銅斎は、顔をしかめながらあたりを見まわした。西丈太郎の姿はない。いや、空も小暗いまでにとびかう虫の群に、道も建物も霞につつまれたごとく、ただそのむこうであちこちからかけ集まってくる跫音《あしおと》がきこえた。

「曲者だ」

「あの医者が、廻り番の半太夫を殺《あや》めたというぞ」

「のがすな、門をかためろ」

出島役人たちらしい。空を覆うばかりの蝶に動顚《どうてん》しながらも、向うで槍《やり》や刀身のひらめくのがみえた。弟子丸銅斎が、ぎりりと歯ぎしりしたのは、西丈太郎をのがしたことだ。いちど、鶏みたいなのどをあげて、

「丹波、勘助」

と、呼んだ。長崎の辻駕籠《つじかご》に身をやつして、じぶんをここに運んできた仲間の赤厨子丹波と天王寺勘助の安否を気づかったのである。

返事はなかった。もとよりこの和蘭陀屋敷に伊豆組の忍者が役人として勤務していた

ことも、十五童女が通辞として暮していたことも、彼にしてもいま知ったことだから、あの両人が知っているわけはない。ふたりはどこへいったのか。この騒ぎをきいて、いちはやくにげたのか。軽々しくにげる男たちではないはずだが、呼んでも現われないのだからいたし方はない。それに、銅斎がいかに刃のたたぬ忍者であったとしても、完全に出島にとじこめられては万事休すであった。

「気をつけろ。曲者はおれではない。若い和蘭陀通辞は女だぞ、女切支丹だぞ！」

と、叫びつつ、銅斎は橋の方へ走り出した。役人たちが前に立ちふさがった。銅斎のたもとから黒い縄がすべり出し、横に薙《な》いだ。数条の刀身はまきあげられ、逆に縄が反転したとき、その刀身の束に役人たちは血まみれになった。走りぬけた銅斎の背を、空をとび来った槍が縫う。胸へ出た穂をつかんで、彼は前へひきぬいた。

役人たちが恐怖の眼をむいたのは、当然だ。忍法「肉豆腐」――実に弟子丸銅斎は、全身の皮膚、筋肉、内臓、骨の組織を一瞬に膠質《こうしつ》に変じて、刀瘡《とうそう》のあともとどめぬ忍法者なのであった。

橋のたもとにある門はとじられていた。が、銅斎のなげた黒髪の縄がその屋根にかかると、彼の姿は風にとぶ枯葉のごとく門の上にあった。屋根に立って、いちど出島の内部をふりかえり、にやりとした銅斎は、しかしこのとき、はっとした。

蝶のむれは、遠い路上に環をつらねてとまっていた。西丈太郎のえがいた蜜に、蠅取《はえとり》紙《がみ》のように粘着したのだ。しかし、それとはちがう小さな真っ赤な虫が二、三匹飛んできて、彼の耳、鼻、口へぶうんと入った。

耳へ入ったものは、鼓膜をかきやぶって鼓室から耳管へ潜りこみ、鼻口に入ったものは、のどから食道の粘膜をかきむしった。異様な感覚と激痛のために彼は硬直し、嘔吐《おうと》した。そのまま門の屋根から外側へ、まっさかさまにころがりおちた弟子丸銅斎の九穴から血がながれ出したのは、この奇怪な毒虫が熟《う》れた果実にとりついた蟻《あり》のように内臓をかみやぶりはじめたからであった。

血の露みたいに小さくて、鮮紅色で、それに十数個の黒点をちらしたてんとう虫であった。それは、門の下まで追いすがった出島役人たちの鼻口にもとびこんで、彼らを地上にのたうちまわらせたのみならず、花畑にひそんでいた西丈太郎をも襲った。生物のもつ穴に異常な愛着をしめし、湿潤なその粘膜を好む奇怪なてんとう虫であった。

全裸の丈太郎は花の中を転々とし、その九穴から血を吐いた。てんとう虫は甘い蜜にぬれた個所を最も好んだ。そこから、血にまじって、美しいひびきをあげて、一個の鈴がころがり出た。

その鈴をつかもうとした丈太郎の白い手は、ただ土をつかんだだけで痙攣した。唇がかすかにわなないた。

「おん母サンタ・マリアの御子ゼズス、オリペトの山より天に昇らせ給う。——ガラシァお丈、ここに殉教《マルチリ》をとげまする」

そして、人の眼には人ありともみえぬ海ぎわの白い塀にも、五、六匹の赤いてんとう虫はむれ飛んでいった。

壁に赤い花が咲いたかと思うと、かすかに悲鳴があふれた。赤い花のなかに、ひらひらとうごいたのは、たしかに舌であった。虫はそこにも吸いこまれた。花から血がしたたりおちた。同時に、その下方、地上から約三尺の白壁からも、たらたらと赤い粘液が湧き出して、一個の鈴を吐きおとしたのである。

いちど、そこに苦悶《くもん》にねじれる人体らしい白い影が朦朧《もうろう》と浮かびあがってみえたが、それはふたたび壁に沈んだ。ただ血とともにうめきを残して。

「御主ゼズス基督みずから十字架を負い給いて、ゴルゴタの山へおもむき給う。——ベアトリスお鞍《くら》、ここに殉教《マルチリ》をとげまする」


赤いてんとう虫は、路上にあおむけにたおれている出島の廻り番騎西半太夫の眼から飛び立った。

半太夫は死んでいた。息絶えると同時に、逆につぶれている一眼がひらいたのだ。数十四の赤いてんとう虫は、その眼窩《がんか》から舞い立ったのである。天草党の忍者騎西半太夫は、とじられた眼窩にこの虫を飼い、しかもおのれが死ぬと同時に、その虫も死液を吸って毒虫と変ずる。その虫の役目を承知していた証拠には、地にころがったこの伊賀の忍者の細長い顔は、ぶきみな死微笑を刻んでいた。

二

「渦」

「祭」

二個の鈴には、そう刻んであるという。出島からかえってきた伽羅がひろってきた二つの鈴には、それぞれこの二つの文字があるという。

盲目の天草扇千代《せんちよ》は伽羅の螺鈿《らでん》の小筐《こばこ》にあずけてある「聖」「御」「瀬」「宝」の銘をもつ四つの鈴を思った。それが、百万エクーの財宝の埋蔵の場所をしめす文字であることはあきらかであるが、これだけではその意味を解することはできない。

伽羅の話によって、どうやら輩下《はいか》の結城矢五郎、勿来銀之丞、それにじぶんが長崎奉行に請うて、唐人屋敷や出島に配置した曾我杢兵衛、秩父八十八、騎西半太夫らが、由比の忍者やめざす童貞女と死闘して落命したらしいこともわかった。

それにしても、伽羅という遊女はふしぎな女だ。結城矢五郎や、曾我杢兵衛や、騎西半太夫のところには、じぶんが依頼してゆかせたのだが、彼女のゆくところ、かならずそれら輩下と敵と相搏《あいう》って彼女は鈴をひろってくる。

いちど、実に奇想天外なことをかんがえた。もしかしたら、こやつ、あの童貞女の一味ではあるまいか。——それにしては、あまりに翳《かげ》のない、まぶしいまでに明るい遊女であった。眼のみえぬ扇千代まで、瞼《まぶた》のうらが明るくなるようなのだ。きけば遊女の子としてこの引田屋に生まれた女だという。天性の遊女なのである。それが童貞女であるわけはなく、もしそうならば、彼女が仲間の切支丹《キリシタン》娘たちの無惨な死をそのまま見すごすわけもないし、第一、このおれをここにぶじ飼っておくわけもない。

「ふしぎかですね」

と、彼女はじぶんでもいう。

「めんない様、あなたはこん鈴ば集めておんなっとやろか？　いったい、いくつ集まったらよかとね」

じぶんでも面白がっている様子だ。

「どうも、うちと鈴とは前世からの縁があっとばいね。うちのところにいれば、欲しか鈴はみんな集まるかも知れんよ。そいけん、ここにいてよかったやろうが？」

まったく、その通りだ、と扇千代はみとめざるを得なかった。この女は、どうもあの鈴を吸いよせる奇妙な因縁をもっているらしい。

この遊女が、おれのどこを見込んだのか。引田屋のじぶんの部屋《へや》へひきいれて養ってくれるのを解《げ》せぬことに思っていたが、その後、このようなことは以前からしばしばあり、一方では長崎にあそぶ大名のうち、とくにこの伽羅を呼ぶものもあるくらいで、引田屋の亭主も、この伽羅に関するかぎりなすがままにしていることを知って、彼もまたなるがままにまかせた。いや、この女のゆくところ、かならず法王の鈴があらわれるというのは、おれとこの女と、まさしく前世からの因縁があるのかもしれぬ。

それにしても、ふしぎなのは、それよりもこの遊女のからだであった。なるほどこれでは、長崎にきた大名が、ひそかに伽羅を呼ぶのも当然だと思われる。彼女は、彼女が欲するときに扇千代を愛した。伽羅がひきずりこむ世界は、この世のものではなかった。

いかに遊女の手れん手くだといっても、すべての遊女がこうではあるまい。いや、女郎《じょろう》などいうものは、もっと肌もあれ、汚臭を放っているものであろう。燻蒸するような喘《あえ》ぎの香気、薄絹のようにすべる乳房、数十匹の蛇のようにまといつく四肢。――盲目の天草扇千代は、伽羅という肉体の深淵に沈みながら、切支丹のいう「はらいそ」若しくは「いんへるの」とはこの世界ではあるまいか、と思うことすらあった。ともすれば、じぶんの大望さえ、その蠱惑《こわく》の深淵に沈みかかって、

「溺《おぼ》れてはならぬ。しばしの仮寝の巣だ」

と、心に叫ぶ。

「この女をつかって、法王の鈴をさがし求めるのだ」

と、胸にうなずく。

扇千代は、眼を縫いつぶされて、山彦《やまびこ》の忍法を喪《うしな》った。おのれの感覚を山彦のごとく相手に感覚させる。じぶんを傷つければ相手もおなじ個所に痛みをおぼえ、じぶんが麻痺すれば、相手も麻痺する。その伝導体は眼であった。が、眼を失った扇千代は、念力によって、眼を失っても同様のはたらきをしめす忍法を、伽羅との色道を通じて体得しつつあった。

「ああ、あなたのようなひとははじめて――」

扇千代が忘我の域にあるとき、伽羅も半失神の状態になってつぶやいた。

「うちが、あんたば間夫《まぶ》にしたとは、やっぱい虫が知らせたやろ」


その伽羅が、ふいに雲仙にゆくといい出したのは、六月に入ったばかりの或《あ》る朝であった。雲仙になじみの宿があって、そこから山つつじの盛りの季節がすぎるという使いが来たというのだ。

「おれもいってはいかぬか?」

ふいに扇千代がそういい出したのは、しかし伽羅に置いてゆかれる不安さからではない。雲仙の方へも天草党をやって、十五童貞女を探索させてあったからだ。それに何より伽羅のゆくところ、またその鈴が手に入るのではないかという予感に似たものが、その胸をかすめたからであった。

「つつじはおれに見えぬが、音は聞こえる。その十字架を持ってゆけ」

伽羅はしばらく考えていたが、

「温泉は、眼によかかもしれんね」

と、つぶやいた。浮き浮きとした声であった。

二挺の駕籠が引田屋から出て、丸山町の見返り柳の下を下りていったのは、それからまもなくのことであった。

三

諫早《いさはや》あたり、照りつける太陽に草はむれて、もはや夏野の光景であった。雲仙は水気をふくんでひかっているのに、路はたえまなく白い砂ぼこりを巻いてゆく。

しばらく樹立ちがとぎれていたせいか、路傍に二、三本ならんだ椎《しい》の大木の下に、四、五人の旅人が休んで、涼んでいた。網代笠《あじろがさ》の雲水、虚無僧《こむそう》、乞食らしい老爺に、鳥追女ふたりである。それが、眼の前をゆきすぎた二挺の駕籠のうち、うしろにゆられていった美しい姿に、いっせいに視線をうごかせた。

「遊女だな」

と、虚無僧がいった。

「丸山のお女郎らしいが、でもまあ美しい」

鳥追女のひとりがつぶやいた。おなじように編笠《あみがさ》をかぶり、褪《あ》せてはいるが紅鹿子《べにかのこ》のひも、水色の脚絆《きやはん》、ほこりまみれの白足袋をつけてはいるが、もう一方がういういしく愛くるしい娘なのに、これは巾着《きんちゃく》をたたんだような老婆だ。

「お女郎がお客と雲仙へゆくとみえる。結構な御身分じゃな」

と、乞食の爺いは、まだ口をあけて見送っている。

「ところで、いまだれか鈴を鳴らしたかの」

と、雲水がふりむいた。みな坊さんの顔をみたが、妙な表情で黙っている。

「そこにたてかけてある錫杖《しゃくじょう》の環が風に鳴ったのではないかの」

と、虚無僧がいった。雲水はくびをひねった。

「いや、そんな音ではない。世にもあえかな鈴の音であった」

そうつぶやいたが、ただそれだけで、

「それでは、そろそろ参ろうか、梵論字《ぼろんじ》どの」

と虚無僧をうながした。

ふたりが立ちあがって東へあるき出すと、しばらくして、

「いつまで涼んでおってもはてしがない。ゆこうぞい、お蝶」

「はい、ばばさま」

と、若い鳥追いの娘はうなずいて立ちあがった。老醜と青春と、天地のちがいがあるようで、どこか面輪《おもわ》に通うものがあるところをみると、祖母と孫娘であろう。三味線を抱いて、ふたりもおなじく東の方へゆきかかるのをみて、

「長崎からおいでたか。長崎の景気はどうじゃえ」

と、乞食もまがった腰をのばして問いかけたが、ぼろんぼろんと老婆の爪《つま》びく三味線にその声はまぎれたか、ふたりは返事もせずにもう二、三間向うの白い路をあるいていた。

乞食はひとり、とぼとぼと長崎の方へ、はだしの黒い足をはこんでいった。


浜辺で、伽羅は足をとめた。

「おや」

夜明けの海が、まだ水平線に蒼茫《そうぼう》たるひかりのすじを横たえている時刻であった。千々岩《ちぢわ》の宿《しゅく》の海辺である。そぞろ歩きをしていた伽羅は、汀《みぎわ》にじっと佇《たたず》んで何かを見下ろしている鳥追いの娘を見出したのである。砂の上をあるくので跫音がきこえなかっ

たのか、それともよほど何かに気をとられていたのか、娘は伽羅がうしろからそっとのぞきこんでも、まだ気がつかない風であった。

彼女が見下ろしているものに視線をやって、伽羅はくびをかしげた。

「それ、何やろか」

波で美しくならされた砂の上に、何やらの痕《あと》があった。はじめ見当もつきかねたが、どうやら人の顔らしい。何者かが砂に顔をおしつけたような痕なのである。

「だれの顔？」

娘はふりむいて、伽羅をみた。ひとめ見ただけで、素直に答えずにはいられないような、伽羅のあどけない顔であった。

「ばばさまらしいけれど……」

と、娘はつぶやいた。

「ばばさま？」

「え、そこの地蔵堂にいっしょに泊めてもろたとばってん、いま眼のさめてみたら、ばばさまがおらんとです。砂浜に足あとのあっけん、そいば追いかけて来たら、ここに、こんげんもんの」

伽羅は眼をうつした。足跡はそこからまた向うへとぼとぼと去って、遠くの草原にきえている。そこに二、三艘《そう》の舟があげられていた。

「ばばさまが……なんで砂に顔のあとを」

「うちにもわからんと。……雲仙にいきなる人ですね？」

と、鳥追いの娘はいった。なぜか、ありありと恐怖をうかべた顔であった。すがりつくように、

「もし、おねがいのあっとですけど。うちたちもこいから雲仙へ参るつもりでおっとですばってん、もし、うちのごとある娘が殺されたということばききなって、うちの屍骸《しがい》ば見るごたることのあったらば……」

「え、あなたが殺される？」

「殺されないつもりでおります。そいばってんが……諫早からここまで、後んなり、先んなりする旅人のうちで、誰《だい》か、たしかにうちたちに恐ろしか眼ばそそいでいる者があるように思われっと」

「いったい、あなたはなして、だれに狙《ねら》われているとね？」

「そいは言われまっせん。ただうちが殺されたなら、うちの屍骸の眼ば見て下さいまし。下手人がわかります」

「眼をみれば？　きみのわるいこと」

「その下手人ば御奉行さまに訴えて下されば……その男はお仕置ば受けることでしょう」

娘はひとりでそのようにつぶやいた。

「もし、それが張孔堂組の奴《やつ》ならば」

それから、暁のひかりのみなぎり出した海の果てをみて、唇をかみしめた。

「御主ゼズス基督ゴルゴタの山にて十字架にかかり死に給う。——エテルカお蝶、ここに殉教《マルチリ》を——いいえ、いいえ、敵が何者であろうと、そうやすやすと殺されようか」

伽羅がはっとしてその鳥追い娘の姿を見まもったとき、むこうの草原の舟のかげから、ひとりの老婆が立ちあがった。

「お蝶、お蝶ではないかや？　何をしておるぞい」

「あっ、ばばさま、そんなところにいたのですか」

お蝶は伽羅をふりむいて、別人のようにかがやいた顔でいった。

「あのいまうちの言《ゆ》ったこと、みんな忘れて下さいまし」

そして、彼女は波千鳥みたいに砂の上をかけていった。

天草扇千代は、伽羅からその鳥追い娘のことをきいて、顔色をかえてたちあがり、

「その女をとらえてくれ」と、絶叫した。

しかし、伽羅がふたたび宿から走り出て、地蔵堂にかけつけたとき、鳥追いの婆と孫娘は、ほんのすこしまえ、雲仙の方へ立ち去ったことを知った。

扇千代と伽羅が南へ二里あるいて小浜《おばま》の宿についたとき、その入口の路ばたに人々が

群れて、ただならずさわいでいるのをみた。駕籠かきがかけていって、「鳥追いの娘が殺されているそうで」というのをきいて、伽羅もまろぶように走っていった。

けさ、千々岩の海辺でみた愛くるしい鳥追いの娘は、いかにも路傍の草の中に殺されていた。

それにしがみついた老婆のふりしぼる夜鴉《よがらす》みたいな声が耳をつん裂いた。

「わしが下駄の鼻緒をきって、二、三町おくれてやってきたらこの始末じゃ。可愛《かわい》い孫を殺《あや》めたのみか、このようなむごたらしい真似《まね》をさらしたのはどやつじゃ。無惨やな、ひとりの仕業ではないぞな！」

鳥追い娘のひらいた真っ白な下肢のあいだからは、おびただしい鮮血が草に散っていた。

伽羅はかけよってかがみこみ、娘のふさととじた瞼をひらいた。むなしく見ひらかれた黒い瞳《ひとみ》には、伽羅の顔はうつらず、ひとりの人間の兇相《きようそう》が小さく浮かびあがっていた。

忍法「羅切」

一

視野に映じた外界の影像は、外界の変化または消失につれて、同様に変化し、または消失する。これが生きている視器の当然の反応だ。しかし、網膜《もうまく》にふくまれる感光物質「視紫紅《ししこう》」という色素は、剔出《てきしゅつ》された眼球でも再生でき、またその感光によるいわゆる「網膜写真」は、明礬水《みょうばんすい》またはフォルマリンによって、容易に消失せぬ標本に固定される。

あたかもその固定された網膜写真のごとく、死んだ鳥追い娘お蝶の瞳は、彼女が最後に見た人間、彼女にのしかかり、惨殺した人間の兇相を、はっきりと焼きつけているのであった。

伽羅は、お蝶のまぶたをおろし、周囲を見まわした。恐ろしげにのぞきこんでいる人々は、漁師、百姓のほかに、この小浜が古くからの温泉なので、浴湯にきた客、また雲水や虚無僧や、さまざまな職業の旅人の顔がみられた。

そのなかから、いつのまにやら、四、五間も遠ざかって、ふいに走り出したものがある。下駄の下から、浜辺の砂がまきあがった。

「めんない様、下手人が逃げました。それつかまえて！」

ふいに伽羅は絶叫した。

逃げた人間と、そこに茫然と立っていた天草扇千代は、このときほとんどすれ違おうとしていて、一瞬、扇千代は、

「張孔堂組か！」

と、さけんだ。

「何？」

はっとしてその人間がたちどまった刹那《せつな》、扇千代の刀身がひらめいて、盲目ながらみごとにその胴を薙ぎはらっていた。十五童貞女のひとりにちがいない鳥追い娘のお蝶を殺し、その体内に手をさし入れて鈴を奪った者は、味方の天草党か、由比張孔堂一派の忍者にきまっている。いまの「何？」とさけんだ一声で、それが輩下《ぎ》の者でないと知った一瞬に、声からその人間の位置姿勢までも盲眼に見ぬいて、片手斬りに斬り伏せた扇千代の一刀であった。

その人間は、海ぎわの砂上に、ほとんど胴を両断されてのめっていたが、なお頭は逃げる意志だけに充満していたのか、

「ち、ちがう、わしは――」

とうめいた顔を砂にうずめ、両手をさしのばして、汀の水をかきむしった。

「わしは、お蝶の祖母《ばば》じゃぞ。……」

その断末魔の声よりさきに、人々はあっと眼をむいていた。逃げ出して、斬られたのは、いままで死人にすがりついてわめいていた鳥追いのばば様であったからだ。

「伽羅、斬ったのは女か」

やや愕然《がくぜん》として、扇千代はむきなおった。群衆の中から、伽羅がかけてきた。

「そいばってん――」

蒼い顔で、伽羅は海ぎわにつっ伏した鳥追いの老婆を見やった。しかし扇千代は、すぐにかぶりをふった。

「いや、女ではない。わしの斬ったのはたしかに男だ。調べてみろ」

人々が走ってきて、老婆のまわりに集まった。そのなかから、雲水がうずくまって、笠の中の老婆の顔をのぞきこみ、「おう、これは」と驚愕した声をあげた。

「梵論字《ぼろんじ》どの、みられい」

「あっ、これは諫早で逢ったあの乞食の爺いではないか?」

と、いっしょにかがみこんだ虚無僧がさけんだ。砂にまみれた瀕死《ひんし》の顔は、まるで仮《め》面《ん》がおちたように老爺の顔に――彼らが、諫早の野の椎の小蔭《こかげ》でともに休み、長崎の方へひとり去っていった乞食の顔に変っていたのである。

「化物だ。これはどうしたことじゃ?」

天草扇千代はしずかにちかより、彼の耳にささやいた。

「甲賀者、よく化けた――とみえる。敵ながら、あっぱれだ。名をきいておこう」

「伊豆の犬か。……おれは卍谷の真昼狂念《まひるきょうねん》。……」

と、彼はうめいた。ず、ず、ず……と虫のように這いながら、何かをさがしもとめる様子である。二、三尺はなれた砂の上に、人の顔らしい痕があった。彼は、その痕にがくりと顔を伏せた。砂の中で声がきこえた。

「見ろ、甲賀忍法、砂仮面。……おれにして、かくのごとし、一党の者すべておれにまさるぞ。法王の鈴はあきらめろ。……」

何よりさきに、その声に人々はおどろかされた。言葉の妖《あや》しさに反して、その声は若い娘のように美しかった。伽羅だけは、それが千々岩の浜できいた鳥追い娘の声だときわけた。

扇千代が、狂念の編笠をつかんで、ひきあげた。笠の中の顔はすでに完全にことされていたが、髪こそ白髪まじりながら、数間はなれて死んでいる美しい娘そっくりであった。

「あっ、殺された娘の顔に変っています」

と、伽羅がさけんだ。扇千代はいった。

「千々岩の浜に、老婆の顔の痕が砂にのこっていたといったろう。老婆はそこで殺され、その男は、砂上に印された老婆の顔におのれの顔をおしつけて、老婆に化けたのだ。そしてこの小浜までやってきて、ここで娘を殺害した。そこの砂に、娘の顔の痕はなかったか？　それから屍骸をあそこの往来まで運んでさわぎたてたものとみえるが、さて、法王の鈴はあきらめろと申したな。伽羅、こやつのからだから、鈴をさがしてくれい。たしかに娘から奪いとったはず」

伽羅は、真昼狂念のからだをさぐった。

「めんない様、そげんものは、どこにもなかですよ」

天草扇千代は、片手にさげていた四角な平たい布包みをうちふった。それは青銅の十字架であった。

すると、潮騒にまじって、どこかで、りーんと微かな鈴の音が起った。それは波の下からきこえた。

「まっ、あんなところに――」

伽羅は汀にかけよっていった。波のひいた砂地から、彼女は何やらひろい出した。先刻、真昼狂念は、断末魔の腕をのばして、波の下にその鈴を埋めたらしい。扇千代はきいた。

「伽羅、鈴の字は何とある？」

「下」

二

雲仙ケ岳。――これは後年の文人墨客が音の通ずるところから名づけたもので、当時、正確には温泉ケ岳といった。文武《もんむ》天皇の大宝《たいほう》元年、行基がはじめて開山し、温泉山満明寺を創建したといわれる。

すなわち元来温泉ケ岳とは、寺院の山号だったのである。

穂をたれた麦畑をすぎ、羊腸たる山道をのぼってゆくと、森、灌木、牧草地帯と山容は変転し、冷気が身にせまる。その風景のいたるところを彩る山つつじを、やはり盛りはすぎたと惜しんだのもしばし、のぼるにつれて満山もえたつような霧島つつじに覆われて、鶯《うぐいす》、郭公《かっこう》、目白など、無数の山鳥は人をおそれず鳴きかわし、飛びかわしていた。

あちこちに、「禁制、猥《みだ》りに躑躅《つつじ》掘取り、花折採るまじき事」とかいた制札が立っている。ふりかえると、千々岩湾の果てに日はおちかかり、赤い鏡のようにみえた。

「伽羅、地獄へきたの」

「え、ほんとに地獄の釜《かま》のような音」

ふたりは、いわゆる「雲仙地獄」の傍を通りかかっていた。数もしれぬ真っ黒な池が、雷みたいな音をたてて煮えかえり、石と煙と炎をふきあげている。大気は、硫化水素の匂いに息もつまるようであった。壮大とも凄惨とも形容につくしがたい景観だ。

ふきなびく煙にみえつかくれつする赤松の向うに遠く、甍《いらか》の崩れた寺がひとつあった。そこから、さびしい鐘の音がながれてきた。

「寺があるの」

「え、ここにはね、むかしお寺が四十八院まであったらしかですよ。そいがいつのころからか、坊さまがみんな切支丹になってしもうて、原のいくさのあと、あの一乗院だけをのこしてみな壊されて、坊さまはひとりのこらずこの地獄へほうりこまれて殺されたらしかですよ。……あの一乗院には、いま尼さんがひとり住んでいるだけです」

伽羅がしゃべっていると、そのとき向うから、三人の武士と美しい娘と、それから裸馬を曳《ひ》いた猟師らしい若者があるいてきた。ちかづいてくるその群をみて、「あら、お冬さん」と伽羅が走り出そうとしたとき、

「や、扇千代様！」

と、ひとりの武士がさけんだ。扇千代は微笑した。

「孫九郎《まごくろう》か。逢うであろうとは思っておったが、こう早く逢えようとは思わなんだ」

「中嶽塔之介《なかだけとうのすけ》と当麻伊三次《たいまいそうじ》もこれにおります」

といった天草党の那智《なち》孫九郎はじめ、傍の中嶽塔之介、当麻伊三次の顔には、はからずも首領にめぐり逢ったよろこびとはべつに、さすがに慚愧《ざんき》の色がある。

「三人、どうしたのだ」

「切支丹娘を探しあぐねて徘徊《はいかい》するうち、十日前、偶然島原で逢い、ともにうちつれてこの雲仙へのぼってきたものです。そこの八万屋と申す湯宿に泊っておりますが、たまたまこの狩人の若者が山鳥を売りにきて、弓の名人と申すことゆえ、しばらく気散じに、このあたりで猟を見物しようかと、宿の娘に案内させて出てきたところで――」

「扇千代様、お眼はどうなされてござる」

と、中嶽塔之介がいった。

そのとき、彼らのそばで、鈴の鳴る音がかすかにきこえた。突然、悲鳴をあげて伽羅がよろめいた。猟師の若者が、いきなりとびかかって、彼女のもっていた四角な平たい包み――青銅の十字架をうばいとったのだ。それをくわえた若者の顔が、藁《わら》でつくったいかむし頭巾《ずきん》の下で、かがやくようなさくら色をしているとみえた瞬間、彼は弓を抱いたまま、そばの馬におどりあがった。

「あっ、こやつ——」

三人の天草党が抜刀したときは、馬腹を蹴《け》ってその若者は十間もかけぬけていた。びゅっと数条の黒い閃光《せんこう》がその影にとんだ。及ばぬと知って、三人がなげた鉄のマキビシであった。

猟師は馬上に身をふせた。おどろくべきことに、このとき若者は馬に逆乗りになっていた。そして弓をひいて、こちらに鏃《やじり》をむけているのである。矢は弦《つる》をはなれた。反射的に三人はどうと身を伏せた。

矢は盲目の扇千代の胸もとめがけて飛び来った。一閃《いっせん》、腰をひねって抜打ちに扇千代はその矢うなりを斬りすてたが、かすかにうめいてよろめいた。ひとすじの矢は斬りおとしたのに、もうひとすじの矢が、左腕上膊部《じょうはくぶ》につき刺さったのである。猟師の若者は、いちどに二本の矢をつがえて弦をきったのであった。

しかし、その刹那、馬上の猟師も、ぐらりとゆらいだ。そのあいだも馬は地獄とは反対側の草原を疾駆し、はや二、三十間もむこうで、またも矢をつかんでいたその右腕から矢が地上におちた。が、猟師は馬に逆乗りのまま、草を蹴ちらして、血をながしたような夕焼けの絹笠山《きぬがさやま》のかげへ姿を没してしまった。

「なに、きゃつが矢をとりおとしたと？」

と、扇千代はいった。血のしたたる左腕を伽羅に手当させながら、歯がみしてくやしがる三人の輩下の報告をきいているうちに、扇千代が腕を射られた瞬間、相手もまたその左腕に見えない矢がつき刺さったかのような反応をしめしたときいて、十字架を奪われたのにもかかわらず、彼の顔はむしろ明るくなったのである。

　中嶽塔之介がいった。

「きゃつ、扇千代様の忍法山彦を存ぜぬゆえ、驚愕したようでござる」

「山彦――その忍法はいままで盲となっておったのだ」

と、扇千代はさけんだ。

「してみれば、おれは山彦の忍法をとりもどしたとみえる」

　当麻伊三次が娘にきいていた。

「これ、ただいまの猟師は女であったのか」

「申しあげませなんだが、あれは仁田《にた》峠に住むお酉《とり》という娘でございます。猟師の爺さまがこの春死んで、いまはひとりで暮している娘です。けれど」

と、娘はふるえながらいった。伽羅を雲仙に呼んだのは、この八万屋の娘お冬であった。

「あのような大それたことをしようとは……お酉は気が狂ったのではありますまいか」

「乱心したのではない。きゃつこそ十五童貞女」

「仁田峠と申したな、よし」

と、中嶽塔之介と当麻伊三次がひきかえそうとするのを、扇千代はとめた。

「いま、仁田峠へいったとて、あの娘、待ってはいまい。だいいち、蹄《ひづめ》の音も仁田峠とは反対へにげていったではないか。まず、今夜は八万屋とやらで談合しよう」

三

「下界の島原一帯さがしまわって見つからぬも道理、切支丹娘が雲仙の山中に、猟師をしておろうとは思いもよらなんだ」

裸の男は、こういいながら、竹林の傍《かたわら》でそりかえった。弓のようにそりかえったその頭部は、彼自身のくるぶしにとどいた。驚くべき骨の柔軟さである。二度三度この運動を試みたのち、こんどは上半身を回転させる。足は前方にむいているのに、胸部は完全にうしろをむき、しかも顔は足とおなじく前をむいている。この男の頸椎《けいつい》や腰椎は完全に百八十度回転するとみえる。これで武器を以て敵と相対したら、敵は昏迷《こんめい》におちいって、その姿勢から襲撃の角度を予断することは絶対に不可能であろう。

天草党の忍者那智孫九郎であった。

「で、きゃつ、見つかったと知って、この雲仙から逃げるであろうか。逃げたとなると、ちと面倒じゃぞ」

と、湯げむりの中から、もうひとつの影が竹林に上ってきた。これまた裸姿で、孫九郎の傍に立つと、じぶんでかぶりをふって、

「いや、逃げぬな、きゃつの頼みとするは、馬と弓らしい。この山を出て、そこらの街道や宿場をうろつくには、いずれも人の目に立ち、厄介な道具じゃ」

そううなずくと、彼はいきなり竹林の中を疾走しはじめた。竹林はもとより人がまっすぐに走れぬように生いしげっている。その中を、彼は一直線に走った。彼のかけぬけたあとに、竹はゆっくりと左右にかたむいて、蒼い月光の路をひらいていった。彼は走りながら、両腕を交叉《こうさ》させてななめにふりおろす、その腕のふれるところ、竹はまるで刃物で切ったように、水もたまらず切られてゆくのであった。四、五間走って反転し、こんどは唐手のごとく竹を蹴りあげる。足のつまさきのとぶところ、これまた竹は斧《おの》でも入れられたように、戛《かつ》と音して両断される。恐るべき手刀であり、足斧であった。

おなじく天草党の中嶽塔之介である。

「向うからかかって、あの十字架を奪うほどの奴じゃ。なんでじぶんから逃げるかよ」

と、那智孫九郎の傍にうずくまって、ほそい脛《すね》をならべて、天心の月をながめていた男が嘲笑《あざわら》った。

と、みるまに、そのからだが地上に水平になると、さほど強く大地も蹴らぬのに、彼

はすうと空中に浮かびあがった。そのまま、彼は地上七、八尺の空間を、まるで水中の魚のように滑走したのである。それはまるで重力のない人間のようであった。三間ばかり竹林に沿って滑走したのち、彼は音もなく地上におり立った。さすがにあばらが波のように起伏している。この超人的な体術に、身気ともに消磨したとみえるが、若《も》し空に月なく、彼の手に一刀があったとするならば、彼の敵は斃《たお》されるまで、その襲撃に気がつくまい。

当麻伊三次である。

傍の岩にかこまれた池は、湯気の底に月光をうすびからせている。ひかりは冷たかったが、この池は湯であった。湯宿八万屋の裏手にある広い天然の岩風呂《いわぶろ》だ。

夜更け、酔後のからだをこの岩風呂に沈めているうち、妖しのものが月に浮かれ出したような三人の忍者の跳梁《ちょうりょう》であり、舞踏であった。――よしやあのお酉という娘が、いかに弓と馬に妙術を示そうと、ひるまのような不意討ちならしらず、ひとたびそうと知った上は、この三人の忍者が二度とおくれをとろうとは思われぬ。また三人は、いま絶大な自信をとりもどしたかにみえる。

三人、夜鴉みたいに岩にとまって、またしゃべり出す。

「それにしても、扇千代様をつれてきた伽羅という遊女は――遊女というより、天女のようではないか」

「天草家の御曹子《おんぞうし》と遊女では、さきざきちとこまるが、さればとて、いっときの愉《たの》しみにはもったいないようでもある」

「もし扇千代様のものでなければ、われらひっさらっても、思うままにしてやるのじゃが」

　ひくい笑いが陰にこもってながれたとき、ひとりが、

「しっ」といった。

「だれか、くるぞ」

「女だ」

　彼らは湯に音もなくすべりおちた。月をかくす岩に背をぴたとつけたまま、じっと眼をこらした。湯宿の八万屋の方から、ひとりの女がおりてきたのだ。三人の男が、そこにいるとは知らないとみえる。女は、向うの岩上で、きものをぬぎはじめた。

　三人の忍者は顔を見合わせた、それは八万屋の娘のお冬であった。たったいま、ひとりがもうすこしのところで、「伽羅とお冬と、どちらが美しいかの」といおうとしたほどの娘であった。湯げむりにかすむ月光に、彼女の方ではこちらが見えぬらしいが、闇《やみ》でさえ真昼のように見とおす三人の忍者にはよくみえた。

　お冬はいちど湯につかり、立ちあがった。それから岩上に坐《すわ》って髪をときはじめた。あごをあげ、なまめかしく腰をくねらせて、髪を梳《す》くたびに、月光は肩にひかり、乳房

にともる。月はこちらから照らしているので、かぐろい谷までありありとみえた。

みているうちに、三人の男の眼は血ばしってきた。自制力にとむ忍者であったが、それだけにこの無意識の挑発には、限度をすぎると憤怒をおぼえたくらいであった。このお冬という娘が、なよなよとむしろしとやかな身のこなしを見せていただけに、いっそうそれは挑発的であった。三人の憤怒は燃えきれた。

「やるか」

「向うがわるい」

「あとはあとのこと」

血ばしった獣的な眼でうなずきかわし、三人そろりと湯の中に立った。腰までつかって、音もなくそちらに進み出した。その瞬間、三人はそれぞれ、「うっ」とひくいが強烈なうめきをあげて立ちすくんだ。股間に熱鉄で灼《や》きさるような痛みをおぼえたのだ。

さすがの彼らも、とっさにそれが何によるか、眼にみることすらも出来なかった。身体《からだ》は海老《えび》折りにしつつ、からくもひとり、「髪だ」とうめいた。彼らの下肢の周囲には、無数の髪の毛が漂っていた。それが、生命あるもののごとく、ふとももにまといつこうとしている。そして、そのひとすじふたすじが、彼らの性器の根もとに巻きついてきりきりとしめあげているのであった。

月光の下に、お冬は無心に髪を梳《くしけず》りつづける。櫛《くし》にからまった髪をぬいて風呂におとす。うたうようにつぶやいた。

「忍法、羅切《らせつ》――」

そのつぶやきに愕然とするより、三人の忍者はしぶきをあげて湯の中へふしまろんでいた。三つの血の環がひろがった。その一瞬に、三人は男のしるしを根もとから黒髪にたち切られていたのである。切断面に熱い硫黄の波がゆれた。

「――十五童貞女！」

中嶽塔之介は絶叫して、二、三歩あるき、湯の中へつっ伏した。両足くびを黒髪にからまれたのである。

このとき那智孫九郎は、苦悶しつつ、おのれの上顎《うわあご》と下顎に両手をかけた。めりめりと音をたてて、彼はじぶんの顔の下半分をむしりとった。

「き、き、きゃっ――」

さけんだつもりだが、もとより声にはならぬ。肉と唇の付着したまま、血まみれの骨をひとつかみにして、傍にのたうつ当麻伊三次に手わたした。

伊三次は水しぶきをあげて空中に浮かびあがった。飛魚というにはあまりにも醜怪にねじれた姿勢であったが、その水音は、きものをつかんで立ち去ろうとしていたお冬をふりむかせた。

血の糸をひきつつ宙を滑走した当麻伊三次は、お冬の眼前二間の位置で、力つきて湯の中へおちた。しかし、転落しつつ、彼は一方の手につかんだものを、白い裸身めがけて投げつけた。

お冬は名状しがたい絶叫をあげて、うずくまっていた。なげつけられたものは、彼女のふくよかな谷へ吸いついたのである。上顎骨《じょうがくこつ》と下顎骨はかたかたと歯がみしながら、文字通りかみつき、かみやぶった。

岩上の白い旋風のようにまわったお冬が、はたと静止した。彼女は月をあおいでわななく声でうめいた。

「御主ゼズス基督《キリスト》は石の柱にからめつけられ、五千にあまる打擲《ちょうちゃく》をうけ給う。……カタリナお冬、ここに殉教《マルチリ》をとげまする」

そして彼女は、しぶきをあげて岩風呂のなかへおちていった。

忍法「月ノ水泡」

一

下界はもう夏であろう。峠から見下ろす渺茫《びょうぼう》たる有明《ありあけ》の海や、それをふちどり、点綴《てんてい》する宇土《うど》半島、天草の島々からは、青い炎がもえあがっているようにみえる。山つつじ、霧島つつじもとっくに散りつくして、見わたすかぎり、ここもむせかえるような緑一色だが、さすがに雲仙の山を吹く風は涼しかった。

雲仙の主峰普賢岳《ふげんだけ》と、切り立つ巨岩の絶壁をみせる妙見岳《みょうけんだけ》にはさまれた薊谷《あざみだに》は、左右は大黄楊《おおつげ》、楓《かえで》などの大樹林で、それに藤や蔦《つた》が蛇のごとくにまといつき、あいだを通る路も、これは雲仙と島原をむすぶただひとすじの街道なのに、路上も青い苔《こけ》にうっすらと覆われているかにみえる。

「もし、お坊さま」

その薊谷の路で、島原の方から上ってきた男が反対の仁田峠から下りてきた行脚僧《あんぎゃそう》に声をかけた。

「ここから地獄谷へは、まだだいぶあるのでございましょうか」

背に十本ばかりの傘《からかさ》を、毛をたてた山嵐《やまあらし》のように背負っている。傘売りの行商人らしい。呼ばれた旅僧が、

「いや、この峠をこえれば一息じゃが」

と、こたえたとき、ふと空に異様な音がした。

樹林のあいだの碧空《へきくう》に、一本の矢で山鳥が刺しつらぬかれていた。とみるまに、鳥はくるくると舞いながら、そこから一町ばかり下った路へおちていった。

僧はふりむいた。背後の仁田峠の上で、蹄の音がきこえた。

「しめた。ついに見つけたぞ」

僧はしかし、峠とは逆に、その山鳥のおちた方向へ、黒い風のようにかけていった。つられて、傘売りの男もにげもどりながら、

「ど、どうしたのでございます?」

「うぬの知ったことではない。そこらの樹蔭《こかげ》にかくれていろ」

と、行脚僧はふりむいてさけんだ。僧侶《そうりよ》らしくもなくあらあらしい声であったが、網《あ》代笠《じろがさ》の下からにらんだ眼も、ただものでないひかりを放っていた。走りながら、彼は路

上に幾片かの黒い布をおとしていった。

仁田峠から、のめるような急坂を、逆おとしにかけおりてきた馬がある。鞍《くら》もない馬の背には、藁のからむし頭巾をかぶった猟師風の人間が乗っていた。手綱《たづな》ももたず、両手に弓と矢をつかんでいる。

旅僧は、このとき、おちた小鳥の傍に立っていた。樹海の中に、逆に凹《くぼ》んだ青い島のような草原であった。草原といっても、いちめんつつじの灌木《かんぼく》に覆われている。

馬と猟師ははたととまった。凄《すさま》じい速度でかけおりてきたのが、磁石に吸いつけられた鉄片のように静止したのである。

「いや、探したぞ、十五童貞女」

と、僧はいった。

「長崎から呼ばれて一ト月ちかく、雲仙三十六峰をあるきつくしたわ。ただ蹄の音と飛ぶ鳥を射る矢を求めて喃《のう》。しばしば向いの谷に蹄の音をきき、うしろの山に飛ぶ鳥を射る矢をみた。が、どうにもうぬの姿をとらえることが出来なんだ」

びゅっと僧の胸めがけて、矢がとんできた。矢は彼の胸をつらぬいた。が、馬上の猟師は愕然とした。つらぬいたのは草原に立った一枚の黒い紗《しゃ》だったのである。

「矢を射た以上、わたしの素性はわかっておるな」

声はうしろできこえた。驚くべし、いま馬がかけすぎた背後の路上に、網代笠をかぶった僧は、飄然《ひょうぜん》と立って笑ったのである。猟師は馬を後肢《あとあし》で直立させて反転した。稲妻のごとく矢は放たれたが、そこにふわと漂っているのは、これまた黒い布だけであった。

「しかし、名は知るまい？　おれは天草党の忍者百済水阿弥《くだらみずあみ》」

その声は、前方からきこえた。そこに行脚僧が三人立っていた。おなじ顔、おなじ姿をして、墨染の袖《そで》がひるがえったかと思うと、僧は五人となった。猟師は馬上にきりきりと廻《まわ》った。廻りつつ、矢は車輪のごとく前後に飛ぶ。

「これは伊賀流忍法、墨陽炎《すみかげろう》。――あはははは、矢はもはや三本しか残っておらぬぞ。よくおれを見きわめてから射ろ」

声は、どの姿から出たかわからない。が、笑い声とともに、いまや十数人となった百済水阿弥は、八方から妖々《ようよう》と馬上の猟師めがけてちかづいてきた。

突如、その哄笑《こうしょう》が絶叫に変ったのはそのときである。八方の水阿弥はいっせいに十数枚の黒い紗にもどった。そして、思いがけぬ横のつつじの灌木のかげにうち倒れて、虚空をつかんでいる水阿弥の姿がみえた。その項《うなじ》からのどぼとけにかけて、一本の匕首《あいくち》が血にまみれてつきぬけていた。

「やはり、こちらを先にせねばならぬだろう」

と、そのつつじのかげから、ぬっと立ちあがったのは、傘売りの男であった。

「いや、ここで墨陽炎の化け具合を見ておったぞ、ふうむ、この墨染の衣にしかけがあるとみえる。薄い紗を何枚重ねて着ておるのか。襟を、袖を、ひきはいでは投げつけると、それがことごとく坊主になるのは、敵ながらみごとであった。ただ、そばにおれがおったのが運のつきだ」

傘売りは、馬上の猟師をみた。

「おれは張孔堂組の十六夜鞭馬《いざよいべんま》。そうか、この伊豆組の奴めが教えてくれなんだら、まさかうぬを女とは知らなんだぞ。そうと知ってみれば、なるほど可愛い顔をしておる。これ、法王の鈴をだまってよこせば、あえてうぬの命までもらおうとはいわぬが」

さすがに、あっけにとられてこれをみていた猟師の手の弓が一瞬弦鳴《つるな》りを発すると、矢は傘売りの姿めがけて飛んだ。

すでにそこに男の姿はなかった。ただひらいた傘が、二つ地上に転がっていた。矢はそのひとつをつきぬけたが、傘のかげに悲鳴は起らなかった。もうひとつの傘と重なるように、左右に三つ目、五つ目、七つ目の傘が、くるくるとまわりつつ転がり出たのである。しかも、その傘に描かれているのは、いずれも極彩色の春宮図であった。緑の夏草のなかに、数十人の男女の裸体は、白蛇のようにもつれて旋回した。

なお二すじの矢は、たわむれる男と女ののどと乳房をつらぬいたが、声ひとつきこえないのをみてとると、猟師は馬をかえして逃走にかかった。とみるや、その傘がひとつずつ、ふわりと宙に浮いてながれ出したのである。十六夜鞭馬が両手でつかんで手首でひねりつつ投げあげると、傘は旋風のごとく廻りつつ、空を飛んでゆくのだ。そこにあった七本の傘はすべて馬を追い、あとに鞭馬の姿はなかった。

馬は仁田峠をかけ上ろうとしていた。頭上に舞いおちる第一の傘を、猟師は片手の十字架でたたき落した。第二、第三の傘もたたき落した。傘は馬の左右にひらひらと舞いおちる。もはや傘にかまわず、馬腹を蹴って峠の中腹までにげのぼった猟師を六番目の傘が覆ったとき、猟師の頸動脈《けいどうみゃく》から血の噴水がたちのぼった。

「甲賀流忍法、雲雨傘《うんうがさ》。——」

声は、血しぶきのはねた傘の上できこえた。なお馬とならんで一間ばかり空をとび、柄を下にとんと坂路におちた傘の上には、匕首をふりかざした十六夜鞭馬が、蜘蛛《くも》みたいに乗っているのであった。馬はなお四、五間峠をかけのぼった。その上でうめく声がながれた。

「御主ゼズス基督御頭《キリストみかしら》に荊《いばら》の冠をかけられ給う。——クララお酉《とり》、ここに殉教《マルチリ》をとげまする」

そして、地上にまろびおちた娘猟師の屍骸をのこして、はだか馬は峠の上へ、雲の中へ狂奔していった。

二

「おや？」

仁田峠を西の池ノ原の方へおりていった十六夜鞭馬は、ふと立ちどまった。ここも、一、二か月前はさぞ紅雲のようなつつじの壮観が見られたであろうが、いまはただ眼のさめるような緑の大草原だ。そのなかで、遠く異様な音がきこえたのである。たしかに琴のような旋律であった。

「鶯め、こんなところに――」

調べにきいた覚えはないが、何やら思いあたるものがあるとみえる。鞭馬はにやりとして、青いつつじのあいだをその方へあるき出した。破れ傘はすててきたとみえるが、なお六、七本の傘を背に負っている。

草原の果ての樹林の中へ、そのときふたりの女が入ってゆくのがみえた。琴の音がやんだとき十六夜鞭馬は、大きな楓のかげに立っていた。そこから四、五間はなれて、ふたりの女が立っている。ひとりは四十前後、眉《まゆ》の青い豊満な女で、ひとりはすんなりとしているが、その娘らしい。武家の妻と娘とみえる身なりであった。

「鳴っていたのはこれじゃ」

「でも、だれもおりませぬ」

「それに、みたこともない琴。――」

　ふたりは、ふしぎそうに話している。そこの一本の樹にたてかけられている楽器は、鞭馬もみたことはなかった。数十条の絃《げん》を張った巨大な蝶《ちょう》のようなかたちをした楽器が、ぽつねんとそこにある。

「だれが鳴らしたのかしら」

「世にも美しい音でしたね」

　ふたりはおそるおそる絃にさわった。あえかなひびきが森をわたった。が、その余韻もきえぬうちに、ふたりの女は悲鳴をあげていた。はじめ、指ではじいただけなのに、その指が絃にねばりついたような感じがして、もう一方の掌でおさえたところが、その掌も鳥黐《とりもち》みたいに粘着してしまったのである。

　よろめいて、とびのいたはずみに、ふたりはからみあいながらあおむけに倒れた。その上に奇妙な竪琴《たてごと》はかぶさって、髪にも顔にも粘りついた。「嘈々《ソウソウ》ト、切々ト、錯雑シテ弾キ、大珠小珠、玉盤ニ落ツ」音そのものは白楽天の歌のように美しかったが、しかし竪琴につかまったふたりの女の姿は無惨であった。粘着したきものはみるみる裂けて、むき出しになった乳房や脇腹《わきばら》にも、なお絃はたわみながら粘りついてはなれないのである。

「母上さま、たすけて」

「お藤、しっかりしや」

もつれあうふたりの女の上に、薄い虹《にじ》がかかった。樹上から細かい霧のようなものが吹いて消えたのである。それはふたりの頬《ほお》をぬらし、あえぐ口をぬらし、四つのまるい乳房をぬらした。

ふたりの悶《もだ》えが、ふとやんだ。が、たちまち酒に酔ったようにくびすじが赤らんできて、眼が異様なうるみをもちはじめ、ふたりは腰をくねらし出した。

樹上から、ふわりとひとりの男がとびおりてきたのは、そのときであった。頭をそった座頭の大男である。が、あばただらけの醜怪なその顔の眼はひらいていた。

「おお、そなたらの望みはよくわかっておる」

と、彼は見下ろして笑った。ふたりの女は、琴をくっつけたまま、犬のように舌を吐き、その足にすがりついた。

「望みをかなえてはやりたいが、いまはそうもならぬ」

彼はしゃがみこみ、娘のきものの裾《すそ》をめくった。手がのびると、悲鳴よりも歓喜のうめきを娘はもらしたのだ。

「おれも精をふりかけてやったかわりに、女の精をもらおう」

座頭は、指さきで、琴の糸をなぞりはじめた。それから、無慈悲に娘を琴からむしりとった。ねばりついていた皮膚は血をしたたらして剝《は》げ、恐ろしい灼熱《しゃくねつ》の痛みに娘は悶《もん》絶《ぜつ》した。座頭はつぎに母親の方にかかった。

「これで、次の十日はもつわ」

女の愛液を、琴糸すべてにぬりつけ終って、座頭はその竪琴をふくろに入れて立ちあがり、顔を横にむけた。

「十六夜」

と、呼ぶ。

「おいよ、道忍、知っておったか」

と、にやにやしながら、十六夜鞭馬は楓の樹蔭から出ていった。

「久しぶりだの、道忍、長崎の方からきたか」

「うむ、十日ばかり前にな。おぬしは?」

「おれは、島原から」

と、十六夜鞭馬はうなずいて、

「何やらおぼえのある琴の音——と思ったが、これはいつもの琵琶《びわ》ではないの」

「うむ、長崎の歌舞伎町の市場から買い求めた和蘭陀渡りの竪琴というものじゃ。琵琶はだめじゃが、これなら讃美歌《さんびか》が弾ける」

「讃美歌？」

「切支丹の御詠歌《ごえいか》よ。この六月、和蘭陀船が長崎に入ったろう。そのとき、その船にもぐりこんで、黒ん坊からその歌を習ったのじゃ……。ただむやみに切支丹娘をさがしておってもその甲斐《かい》がない。この節廻しは、ふつうの者がきいても唐人の寝言じゃが、切支丹がきけば吸いよせられるだろうと思っての」

「それで、十五童貞女はひとりでもつかまえたか」

「いや、まだ巡りあわぬ」

「それは？」

と、十六夜鞭馬は、失神している娘をあごでさした。座頭の鶯《うぐいす》道忍はくびをふった。

「ちがうわい。もし左様なら、鈴などは吐き落しておるはず。――ふたりとも、いまは女のぬけがらじゃ」

と、ぶきみに笑った。

「地獄の湯の宿から出てきたもので、細川家の家中らしい。島原へおりて船で熊本へかえるつもりではなかったかの。母娘《おやこ》とも、見る通り美形だし、それにとくに母親の方は、汁沢山《たくさん》にみえたからの。――おれの琴蜘蛛《ことぐも》は、十日目ごとに女の精をぬらねば用をなさぬ。実は、ちといぶかしい者が湯宿に泊っておるので、それに手を出す用意のために、女の精をもらいにこの女どもを追ってきたわけじゃ」

「なに、雲仙の湯の宿に？」

「されば、八万屋という宿に、盲の侍と遊女らしい女が泊っておるが」

「その遊女があやしいのか」

「人にきけば、丸山の遊女だという。遊女が童貞女であるわけはないが、その盲の侍が天草党の奴ではないかと思われるふしがある。と申すのは、きゃつよりも、きゃつが一ト月前に呼んだという行脚僧に忍者の匂《にお》いがするのだ。――」

「道忍」

と、十六夜鞭馬は笑った。

「その天草党の行脚僧、百済水阿弥と申す奴は、さっき薊谷でおれが仕止めた。のみならず。――」

鞭馬はおもむろに、片手に青銅の十字架、片手に一個の鈴をとり出してみせた。鈴の字は、「身」とあった。


その日の夕焼けのころである。

硫黄のけむりの吹きなびく地獄を見下ろす丘の上、松林の中の一乗寺から、十人ちかい男女が出てきた。湯宿八万屋の亭主や奉公人にまじって、天草扇千代と伽羅《きやら》の姿もみえた。八万屋の娘お冬が無惨な横死をとげてから一ト月の命日なので、その菩提《ぼだい》をとむらうために、一乗寺を訪れたのである。

宿の誰《だれ》が、お冬と、扇千代の家来とみえる三人の武士が相搏《あいう》って死んだと想像しようか。人間の仕業とも思えぬその死にざまから、みな、雲仙に棲《す》む鬼神が祟《たた》ったのだとしか思いようがなかった。

ただ扇千代と伽羅だけが知っていた。あの夜つづいて岩風呂におりていった伽羅が、岩山に一片の肉塊とともに転がっていた鈴をまず見つけ出したのである。鈴には「降」の一字が刻んであった。

「あれか」

「あれだ」

一行が丘をおりていったのを、寺の前まで追ってきた張孔堂組の十六夜鞭馬と鶯道忍は、ふとい松のかげに佇んでうなずきあった。それぞれ背に傘と竪琴を負い、鞭馬は片手に、布でくるんだ十字架をもっていた。

そのときふたりの忍者耳は、地獄谷からわきあがってくる轟《とどろ》きにも消えず、どこかで微《かす》かな鈴の音をきいたのである。はっとしてふたりはふりむいた。

崩れた山門の下に、白い頭巾をかぶった若い尼僧が立っていた。彼女はあたりを見まわしたが、ふたりの姿を見とがめなかったとみえて、しずかに奥へ入っていった。

三

十二年前の大乱で、寺僧ことごとく切支丹に帰依《きえ》していたことがわかって、この丘の上一帯にあった四十八院、文武聖武両朝からつづいた大伽藍《だいがらん》は、幕命によりすべて毀《こぼ》たれ、僧はひとり残らず地獄谷で刑戮《けいりく》されて、ただひとつ残された本寺の一乗院に居つく住持もなかったのが、数年前からひとり住みついたうら若い、美しい尼僧であった。名を、夕心尼《せきしんに》という。

荒れはてた本堂の内陣に、彼女はながいあいだひれ伏していた。夕月のひかりはここまでささぬ。燈明《とうみょう》をともすどころか、さっきまでともっていたのを彼女はふき消して、暗い宵闇の床に合掌していた。

「わが主ゼズス基督、ゆるしたまえ。しばらく外道の尼僧の姿をかりますのも、法王の鈴を護りぬかんがためでございます。……さりながら、いまにして知る、八万屋のお冬は十五童貞女の姉妹《きょうだい》だったのでございます。たがいに相知らなんだのは、マリア天姫さまの深い御心ゆえいたしかたないとして、いまそれと知りながら、外道の宗法によってお冬を弔わねばならぬとは……」

うめくように悲痛な声であった。彼女は身を起し、手を胸にくんで、須弥壇《しゅみだん》ではなく、暗い天に祈った。

「お冬、ゆるして下さい。今夜ひと夜、わたくしは切支丹の法により、改めてもういちど祈ります。そして、誓います。おまえを殺《あや》めた外道の敵たちにきっと復讐《ふくしゅう》をすると。……」

そのつぶやく顔を、黒い霧雨が、生あたたかく吹いた。夕心尼はふいに声をのんで、凝然と闇を見つめた。

須弥壇の裏に、ぼうと赤い火の輪が浮かびあがったのである。音もなく、そこから燭台をもった座頭が出てきた。口をあけたまま、そこに金縛りになっている夕心尼をじろとみて、彼は平然として三つ、四つ、壇の燭台に灯をうつした。

「十五童貞女、まわりを見ろ」

と、彼はしゃがれ声でいった。夕心尼は周囲を見た。彼女は六つ七つの傘にかこまれていた。いずれもひらかれて、そのまるい六つ七つの画布は淫猥《いんわい》をきわめる秘戯図を浮かびあがらせているのであった。

「………」

その絵よりも、鼻口をつつむ栗《くり》の花のような強烈濃厚な匂いに、しだいに彼女の胸は波うち、優婉《ゆうえん》な唇はあえぎ出した。眼は春の夜の星のようにけぶったひかりを放ちはじめていた。

やがて、彼女はひざで這《は》い出した。醜怪な座頭の方へ。――座頭は立ちはだかったまま うす笑いして、この尼僧の異様な、彼にとっては当然な反応を見ている。のびあがるようにして、彼女の這ってきたうしろに床をぬらしてゆく痕《あと》をのぞきこんだが、

「や、月水の時か」

と、うめいた。

「天帝《ゼウス》の敵」

と、夕心尼はわななく声でいった。その衣のかげから匕首《あいくち》がひらめいて、座頭の腹部に走った。美しい琴の音がして、掌《て》はとまった。ふたりのあいだには、竪琴があった。掌はその絃にねばりついたのである。

「鈴はまだ流し出さぬか」

盾にした竪琴をつかんだまま、鶯道忍は笑った。そのとき、琴よりもまだ美しいひびきをたてて、鈴が床を走った。

道忍は竪琴をはなして、その鈴をひろいあげたが、琴は倒れなかった。夕心尼が両手で支えていたからである。というより、両掌に絃がねばりついたままだったからである。

突然、彼女は匕首をつかんだ手をはなした。皮膚のむしりとられる音がした。琴は本堂に鳴りわたりつつ床に倒れたが、その上に夕心尼も奇妙に身をねじりながら倒れた。

彼女の匕首はおのれののどをつらぬいていたのである。

「おん母サンタ・マリアの御子ゼズス三日目にもとの御肉身によみがえらせ給う。――フランチェスカお夕《ゆう》、ここに殉教《マルチリ》をとげまする」

それは何より彼女自身の心を襲う凄じい肉慾を殺すための死であった。哀《かな》しげな声がきこえたとき、傘のかげからひとつの影が立った。

「死んだか、惜しいな」

と、琴の上にあおむけに横たわった尼僧を見下ろして、十六夜鞭馬はつかつかと寄ってきた。あおむけの尼僧は、白い手を下腹部にあてていた。

「道忍、鈴には何とある?」

「まて、暗いうえに、血と薄膜に覆われていてよく見えぬ」

ふたりは、燈明のそばへ寄って、ぬれた鈴をかざした。

「潮」

そう読んだとき、ふいにふたりは灯が赤く染まったような感覚に襲われて、ふと顔をあげた。そして、本堂の空間に、水底からたちのぼる無数の泡のようなものをみたのである。

それはみるみる卵大にふくれ、月ほどの大きさにふくれ、赤く透明に、きらきらひかりつつ廻って浮かびあがり、内陣を満たしてゆくのであった。血の泡が、尼僧のおさえた指のあいだから湧《わ》きあがってくるのを見たとき、さすがのふたりの忍者も慄然《りつぜん》として、たたと外へにげ出した。

走る鶯道忍の面上で、その血いろの気泡がひとつはじけた。いかなる死毒、いかなる瘴気《しょうき》がその泡をふくらませていたか、彼はのどをかきむしってのめり伏した。

「道忍」

鞭馬はさけんだが、その手から鈴をとるいとまもない。袖で口を覆ったまま、傘をひとつつかんで、まろぶがごとく外へはしる。赤い血の泡は、もつれあいつつ、それを追った。

鞭馬は山門の外で傘を盾とした。ふりかえり、なお浮遊して流れてくる泡をみると、きりきりと傘をまわして、空に巻きあげた。

月明の夜空を、丘の下へ、怪鳥《けちよう》のように傘が流れていった。が、その上に身をふせた十六夜鞭馬は、傘が地につくよりもさきに、むせかえりつつ落ちていった。――毒煙うずまく雲仙の八万地獄へ。

忍法「犬さかり」

一

「おくんち祭」すなわち、音にきこえた長崎の諏訪《すわ》神社の祭礼は、九月七日をなかに数日、華やかに行われる。——

この祭りは、長崎の年中行事のうち最大のものであった。それは、当日神社から大波止《おおなみとめ》の「お旅所」へ神輿《みこし》が通過する町々、すなわち踊町では、六月から一町ごとに小屋がけをして踊りの稽古《けいこ》に入ることでもわかる。

諏訪神社が長崎全市民を氏子とする総鎮守ときめられたのは寛永《かんえい》のはじめであった。そして、曾《かつ》ては切支丹《キリシタン》の寺々が建ち、その祝日には堂々と切支丹の行列がねりあるいた長崎だけに、この邪宗門の記憶を完全にぬぐい去るために、諏訪神社の祭礼は豪華絢爛《けんらん》をきわめてくりひろげられる。

七日、朝、諏訪神社から出た神輿は十六人の輿丁《よちよう》にかつがれて、馬町《うま》、勝山町《かつやま》、桜町《さくら》、豊後町《ぶんご》、新町《しん》、堀町《ほり》、本博多町、島原町《しまばら》、外浦町《そとうら》などを通って大波止《おおなみどめ》の「お旅所」へ下ってゆくのだが、それと同時に長崎六十六町は、それぞれ趣向をこらした奉納踊りを以て、その前後に供奉してゆくのであった。

この祭りにつきものの傘鉾《かさぼこ》、だんじりはいうまでもなく、勝山町の薩摩踊《さつまおどり》、西古川町《にしふるかわ》の角力踊《すもう》、万屋町《よろずや》の鯨引《くじらび》き、本石灰町の阿娘《アニオー》行列、西浜町《にしはま》の竜船、大黒町《だいこく》の唐人船、船津町《ふなつ》の川船、銀屋町《ぎんや》の鷹野狩《たかのがり》、八幡町《やはた》の山伏行列、本籠町《ほんかご》の蛇踊《じゃおどり》、江戸町の紅毛花車、そのほか奴踊、神楽踊《かぐら》、唐子踊、韃靼踊《だったんおどり》、羅漢踊《らかんおどり》など——その引き物、担い物、通り物は和漢洋の風俗をきわめているが、なかでも最も見物人の歓呼のまととなったのは、このはてしない大行列の先頭に立つ丸山の遊女の奉納踊りであった。

「錦繡《きんしゅう》の袖、羅綾《らりょう》の姿、へんぽんと軽風にひるがえり、頭釵《とうさい》白日にかがやき、清香客衣を打つ。遠近の遊冶児《ゆうやじ》これがために魂とび神はせ、みな鴛鴦《えんおう》の契りをねがわざるはなし」

遊女たちは手に手に、花や鼓や鳥毛や鈴などをうちふりつつ踊ってくる。そのずっとうしろでは、三味線、蛇皮線《じゃびせん》、月琴、胡弓《こきゅう》、太鼓、銅鑼《どら》、銅拍子、笛、喇叭《らっぱ》、チャルメラ、角笛、トランペットと楽器のかぎりをつくした囃《はや》しが怒濤《どとう》のようにつたわってくるのであった。

「伽羅太夫だ」

「まあ、何と美しい――」

沿道の人々は、まず先頭に踊ってくる伽羅の姿に眼をうばわれた。あらゆる趣向をこらした踊りの姿のなかに、いかい鼈甲《べっこう》のかんざしをきらめかし、牡丹《ぼたん》を刺繍《ししゅう》した帯をひるがえし、たかい黒塗りのかっぽりを履いた廓姿《くるわすがた》の伽羅がいちばん悩殺的なのも皮肉であった。彼女は笑顔でおどっている。手に十字架をうちふっていた。――気がつけば、実に恐ろしい小道具である。しかし、この万華鏡《まんげきょう》のごとく眼もあやな踊りのなかで、誰がそれを切支丹の十字架と気づいたろうか。

まっさきに踊ってくる伽羅に沿って、見物人のなかを、ひとりの深編笠《ふかあみがさ》の武士と、ふたりの虚無僧《こむそう》がうごいていった。

「扇千代様、こちらで――」

「あぶのうござる」

と、ふたりの虚無僧がいう。しかし、もうひとつの深編笠のなかに盲目をかくした天草扇千代の足どりは、眼あきよりたしかであった。それでも気づかって、手を出さんばかりに導くのは、配下の鳥羽大膳亮《とばだいぜんのすけ》と志摩法之進《しまほうのしん》である。

扇千代はいった。

「おれを案ずるな、鈴の音をききあてろ」

二十日ばかりまえ、天草扇千代は伽羅とともに秋風のたちはじめた雲仙の山から降りてきた。

諏訪の祭りの踊りの稽古がしたいと気をもむ伽羅を、それまで扇千代が雲仙にひきとめていたのは、一乗院で尼僧夕心尼とともに死んでいた座頭の手に「潮」と刻んだ鈴がにぎられており、地獄谷で焦げ死んでいた傘売りの男のそばに青銅の十字架と「身」と刻んだ鈴がころがっているのを発見したからであった。いうまでもなく、張孔堂組の奴《やつ》らに相違ない。すでにふたりの敵が雲仙にいた。そのほかに、まだ張孔堂組が徘徊しているのではないか、と扇千代はかんがえたのである。

その雲仙で、那智孫九郎、中嶽塔之介、当麻伊三次、それにあの弓馬の妙術をもつ猟師の童貞女とたたかわせるために、わざわざ長崎から呼んだ百済水阿弥の四人まで討たれたとあれば、扇千代が雲仙にみれんをのこしたのは当然であった。

しかし、それっきり敵も童貞女もその気配はなく、彼はその旅で得た四個の鈴のみをいだいて長崎にかえってきた。

「下」「降」「身」「潮」

それと、それまでに得た「聖」「御」「瀬」「宝」「渦」「祭」の六個の鈴とならべてみても、まだその意味をたどることができない。ただ、扇千代が心をとめたのは、そのなかの「祭」の一字であった。長崎で「祭」といえば、まずこの諏訪神社の祭礼を考えないわけにはゆかない。残る童貞女五人はこの祭りとかかわりがあるのではないか。少くともこの祭りに姿をあらわすのではないか。

そう考えた扇千代に、大胆にも十字架をふって踊ってゆくことを提案したのは伽羅だ。彼女は扇千代がその鈴をあつめているのに力をあわせるというより、いまは本人が夢中のようであった。

伽羅のうちふる青銅の十字架とともに、それと共鳴りを発する鈴の音を求めて、扇千代と、天草党の鳥羽大膳亮と志摩法之進はうごいてゆく。

果然、彼らがその鈴の音をきいたのは高札《こうさつ》場のある桜町の辻《つじ》であった。

「あっ……法王の鈴……」

思わず、鳥羽大膳亮はさけんだ。すると、どよめく群衆のなかから、身をひるがえして逃げ出した者がある。その赤かいぽりをはいて、赤い帯をたらした娘のうしろ姿をみると、

「お待ちなされ、扇千代様」

鳥羽大膳亮と志摩法之進はおどりあがり、扇千代を捨ておいてその娘を追って走り出した。ふたりの腰にはそれぞれ尺八と鎌《かま》がさされていた。

二

長崎の町じゅうの人間がすべてその行列と見物にあつまったかと思われる祭りの日であった。行列の通る踊町以外は、真空のようにからんと静まりかえって、ただ遠くから海嘯《つなみ》のように囃しの響が秋空をわたってくるばかりだ。

町娘は南へにげてゆく。かっぽりをはいているのに、美しい鳥のはばたくような早さであった。さすがの天草党の両人が、やっと追いすがったのは町の南端、寺ばかりつづく崖《がけ》の下である。

「待て」

その手をのがれ、娘は一寺へのぼる石段をかけのぼった。二間ばかり追いすがったとき娘の両足から同時に赤いものがはねおとされた。はいていたかっぽりが、狙《ねら》いあやまたず鳥羽大膳亮と志摩法之進の天蓋《てんがい》にたたきつけられたのである。

「あっ」

天蓋がまわり、視力を失って一方の手で鳥羽大膳亮は志摩法之進をつかまえた。法之進はよろめいて、ふたりからみあって、どどと石段を六、七段おちた。その音をきき、しすましたりと娘が石段の中途にたちどまったときだ、からみあった両忍者のそれぞれの右腕と左腕から、びゅっと黒い鎖が薙《な》ぎ出された。

志摩法之進の右腕から出た鎖は、石段の端の立木に巻きついていた。そして、そのまま法之進とともに石段の中途にぶらさがるように停《とま》った鳥羽大膳亮の左腕から出た鎌は、たちどまって見下ろした刹那《せつな》の町娘の腰へ、凄じい勢いで巻きついたのである。

横だおしにおちてきた娘が、ふたりの位置でとまったのは、抱きとめたのではなく鳥羽大膳亮が糸車のように鎖をおのれの腕にまいてたぐったからであった。

「いや、手数をかけた」

「こちらがあぶないところであったわ」

「童貞女、それにまちがいないが、はじめてみる。これ顔をみせろ」

大膳亮は、あらあらしく娘をひきたて、顔をねじむけた。眼をとじた娘の顔は苦痛にゆがんでいたが、凄艶《せいえん》であった。

「法之進、どこで鈴をもらおう」

「さての」

と、ふたりが顔を見あわせたとき、石段の下で、犬の吠《ほ》え声がした。一匹ではない数匹の声である。下を見おろして、ふたりはまた顔を見合わせた。犬をつれた乞食の老婆が、石段をのぼろうとして、あっけにとられたように口をあけて見あげていた。

「森へゆこう」

法之進がつぶやいて、大膳亮の胴に手をまいた。大膳亮は娘の腰に手をまいた。とみるまに、さっき法之進が立木になげつけた鎖にぶらさがったまま、三人のからだは、巨大な蓑虫《みのむし》のように弧をえがいて、森の中へ消え去った。


小春日《びよ》和《り》の境内を、ふたりの僧があるいていた。まわりに十数匹の犬がむれて、吠えている。

「西念、おまえはこんなに犬をあつめてどうするのじゃ」

と、やせこけて貧乏たらしい老僧がいった。

「あつめるわけではございません。自然とあつまってくるので」

と、若い僧がいう。これは、納所《なつしよ》坊主らしい粗末な衣である。のんきそうなまるい顔であった。

「うそをつけ、お前はきちがいのような犬好きで、犬をつれてくれば米や味噌《みそ》をやるものだから、いつも乞食の婆が野良犬《のらいぬ》をもちこんでくるのではないか。この春、おまえがころがりこんできてから、寺は犬だらけになった」

「一切の畜類にも慈悲をあたえてやるのが、仏心というものでございます」

「仏心にもかぎりがある。この陀経寺は、そのように大寺ではない。そのうちこの犬どもに食いつぶされてしまうわ。ええ、この犬どもを放逐せい。放逐せねば、おまえを放逐するぞ」

と、老僧はかんしゃくを起したように、足もとの犬を蹴とばして、寺の方へひきかえしていった。西念はそれもどこ吹く風といった顔で、

「はてな、この犬のさわぎようは」

と、つぶやいて、石段の上へあるいていって、見下ろしてさけんだ。

「やあ、婆」

下から、乞食の老婆が、這うようにして上ってきた。

「西念さま、いま妙なものを見たでごぜえますよ」

「どうしたのだ」

「この石段のまんなかに、ふたりの虚無僧が娘を抱いて立っていると見ましたら、いきなり空をとんで、この右手の森のなかへ入ってしまいましただ」

「なに、ふたりの虚無僧が娘を――空をとんで？」

納所坊主は皺《しわ》だらけの老婆の顔を見まもった。

「夢でもみたのか、おまえのいうことはいつもあてにはならぬ――といいたいが、この犬どもの吠えようがいぶかしいと、さっきから不審に思っていたのだ。よし、この森の中じゃな」

と、坊主はうなずいて、犬たちをふりかえり、口笛を吹いた。そして自分からさきに森の中へ踏みこんでいった。十数匹の犬は、よく飼いならされた猟犬のようにそれを追い、森へちらばっていった。


「うるさい犬どもだな」

「相手が犬では、鎖鎌でも追いかねるぞ」

亭々たる大銀杏《いちょう》の木の上であった。地上五十尺にもなるだろうか。密生した黄葉は、下界からまったく視界をふさいでいる。ふとい枝の上に町娘を横たえてふたりの虚無僧は舌打ちした。

「や、どうやら犬をさしずしている奴がおる」

「何、おれたちを天草党のものと知ってか」

「この寺の納所坊主らしい、乞食の婆もうろうろしておる。まさかおれたちの正体を知ってではないと思うが——しつこいところ、ちと不審でもあるぞ」

ふたりは黄色い葉をすかして見下ろしていた。それから、とうとうしびれをきらした。

「いつまでも、こうしてはおられぬ。扇千代様も御案じだろう」

「それでは、そろそろ法王の鈴をもらおうか」

「ともかく、あの坊主と婆を縛っておけ」

うなずきあうと、ふたりの腕から下へ、黒い鎖が投げつけられた。五十尺にあまる鎖の長さは、これがたんなる鎖鎌でもその術者でもないことを物語っていた。それは巨大な弧をえがき、まわりの樹々の谷間をたくみに截《き》って薙いでいった。そして天から降ってきた二条の鎖は、みごとに地上の坊主と老婆をからめとったのである。

悲鳴をあげるいとまもなく、ふたりはきりきりと宙にたぐりあげられた。しかも、ふたりはおのれを縛った鎖のゆくえが、黄葉の中に消えているのを見たばかりだ。

「これでよし」

「娘、さわげば落ちる。うぬのからだじゅうの蝶つがいははずしてある」

「この高さだ。落ちれば五体微塵《みじん》になるぞ」

鳥羽大膳亮が笑いながら娘の裾をひろげると、志摩法之進はむき出しになった娘の股《こ》間《かん》に手をさしのばした。

雪に鴉《からす》のおりたような谷に、ふたりの眼は吸いつけられた。しばし、ふたりはおのれの目的を亡失した。

「やれ」

大膳亮がわれにかえった。法之進の指は、わななく肉のあいだに吸いこまれていった。

娘は身もだえしてうめいた。

「おん母サンタ・マリアの御子ゼズスの御昇天より十日目に、聖霊《アニマ》はおん弟子たちの上に天降《くだ》らせ給う――」

鳥羽大膳亮と志摩法之進は、これを切支丹娘の呪文《じゅもん》よりも快美のうわごとときいた。

ふたりは、天蓋の下で痙笑《けいしょう》をもらしつつ、とり出した血まみれの鈴をのぞきこんだ。

鈴には「沈」と刻んであった。

「テクラお波、ここに殉教《マルチリ》をとげまする」

突如として視界が真っ赤になったのはその瞬間であった。法之進の指を追って、テクラお波の股間から、血の噴水が吹きつけた。ただの血ではなかった。それは灼熱の溶液であった。一瞬、ふたつの天蓋が燃えあがり、ふたりの顔をやき爛《ただ》らした。

もし五体無事ならば、おそらくこの高さからとび下りても、猫のごとく地に立つ体術を心得ていたかもしれぬ。しかし、満面炎につつまれた伊賀の両忍者は、まっさかさまに転落していって、大地にたたきつけられ、そのままうごかなくなった。その上へ、五体の血を熱湯と変えたお波も、黒けぶりをあげつつ落ちていった。

あとに、無数の黄金《きん》の扇に似た葉が、天華《てんげ》のようにふりそそいだ。

三

この幻妖《げんよう》の光景を、二匹の蓑虫みたいに銀杏の樹からぶら下がった坊さまと乞食の老婆は、しばし声もなく見下ろしていた。

「そうであったか」

と、やがて老婆がいった。

「さっきみたところでは、紺屋町の更紗屋《さらさや》のお波さまにみえたが、あれがわたしの姉妹《きょうだい》であったか」

納所坊主は、老婆の声が急に若くなったのに眼をむいて、身をもがいたが、肉にくいいった鎖は、いかなる秘伝によるものか、彼を宙にゆさぶるだけであった。しかも彼はこのとき、声のみならず老婆の全身に異様な変化の起るのを見たのである。

自然と、老婆の皺だらけの顔のまんなかに赤いきれめがはしり、のどから胸へ消えた。赤い亀裂《きれつ》は、その垢《あか》じみた両脚にも走った。まるで内部の何かが餅《もち》のようにふくれ出した感じであった。

とみるや、鎖にしばられた空蟬《うつせみ》のような老婆の形骸《けいがい》をのこしたまま、白いはだかのからだがその内部からぬけて、くねくねとくねりつつ下へ落ちていったのである。みごとにとんと大地へ立ったのは、鎖のすべるのも当然と思われる、真っ白な脂肪にぬめる若い女であった。黒髪すら背にたれて、彼女は頭上をふりあおいだ。

「やっ、うぬは童貞女か！」

と、僧は絶叫した。はだかの娘はあでやかに笑った。

「やはり、おまえは忍者であったな。どうもそれらしい匂いがすると思って、この夏以来犬を売る顔でちかづいていたが、わたしの眼はあやまらなかった。これは大友の忍法空蟬《うつせみ》――わたしは、いかにも法王の鈴をもつお笛という女、おまえは由比の忍者か、伊豆の手のものか」

「おれは張孔堂組の朽《くち》ノ葉《は》帯刀《たてわき》。ま、待っておれ」

と、納所坊主は身をもがいた。みるみる関節がはずれて、その下半身が鎖からぬけおちようとした。そのからだに、下から銀の閃光《せんこう》が走った。投げあげられた鏢《ひょう》は、そのあごの下から、剃《そ》った青いあたままでつきぬけた。

「たわけ、おまえの忍法は、犬相手が似合いじゃ」

ふりおちる血潮をこころよげに裸身にあびて、お笛は笑った。そして足もとに横たわったふたりの虚無僧に眼をやった。

「はだかで道中はならぬ。おお、むごたらしや、お波さまのきものは黒焦げじゃ。しばらくこの虚無僧のきものをかりて、森を出ねばなるまい」

そうつぶやいてかがみこんだとき、お笛はじぶんの肩から乳房へ、腹から足へかけて、血とはちがう乳のようなものが、いくすじかながれているのに気がついて、はっとして上をふりあおいだ。

白い乳は、朽ノ葉帯刀の衣の裾から、なお滴々と降っていた。

「忍法犬さかり……おまえのからだには、牝犬《めすいぬ》のさかりの汁がまみれついておるぞ。うぬの忍法こそ、犬に使え」

声と同時に、僧形の帯刀はがくりと首を折ったが、白くむき出した眼は、うごかないままに、じっと下を見下ろしていた。

犬がお笛にとびついてきたのは、その瞬間であった。それは同時に、前後左右からとびかかってきた。お笛の手の匕首がきらめいて、そのうちの二匹が血しぶきとともにもんどりうったが、彼女も黒髪をくわえられてひきたおされた。

その白い裸体に、七、八匹の犬が覆いかぶさった。

しばらくきこえるのは、牙《きば》よりも舌なめずりの音であったが、先を争うのか、勝手がちがってとまどうのか、狂乱する犬は、ついに肉片のようなものをかみちぎった。落葉をちらして、女と獣はもつれあってころがり廻ったが、やがて次第にうごかなくなっていった。

「おん母サンタ・マリアは霊魂《アニマ》と肉身とともに天に昇らせ給う。――ジュスタお笛、ここに殉教《マルチリ》をとげまする」

その息絶え絶えのうめきを、森の外の石段で、天草扇千代がきいた。彼の手をとっているのは、奉納踊りの行列からぬけ出してきた遊女の伽羅であった。

そして、かけつけたふたりのうち、伽羅が見たものは、空にぶらさがって絶命している坊主一人、地にやけただれている娘一人と虚無僧二人、それから、うごかぬ女の白い裸形をなお犯そうと焦《あせ》って血まみれの舌を吐いている十数匹の犬だけであった。

この凄惨な光景に、なお天華のようにふりそそぐ銀杏の葉の下に、やがて伽羅は二つの鈴を見つけ出した。

「沈」

「瀬」

ふるえる声が、伽羅の色あせた唇からもれた。遠い祭りの華やかな交響は、なお長崎の蒼空《そうくう》をどよもしているのであった。

忍法「我喰い」

一

結城矢五郎、勿来銀之丞、曾我杢兵衛、騎西半太夫、秩父八十八、那智孫九郎、中嶽塔之介、当麻伊三次、百済水阿弥、鳥羽大膳亮、志摩法之進。

十指で足りぬ。掌《てのひら》をひらいてまた一指を折る。

黄金《きん》いろの落葉のふる陀経寺の林のなかに佇《たたず》む天草扇千代の盲目の顔にうつろうのは、その枯葉の翳《かげ》ではなく、惨憺《さんたん》たる悲愁の想いであった。

十一人。彼らは十五人の童貞女や由比張孔堂組の忍者と死闘して、それぞれの敵を斃《たお》したものの、おのれらもまた落命した。この春、勇躍して江戸を出たとき、わずか半歳のあいだにこれだけの犠牲をはらわねばならぬと誰が想像したであろうか。

彼らは天草家再興のために、よろこんで死についたであろう。しかしながら、これほどの犠牲をはらって、なお天草家を再興する価値があるだろうか。恐怖ではないが、さすがの扇千代もここに至って心の動揺を禁じ得なかった。

「扇千代様」

伽羅がよびかけた。さっきのふるえ声が、ふだんのとおりの浮き浮きした声にもどっていた。

「これで鈴は十二あつまりましたね」

伽羅は扇千代の顔の憂いに気がついて、わざとそんな声をたてたのか。それとも彼が鈴を集めているのに夢中に力をあわせているつもりなのか。いずれにせよ、ふつうでない魂をもった遊女であった。それを奇怪と思うより天衣無縫としか思われず、この端倪《たんげい》すべからざる遊女を、いまは愛している扇千代であった。

「ふしぎかですね。瀬と刻んだ鈴が二つあります」

「お、そういえば——」

扇千代もくびをかしげた。このとき彼は、伽羅のはずんだ声にうごかされて、蹉跌《さてつ》の思いをすてていた。

彼の手中には、実に十二個の鈴が集まったのである。「聖」「宝」「潮」「渦」「沈」これらの文字は、百万エクーの秘宝が、どこかの海に沈んでいることを示すのであろうか。それにしても、「降」とか「身」とか「祭」とかいう文字は何を意味するのか。また

「瀬」の鈴が二つあるとは、いかなるわけか。——それらの文字を言葉として連ねるためには、あくまでもあと三人の童貞女をとらえねばならぬ！

それは天草家再興のためというより、死んだ十一人の配下の菩提をとむらうためであった。

「よし、鈴の意味は、廓にかえって考えよう」

「扇千代様、しかし、この死んだ人々は？」

扇千代は口をつぐんだ。ここは寺の境内だ。しかし、住持にこれを告げたならば、奉行所からの役人の取調べもあるだろうし、じぶんたちがなぜここに来たかという説明も厄介なことになる。鳥羽大膳亮と志摩法之進にはふびんであるが、まことの供養は、十五の鈴をすべて手中にしたときに行《おこな》ってやるよりほかはあるまい。

「え、あとでね。禿《かむろ》のりん弥《や》にお布施をもたせて、それとなく弔ってもらいましょう」

と、伽羅はいった。

ふたりは林を出て、石段にかかった。その石段の下にただならぬ人々の跫音《あしおと》をきいてふたりは立ちすくんだ。

「奉行所の役人衆です」

と、伽羅がさけんだとき、かけのぼってきた役人が、いきなり伽羅の両手をつかんだ。

「遊女伽羅、神妙にせい」

「ま、何でございます」

「先刻の奉納踊りの際、その方の持っていたものは切支丹の十字架であろう」

「あれは——」

と、狼狽《ろうばい》する伽羅のふところや袂《たもと》を役人たちはまさぐった。

「どこへやった。あれはまさしく十字架じゃとにらんだお方があった。逃口上はゆるさぬぞ」

「お方？　いったいどこのお方？」

「奉行様の御息女、お志乃様じゃ」

伽羅よりも、扇千代の方が愕然《がくぜん》としていた。彼の瞼《まぶた》に、蠟細工《ろうざいく》のように端麗なお志乃の顔が浮かんだ。彼女は、じぶんが伽羅のもとに身を寄せていることを知っているはずだ。また、あの十字架の由来も、或《あ》る程度は知っているにちがいない。げんに、風頭《かざがしら》の山上から紙鳶《はた》にまきあげられていった十字架を、彼女自身捜索してくれたではないか。

「その十字架はここにあるが」

と、扇千代はふところから十字架を出した。それは伽羅が、白い布につつんでくれたままになっていた。

「それは何かのまちがいだ」

役人たちはいよいよざわめきたった。そのうち、林の中の犬の吠え声をあやしんで、そちらにかけていった者もあった。

「やっ、十字架を所持しておるとは大それた奴。うぬは何者だ」

「それを、わたせ。うぬも、奉行所にこい」

林の方で、たまぎるような絶叫がきこえた。

「大変だ！　人が四人、……五人も死んでおるぞ！」

名伏しがたい混乱の声をききながら、扇千代はあきらめた。

「伽羅、こやつらに説いてもはじまらぬ。奉行所へゆこう。わしがお志乃どのに逢《あ》って話そう」

二

「志乃はまだもどらぬか」

と、奉行の馬場采女正《うねめのしょう》は困惑した表情で呼んだ。

もう日のくれた本博多町の奉行所の役宅であった。庭の秋草に虫が鳴いている。まえに、白布でつつんだ十字架をぴたりと置いて、天草扇千代は憤然たる表情で坐《すわ》っていた。役人たちに奉行所へつれこまれるや、伽羅とはひきはなされた。さいわい、この春扇千代がこの奉行所に数日滞在していたことをおぼえている者があって、彼のみは奥の室に通されたが、奉行もお志乃も、祭りからまだかえらぬといって待たされているうち、夜になったのである。

まず、采女正が帰宅して、扇千代の話をきいて狼狽し、「それは志乃の思いちがいであろうが、それにしても、自身で役人をつかうとは、志乃らしゅうもない」とくびをかしげた。そして、扇千代のその後のことなどききただした。彼が盲目になったことは、さすがに奉行も知っていて、大いに案じていたところであったが、それでめざす鈴をすでに十二個集めたとは感嘆のほかはない、といった。こうして時はうつるのに、お志乃はまだ帰らないのである。

伽羅の身を不安に思って焦燥の色を顔にうかべた扇千代をみて、采女正はまた声をあげた。

「これ、お志乃はまだか。もう日はくれたと申すに、まだかえらぬとは、いぶかしい。誰《たれ》ぞ探して参れ」

そのとき、庭で沈んだ声がきこえた。

「志乃はここにおります」

采女正は起《た》って、障子をあけた。月光にぬれる庭に、お志乃はひとり立っていた。

「扇千代様、お久しぶりでございます」

「志乃、そなたは、引田屋の遊女をとらえさせたそうなが、あれは――」

「あの女をとらえれば、扇千代様がここにおいでになるだろうと考えてしたことです」

「知ってしたことか！」

　采女正はもとより、扇千代も愕然として庭へ顔をむけていた。

「お志乃どの。挨拶《あいさつ》はのちにいたす。それは何ゆえじゃ」

「扇千代様、まずその十字架をお振りなさいまし」

　その声と言葉の異様さに、扇千代はしばらく凝然とうごかなかったが、やがて白布でくるんだままの十字架をつかんで、びゅっとふった。――すると、庭にすだく虫にまじって、ひときわ美しい鈴の音が、りーんと鳴ったのである。

「お志乃は十五人の童貞女のひとりでございます」

「志乃！」

　長崎奉行の馬場采女正は、岩のように沈着剛毅《ごうき》な人間だったのに、狂ったようなさけびをあげ、わなわなとふるえ出した。

「たわけ、おまえが切支丹などと――たわごと申すな」

「御教えは、亡くなった母上から伝えられました。父上、切支丹を捕えては無惨な御仕置にかけ、奉教人から天魔とよばれる長崎奉行の父上の、妻と娘は、切支丹であったのでございます。……大友の忍法も、わたしは心得ております」

「いつ、いつ――偽りを申せ、生まれて以来、一日としてわしの手許《てもと》をはなさなんだおまえが――」

「マリア天姫様がおいでになりました」

「マリア天姫？　左様なものが奉行所にきたことはない」

「父上がそうとは気づかれぬお姿でおいでになったのです。しかし、それがどんなお姿であったかは、口が裂けても志乃は申しませぬ。まだマリア天姫さまを探そうとなさっても、天姫さまが、いまどのようなお姿をしておいであそばすか、わたくしでさえ知らないのでございますから、父上に捕えられるわけがありませぬ」

娘のこの奇怪きわまる言葉を、采女正はきき糺《ただ》す声を失っていた。お志乃はすうと縁にあがってきた。

「天草扇千代」

唇も頰もわななないていたが、扇千代にはみえぬ。彼はただお志乃とも思われぬ炎のような声をきいたばかりである。

「この春、風頭の山で、張孔堂組の大文字弥門とやらがその十字架をふったとき、わたしの鈴はたしかに鳴った。しかし、おまえもまたモニカの鈴をもっていたゆえ、それにまぎれて気がつかなかったのは天帝《ゼウス》の御加護であった。そのときは、わたしはまだおまえがわたしたちの敵であるとは知らなんだが、おまえがこの家を去るときは、わたしはもはや知っていた。それを手をこまぬいて見送ったのは、天草党の忍者どもをみな殺しにするまで、おまえを生かしておくようにという天姫さまの仰せに叛《そむ》くことができなかったゆえじゃ」

　お志乃は声をのんだ。

「さりながら、いかに天姫さまの仰せとて、十五人の童貞女は十二人まで殺され、鈴は十二奪われた。かくては、ついに法王の秘宝は探し出されるであろう。わたしには、天姫さまのお心がわからぬ。……それゆえ、たとえ天姫さまのお心には叛こうと、わたしはおまえを殺さずにはおれぬ。……わたしはおまえをひと目みたときから好きであった。おまえが天草一族の御曹子《おんぞうし》であるときいて、おまえの花嫁になることさえ夢みた。——けれど、そのおまえが、天帝《ゼウス》の敵である以上、わたしはおまえを殺さずにはおれぬ」

　扇千代の膝《ひざ》が立つと同時に、ぱっと右においた刀に手がかかった。

「斬《き》るか。斬ってみや、伽羅が身投崎《みなげざき》の切支丹牢《キリシタンろう》でなぶり殺しにあうであろう」

　この一語で、扇千代は金縛りになった。それをわれながら奇怪と感じたとき、お志乃は冷やかな声を父になげた。

「父上様、わたしは切支丹でございます。扇千代は御老中松平伊豆守様の手のものでございます。わたしをお仕置にかけられますか。それとも扇千代を闇《やみ》に葬られますか。いずれとも」

馬場采女正は歯をかちかちと鳴らし、あぶら汗をしたたらすのみであった。

「伽羅を、もはや牢へ送ったと？」

と、扇千代はうめいた。どんなことがあってもあの愛すべき女をじぶんの犠牲にしてはならぬ。この覚悟が、忽然《こつぜん》と巌のごとく心中に根をすえていた。

「たったいま、身投崎へ海をわたるその舟を送ってきたところじゃ」

と、お志乃はいった。

「いま、おまえはここで討ち果たしたいが、まだ殺すまい。天草党のものどもが、あと三人のこっている上は——殺された十二人の童貞女の敵を討つまでは、おまえは生かしておく。その身投崎の岩牢に」

お志乃の声は暗く笑った。

「父上様、いずれをおえらびになりますか」

扇千代がふたたびうごいたとき、馬場采女正は、本能的に娘を抱いてとびさがり、抜刀していた。が、全身瘧《おこり》にかかったようにふるえている。しかし、扇千代は両腕をうしろにまわして微笑した。

「わしは、伽羅のところへゆこう」

「誰かある」

采女正は絶叫した。

「こやつを捕えよ」

侍臣が雪崩《なだれ》をうってかけつけてきて、扇千代をひきたてた。采女正はなお恐怖に歯を鳴らしながら、畳の上の十字架の布をひらいた。

「そやつ切支丹じゃ。何を申したてようと耳に入れてはならぬぞ。どこぞへつれていって首を刎《は》ねろ」

お志乃の処置はまたあとのことだ。いまは娘の味方にならねばならぬ。それは父としての本能ばかりでなく、寛永九年以来十八年間長崎奉行を勤めた家名への執念であった。

「殺してはなりませぬ」

お志乃はこのとき、帛《きぬ》を裂くような声でいった。

「父上、わたしの申した通りにして下さいまし。ただ切支丹牢へ」

彼女の眼は、ひたと畳にひかれている布に吸いつけられていた。それはいままで青銅の十字架をつつんでいた布であった。その布の裏に、何やら書いてあるのだ。馬場采女正はその水茎《みずくき》のあとうるわしい文字を読んだ。

「ベレンの国の姫君

いまはどこにおらすか

御褒《おんほ》め尊び給え」

お志乃の眼はひろがり、顔は土気色をしていた。色のない唇から笛のようなあえぎがもれた。

「ああ、わたしは……」

三

波頭が夜光虫のようにひかっているのが、格子を通してみえる。それどころか、満潮のときには、潮は格子をとおして、中にいる人々の膝までひたすのだ。

長崎の港を抱く岬のうち、身投崎という絶壁をくりぬいた岩牢であった。中は畳数にして二十畳くらいあろうか。そのなかに、たえず三、四十人もの人間が入れられている。

長崎の牢屋敷《ろうやしき》は桜町にあるが、これは長崎はもとより、島原、天草一円からとらえられてきた切支丹たちの牢であった。

百姓もある。漁師もある。職人もある。商人もある。老幼はいうまでもないが、そのうえ、ここには男牢、女牢の区別はなかった。どんな若い娘でも——若い娘が江戸に送られなくなったこの春以来のことだが——この潮と獣の匂いのまじりあった獄《ひとや》に投げこまれるのだ。

それは奉行所の怠慢からではなく、悪意にみちた策略からであった。奉行所は、このことによって起る囚人同士の背徳、堕落、したがって棄教を期待したのである。――しかし、番人たちの期待したことはまったく起らなかった。切支丹たちは、切支丹娘を、まるで妹のようにとり扱かった。彼らはこの恐ろしい死の牢で、天国にいるかのように、かがやいた顔色で祈禱《きとう》をとなえているばかりであった。

番人たちは退屈したり、いらいらしたりすることがあると、思い立ったように囚人を狭い砂浜にひきずり出して、棄教を強《し》いた。鉄の鋏《はさみ》で指をねじきったり、口に漏斗《じょうご》をさしこんで腹が蛙《かえる》のようになるまで海水をそそいだり、棒に縛りつけて魚みたいに火にあぶったりした。棄教させるためなら、いかなる手段をも問わないということは、奉行所の容認するのみか、かえってすすめるところであった。

これらの恐るべき拷問は、当時来朝した和蘭陀人《オランダじん》ライエル・ハイスベルツがのちにアムステルダムで出版した「日本人の暴虐と残酷」という書物に、くわしく書きのこしている。

それでも切支丹たちは、ほとんど転ばなかった。それどころか、拷問にあげる奉教人たちの悲鳴は、蒼《あお》い高い虚空で、聖母を讃《たた》える祈禱の声となって地上にふりおちてくるのであった。

「や、伽羅太夫ではないか」

「おお、これは――」

月明の海をわたってきた小舟がちかづいてきたとき、囚人たちはさすがに騒然とした。その舟にひきすえられた女の顔は、海にもうひとつの月が漂ってきたような美しさであった。

伽羅を格子の中になげこみ、役人をのせた小舟は去った。牢の中には、しばらく潮の匂いがきえて、息もつまるような薫香がみちた。さすがの切支丹たちも、異様にひかる眼でこの思いがけぬ入牢者にみとれていたが、やがて、

「伽羅さん……おまえ切支丹だったのか」

と、あえぐように誰かがきいた。よろこびと祈りにかがやく数十の眼をあびて、伽羅はきょとんといった。

「とんでもないわ。うちが切支丹だなんて！」

これは彼女にとって当然な答えかもしれなかったが、この牢の中に関するかぎり、みずからを失望と憎しみに置く言葉であった。みなの表情には気づかず、伽羅はまたいった。

「妙なまちがいでこんなところへつれてこられたばってん、あすはきっと平謝《ひらあや》まりの御役人がやって来らすよ。――話にはきいとったばってん、これが切支丹牢？　まあ、恐ろしかね。――」

その声もとぎれぬうちに、隅の方からぬっと立ちあがった者がある。

「切支丹ではないか。それならどうしてやっても、みな異存はなかろう」

無精ひげをはやした大兵肥満の浪人者だ。半月ほどまえここに入ってきて、役人たちの言葉によると、原城の残党らしいといっていたが、どうも切支丹らしくない。岩牢のなかに、ひとりお霧という漁師の美しい娘がいるのをみると、その夜のうちに獣欲をみたそうとして抱きとめられ、囚人一同総がかりで彼女を護る形勢をみてとって、はじめてあきらめたほどである。

「いや、音にきいた伽羅太夫が舞いこんできたとは、この牢に入ってきた甲斐があるというものだ。太夫、おれを間夫《まぶ》にする気はないか。いや、こんなところでおぬしと契りを結ぼうとはいわない。みるがいい、潮はもうくるぶしまで流れこんでいる。これでは、いくら鴛鴦《えんおう》の契りと申しても、ちと寝心地がわるい。ここを出てからのことだが」

この男も、まるで明日の朝にでもここから出られそうなことを平然という。そして彼は、顔をうごかしてお霧をみた。

「おまえにも、いささか用がある。いっしょにつれていってやろう」

「いつ？」

と、思わずお霧がいった。

「いまだ。――みろ」

そういって、にやりとした浪人者の口から、だらだらと涎《よだれ》のようなものが流れおちはじめた。それが胸をぬらし、腹をぬらしてゆくにつれて、彼の姿の輪廓《りんかく》が妙にくずれてきた。涎はあとからあとからおびただしくあふれおちる。そして、みるみる彼のからだは消滅していった。

囚人たちは、かっと恐怖の眼を見はったままであった。――消滅したのではない。彼の肉体はなめくじのごとくとろけて、いまや柔かい飴《あめ》のようなものに変って、さっきまで彼の立っていた格子の内側に、ひらひらと衣服をまといつかせたまま漂っている。

と、みるみるや、その奇怪な流動物は、潮とともに、格子の外へぬるりとぬけ出した。そして、海の上で、たしかに人間の声がきこえたのである。

「忍法我喰《われくら》い。――外に出れば、錠をはずすも思いのままだ」

流動物は、また格子の中にながれこんできた。そして、次第にその輪廓が明瞭《めいりよう》になってくると、そこにはさっきの通り垢じみた紋服をつけた浪人が、あおむけに漂っていた。

「どうだ、おれはいつでも逃げられる。また、うぬたちを逃がしてやれる。ただし、うぬらが切支丹を捨てればの」

「わたしたちは、御教えをすてぬ」

と、お霧がふるえる声でいった。

「この化物――おまえは天帝《ゼウス》の敵、張孔堂か、天草の忍者だな」

浪人はがばと水中からはね起きた。

「ついに白状したか、十五童貞女。さがしあぐねて、自らこの牢へもぐりこんできたのは、もしやしたらうぬの同類がここに入っておりはせぬかと考えてのことだ。どうも、うぬはくさいと思っておった。案の定、獲物はあった。伽羅はともあれ、うぬだけはきっとこの牢からつれ出してやるぞ」

彼の笑い声は岩壁に反響した。

「おれは張孔堂組の篝兵部《かがりひょうぶ》だ」

その仁王立ちになった股間を、一閃《いっせん》のひかりがつらぬいたのはその刹那であった。武器など、釘《くぎ》一本ももちこまれていないはずのこの牢に、突如として槍《やり》の穂のようなものが出現して、篝兵部の睾丸《こうがん》をつらぬいて、ぐさっと岩壁につき刺さったのである。

男の声がひびいた。

「おれが相手になってやろう。おれは天草党の阿波小刑部《あわこぎょうぶ》」

忍法「死人鴉」

一

誰も、その男がそんな大それた武器をこの切支丹牢にもちこんでいようとは、夢にも知らなかった。いや、いままでその男のいることさえ目立たない平凡な顔をしたおとなしい存在だったのである。たしか島原の有家《ありや》からつかまってきた粟兵衛《あわべえ》という百姓であった。

しかし、一尺以上もある槍の穂は、いま阿波小刑部と名乗ったその口から噴出した。それが口から出たことを偶然目撃した数人も、この長大な武器がどうして口中にひそめられていたか、判断を絶したに相違ない。実に天草党の忍者阿波小刑部は、その槍の穂をおのれの食道内に吸着させていたのであった。

「探すはおなじ十五童貞女だ。篝兵部とやら、お霧はもらってゆくぞ」

阿波小刑部はすでにお霧のからだをかいこんで、岩に縫いとめられた篝兵部のまえにつっ立った。

「忍法我喰《われくら》いだと？　我喰いとは何のことだ？　左様に大袈裟《おおげさ》な忍法をつかわずとも、その槍の穂一本あれば、いつでもこの牢は出られるのだ」

しかし、小刑部の笑った顔はそのまま硬直した。彼はお霧をつかんだ右腕の皮膚に、このとき灼熱《しやくねつ》の疼痛《とうつう》をおぼえたのである。お霧のもう一方の手がうごいて、小刑部の左腕をつかんだ。柔かい女の手なのに、小刑部はそれをふりはらうことができなかった。まるで灼《や》けた金属板に皮膚が焦げついたような感覚であった。

「くっ、くっ、うぬは――」

一瞬、熱い、と感じたが、お霧はふつうの人肌であった。ただその全身が蛇のようにくねって小刑部にからみつき、露出した肌と肌の触れた部分が、焦げついたように男の皮膚に吸いついたのだ。

「なるほどおまえはあの槍の穂でこの牢を破ることはできるだろう。しかし、外は海じゃ、わたしをこうして泳いで逃げる気か」

双腕《もろうで》吸いつけられた小刑部は、真空にひきこまれたような激痛に満面をゆがめながら、女ののどぶえに嚙《か》みついた。が歯よりさきに唇がのどに吸着し、吐き出した舌もまた吸着した。お霧の白い皮膚は微妙にうごめきつつ、一瞬に恐るべき吸盤と化したのであった。

「大友忍法、小判鮫《こばんざめ》。――」

小刑部のまぶたの上で、お霧の唇が笑った。そして小刑部のまぶたにお霧の唇は吸いつき、その強烈な吸引力は、小刑部の眼球の水晶体も硝子体《しょうしたい》もどろどろに破壊してしまった。

第三者からみて、小刑部の苦悶《くもん》の理由もわからぬこの死闘のあいだ、誰も岩壁の篝兵部をみている者はなかったが、このとき彼のからだにはふたたび異様な変化が起っていた。おそらく、小刑部の槍の穂で睾丸の一つをたたきつぶされたのであろう、その髯《ひげ》につつまれた口は死魚のごとくあえぎつつ、またもやおびただしい涎を吐きつづけていた。そして、その涎のぬらすところ、彼の皮膚も肉もみるみる溶解して、足を洗う潮の上にくずれおちる。……

人々が、牢の中央にからみあって立つ小刑部とお霧の足もとに、紋服をまとった流動物がながれよってきたのに、「あっ」と眼を見はり、岩壁の方をふりかえったとき、そこには熟柿《じゅくし》のようなものを縫いとめて、一本突き立った槍の穂をみとめただけであった。

小刑部とお霧と、おたがいののどと眼に吸いつきあった唇から、もれるはずのないうめきがもれた。もつれあったまま、ふたりは水中を移動しようとした。しかしふたりの足に、いまは膝までひたす波に漂うその流動物は、飴のようにまといついて離れなかった。——ふたりの膝はとろけた。膝がとろけて、ふともものが波にめりこむと、ふとももとろけた。そして、ここに至ってついに小判鮫の忍法も破れたか、ひきはがされたふたりのからだは、このときすでにおそく自由を失って、しぶきをあげて水中にたおれ、もだえぬく八本の手足は、その流動物に腐蝕《ふしょく》されて、みるみる同様のえたいのしれぬ流動物に溶解してゆくのであった。

幻妖なり、甲賀忍法「我喰い」——篝兵部の吐いたのは、強烈な消化液であった。人は、動物の肉を——それが人間の胃や腸であっても——消化するが、自分自身の生ける胃腸は消化せぬ。が、これも時と場合で、消化液中の酵素に変調を来すと、おのれ自身を消化することがないでもない。膵液《すいえき》が膵臓自身を破壊するいわゆる「膵臓惨劇」などはその例である。そして兵部は、おのれ自身を消化した。「我喰い」と称したゆえんである。しかも、流動物と化しつつ、意志をもち、その上もとの組織に復原する能力をもっていた。さらに外部にむかっては、蝸牛《かたつむり》をみつけると口から褐色の液を吐いて消化してしまう舞々螺《まいまいつぶら》のごとく「口外消化」の力を発揮したのである。

いかなる「地獄《インヘルノ》」の空想もおよばぬ恐怖的な光景に、月明を格子にまんだらに染められた切支丹牢の中で、人々は息をのんで立ちすくんだ。波の中で、女の声だけがきこえた。

「童貞サンタ・マリア御子《みこ》の御誕生より四十日目に天帝《ゼウス》にささげ給う。——マルタお霧、ここに殉教《マルチリ》をとげまする」

そして、潮の中の奇怪な流動物は、すべてうごかなくなった。籌兵部も、二度目の復原はみせなかった。普通の人間なら、先刻の槍の一撃で即死しているところである。おそらくその「我喰い」は最後の気力をふりしぼったものであったろう。

伽羅だけが、水の上を漂ってきた一個の鈴を、あやうくすくいあげた。月光に彼女はその文字を読んだ。

「詰」

天草扇千代が、この身投崎の岩牢に運んでこられたのは、その翌朝であった。伽羅はびっくりして彼を見つめ、それから歓声をあげてしがみついた。

二

切支丹牢の中の、ふしぎなふたりであった。

あきらかにこのふたりは切支丹ではない。それにもかかわらず、この無惨な牢のなかで、ふたりの平安さは他の切支丹たちの殉教的な平安さに劣らぬものがあった。

——伽羅は入牢してきたとき、「まちがいでつれてこられたけれど、明日はきっとゆるされる」といった。それが、おそらく彼女が頼りにしていたであろう扇千代までが入ってきたのみならず、いつまでたっても釈放されないのに、平気で唐人の鼻唄《はなうた》などをうたっている。

「そいでも、いつかは出られるにきまっているわ。——お調べばうければ、切支丹じゃなかってことはすぐにわかっとやもの。踏絵でも何でもするもの——扇千代様、きっと出られますばいね？」

「もとよりだ」

と、扇千代はうなずいた。

彼は、そのことを確信している。彼は奉行所にゆくまえに、配下の葛城道四郎《かつらぎどうしろう》と連絡し、手中の十二個の鈴をわたしてきた。従って道四郎は、扇千代が奉行所からここへ送られてきたことを知っているはずだ。彼は必ず救い出しにやってくる。ただ、その機会を待っているだけだ。

しかし扇千代は、自分だけのがれるつもりはない。必ず伽羅も救い出す覚悟でいる。伽羅こそは自分の犠牲者だ。彼女を殺してはならぬ。——いかな道四郎とても、奉行が敵に廻《まわ》ったとあれば、たやすくは救いに来られまい。若《も》しのがれることが不可能ならば、この伽羅といっしょに死のう。大望をいだいて江戸から三百六十里ひた走ってきた彼が、いつしかこの思いがけぬ諦念《ていねん》にとらえられているのが、われながら奇怪であった。彼が平安なのは、輩下《はいか》の救いよりも、この甘美な覚悟のゆえかもしれなかった。

それにしても、いまさらのことではないが、伽羅はふしぎな女だ。丸山で、姫君も及ばぬほど大事にされて、風にもあてられぬ第一の遊女が、日ごと夜ごと、冷たい潮にひたりつつ、扇千代をみて童女のごとく笑っている。彼女の平安と幸福は、ただ扇千代を信じ、彼とともにあることからわき出しているようにみえた。

冷たい潮――長崎の海をわたる風は、もう秋風とはいえなかった。諏訪祭のあった九月のはじめがいまの暦でいえば十月の末だ。朱欒《ザボン》みのる長崎とはいえ、満潮のたびに足をひたす波は、しだいに氷のように変っていった。

牢のちかくにいる番人ではなく、奉行所の舟が海をわたって切支丹牢にやってきたのは、十月の末の夕ぐれであった。船頭のほかに、寒風を陣笠《じんがさ》と合羽《かっぱ》でふせいだふたりの役人が乗っていた。

それが牢の前の岩についたとたん、思いがけぬ光景が現出したのである。さきにおりかけた役人を、つづく役人が背後から、いきなり袈裟《けさ》がけに斬ったのだ。

斬られた役人は、よぼよぼの老人であったが、切支丹牢の人たちはいままでに何度もその顔をみて、名も知っていた。切支丹与力の久世《くせ》靭負《ゆきえ》という厳格で苛烈《かれつ》な老人であった。それが岩をかきむしり、白髪《しらが》あたまをふりたてて、奇妙に若い声をあげたのだ。

「しまった」

それはふだんの老与力の声ではなかった。

「扇千代様、今夜こそお救い申そうと存じておりましたに」

しかし、彼はそのままがくりと岩につっ伏した。

茫然《ぼうぜん》としている船頭に、斬った役人は何やら命じた。船頭はふるえながら、久世靭負の屍体《したい》から、笠、合羽、衣服まではぎとって、殺害者に手わたした。役人はそれをうけとり、牢の錠をはずして入ってきた。

「お志乃。――」

誰もその正体を見ぬかぬさきに、まず盲目の扇千代がそううめいた。盲目なるゆえに、かえって正確に、笠と合羽につつまれた人間をかぎとったのだ。同時に彼は、配下の葛城道四郎がじぶんを救いにやってきて、しかも彼の忍法「道四郎憑《づ》き」が破れ、お志乃のために返り討ちになったことも知った。

「いかにも、お志乃でございます」

と、牢の中に立って、お志乃はいった。

「それでは、いま斬ったのは天草党のものでございましたか。いままでわたしは、この久世靭負がもとの久世靭負ではない、何者かに憑かれて人間がちがっている、とは見ぬいておりましたが、はっきりとそれが天草党か張孔堂組かを見きわめかねていたのでございます。なぜ、この鞠負が忍者と入れかわっていることを知ったのかというと、わたしの持つ十字架をふったとき、この鞠負のからだから鈴の鳴るのをきいたからです。果たせるかな、いまぬがせた衣服のたもとに、十二個の鈴をもっておりました。……いまここに死んだのは、久世鞠負でございましょうか、天草党の忍者でございましょうか」

死んだのは両人だ。鞠負はもとより、精魂こめて彼を凝視することにより、彼にとり憑いて、おのれは魂のぬけがらのごとく長崎のどこかに横たわっているはずの配下の道四郎の肉体も、破幻の刹那《せつな》息絶えたことを扇千代は知っていたが、このときしばし怒りも絶望も忘れて、お志乃の声をきいていた。それはお志乃の声が、ただごとならず沈痛をきわめていたからであった。

いったい彼女は何のためにここへやってきたのか。——潮はまた満ちかかって、牢内に水がながれつつあった。

「牢にお入れ申してから数十日。……そのあいだ、お救いもせず、おいのちもいただかずに時をすごしましたのは、わけあってのことです。父の采女正は気も狂わんばかりに懊悩《おうのう》しました。けれど結局わたくしへの愛にひかされて、いくたびかこの牢へ仕置の役人をむけようとしました。それをついにそうできませなんだのは、わたしが止めたほかに、何者か、父の居室に——馬生きんと欲すれば扇を射るなかれ——とかいた紙片を置いた者があったからでございます。馬場家を滅ぼしたくなかったら扇千代を討つなかれ、おそらくそれは、久世靭負に化けたあの天草党の忍者の仕業でございましょう。それはつまり、わたくしの秘密を知っている者がほかにもあって見張っているということですから、父は金縛りになってしまったのでございます」

お志乃は哀《かな》しみをおびた声でつづけた。

「わたしがいままで悶《もだ》えておりましたのは……童貞女の誓いと、恋と、嫉妬《しっと》と、疑いのためでございました。十五玄義図の誓いによれば、天帝《ゼウス》の敵は殺さねばなりませぬ。しかし、マリア天姫様は或るときまでその敵を殺してはならぬと仰せられ、その上――わたしはその敵を恋するようになっておりました。その殺さねばならぬ、殺してはならぬ、殺したい、殺したくない敵は、けれど、わたくしでない誰を愛しているか、それを思うと、嫉妬にわたしの胸は責木《せめぎ》にかけられるようでした。そのほかに、いちばん大きな疑いもありました。マリア天姫さまは、どうして十五人の童貞女がつぎつぎに殺され、鈴を奪われてゆくのをだまってみておいであそばすのか。――」

扇千代はお志乃が誰をみてしゃべっているのかみえなかった。それはじぶんのほかにはあり得ないはずだが、しかしこのとき、彼女がじぶんではない何者かに、切々と訴えているような奇怪な感じにとらえられていた。

「その疑いはいまもはれませぬ」

お志乃の声は、突如としてどこやら恨みをふくんだ、凄絶《せいぜつ》のひびきをおびた。

「マリア天姫様は仰せられました。聖宝を護るわたしたちが勝つか、邪心をいだいて江戸からおし寄せてきた彼らが勝つか、それこそジュリアンのいい残した三百十三年の予言が成るか成らぬかの証《あか》しとなる。それを験《ため》す日が来たことをむしろよろこぶがよい。残忍であれ、無慈悲であれ、――わたしの疑いは、このマリア天姫様の恐ろしいお言葉に、答えを見出すほかはございますまい、天姫様は、十五人の童貞女のいのちを何かに賭《か》けておいであそばす。その賭けの祭壇に、いまわたしは乗りまする。というより、もはや恐ろしい忍法のたたかいに加わるべく、わたしの心は苦しみのために疲れはてたのでございます」

このとき、お志乃は、さっきの白刃を逆手《さかて》にもっていた。

「久世靭負とわたしと、役人の衣服が二つ、それをきて舟で去っても、おそらくちかくの番人たちは、だまって見送るに相違ありませぬ。それから、青銅の十字架と、十三の鈴と――これをいま、十五玄義図の祭壇に捧《ささ》げまする」

そして、この長崎奉行の典雅な姫君は、袴《はかま》の上からおのれの股間に刀身を刺しこんで、いっきに上部へ裂きあげていた。

悲鳴をあげたのは伽羅と切支丹たちであった。うめき声もたてず、お志乃はもう一方の手で、血まみれの鈴をつかみ出して、さし出した。

「童貞サンタ・マリアは聖イサベルのおん宿へ御見舞としておもむき給う。――サヴィナお志乃、ここに殉教《マルチリ》をとげまする」

鈴を受けとったのは、盲目の扇千代ではなく、伽羅のふるえる手であった。お志乃が潮に崩折れたあと、牢内にはただ静寂がみちた。

やがて、伽羅がつぶやいた。

「戸」


月の出た海を、ふたりの役人の影をのせた舟が、長崎の町へこぎもどっていった。むろん牢ちかくの番所の番人たちは、何も疑わなかった。

「これで、鈴は十四」

と、陣笠の下で伽羅はいった。その浮き浮きとした声に、はじめて扇千代は怒りのようなものをおぼえてだまっていた。

「扇千代様、うちには少しわかってきたごたる。聖、宝、潮、渦、下、沈、という文字は、宝が海の下に沈んでいるということでしょう。それはどこの海かというと――」

扇千代は、お志乃の心と行為の意味を思いつづけていた。わかるようでもあるし、わからぬようでもある。いちばんわからないのは、なぜかお志乃の告白がじぶん以外の人間にむかってなされたような、彼自身の感覚であった。

「瀬詰瀬戸、そこに沈んでいるというのです」

「何」

扇千代はわれにかえった。

「瀬詰瀬戸。――」

曾《かつ》て天草を領していた一族の子、扇千代には、それはきき のがせない地名、いや、海峡の名であった。原城の沖――島原半島と天草島を隔てる海峡だ。

伽羅は陣笠をかたむけていた。

「そこまではわかったばってん、身、祭、御、降とは何のことだかわからんばい。……」

三

ふだんなら海の果てに野母《のも》半島が望まれるはずだが、千々岩湾《ちぢわ》はうす白くけぶって、きょうはよくみえぬ。島原半島の西海岸は、霏々《ひひ》たる雪に、街道をゆく旅人の影もまれであった。天地は海鳴りのほかは寂寞《じゃくまく》として、ただ雪の大空に、姿はみえず、海の声も消さんばかりに、いやに鴉《からす》の鳴声がきこえる。

「おう、六部」

その街道を北から、鉄蹄《てってい》をとばしてきた三騎がある。馬はそこらあたりの百姓からでも奪ってきたものらしく、鞍《くら》もおかないのに、みごとなこなしぶりだ。しかも、その三頭の馬にのっているのは、いずれも山伏ばかりであった。

早い足どりで、雪の路を南へ歩いていた六部は笠をあげた。

「六部、うぬはこの街道をゆく二挺《ちょう》の駕籠《かご》を見なんだか」

「いや、同じ方角だ。うぬが追いぬいたか、追いぬかれたか」

「三十日に長崎を出た駕籠だ。まだこのあたりにおるはずだ」

六部はゆっくりとくびを横にふった。それも見すまさず、六部の沈黙に山伏たちはうなずきあい、

「えい、どこかでこの雪を避けておるのを追いぬいたかもしれぬが、どちらにせよ、さきにいっておればよい」

「原の城跡で待っておれば逢えるだろう」

と、馬を竹杖《たけづえ》でたたいて、ふたたび走り出そうとした。そのとき、六部がふと呼びかけた。

「張孔堂組か」

「何だと？」

三人は愕然とした様子で馬をとめてふりかえった。六部は六部笠をあげて、にやりと笑った。

「二挺の駕籠とは、天草扇千代様と遊女の伽羅であろう」

「あっ、うぬは伊豆組の――」

「左様、いかにもおれは天草党の厨川半心軒《くりやがわはんしんけん》、宿への置文《おきぶみ》で、扇千代様が原へゆかれたことを知って追ってゆくところじゃが、うぬたちはどうしてそのことを知った」

「丸山の遊女伽羅、そこにおる盲の浪人が天草党の一人だということをかぎつけたのがやっと九月だ。それがわかったとき、忽然《こつねん》とふたりとも消えてしまった」

山伏のひとりが馬上で唇をゆがませた。ほかのふたりがいう。

「どこに消えたかわからなんだのも道理、きゃつら、身投崎の切支丹牢に入っておったのじゃわ」

「それが牢を出て、丸山から駕籠にのって原にむかったと知ったのがきのうじゃ」

「ところで、厨川半心軒とやら、張孔堂組を呼びとめた以上、死ぬ覚悟はあろうな」

六部は平然とうなずいた。

「もとより、わしが扇千代様を追うてゆくのは、うぬらなどが現われはせぬかと思ってのことだ」

二頭の馬は左を、一頭の馬は右を、六部の両側を疾風《はやて》のごとくはしりぬけた。そのあとに六部は、茫乎《ぼうこ》として立っている。三人の山伏の手にぬきはなたれた戒刀《かいとう》は、いずれも鮮血にまみれていた。

いま「死ぬ覚悟はあるか」といわれてうなずいた通り、いや、いまのいさぎよい挑戦の壮語はどうしたのか、六部姿の厨川半心軒は、瞬刻のまに、まったく無抵抗に寸断されていた。

しかも、依然としてそこにつっ立っている怪異さに、三人が「はてな？」というように馬をかえしてちかづいたとき六部の声がきこえた。

「鴉――死人鴉《しびとがらす》――たのんだぞ」

そして彼は、三つの肉塊に解体して、雪の大地に崩折れた。同時に形容もできないおびただしい血潮が宙天にふきのぼり、雨のように馬上の三人にふりそそいだ。

「や？」

三人が顔を見あわせたのは、その血潮が真紅でなく、実にぶきみな青色をしていたからで、しばらく凝然とおたがいを彩る青い斑点《はんてん》をみていたが、すぐに頭をふって、馬に鞭《むち》をくれ、南へ走り出した。

真っ白な大空から何千羽ともしれぬ鴉が三頭の馬と山伏に襲いかかったのは、それからまもなくのことであった。彼らは狂気のごとく戒刀をひらめかして鴉のむれを斬りちらしたが、鴉のむれもまた狂気のごとく人馬のまわりをとびめぐり、襲いかかり、その肉をついばんだ。

「死びとの匂《にお》いがついておるのだ！」

と、ひとりが絶叫したとき、鴉のくちばしで両眼つぶされた馬は、脚をたかくあげて、街道から右へふみ出した。

「あっ、将曹《しょうそう》！」

「桐《きり》ノ木《き》将曹！」

あとのふたりが腕をさしのばしたが、張孔堂忍者桐ノ木将曹は、このときおのれ自身の眼もつぶされたのか、かえって手綱を右へしぼって、断崖《だんがい》から雪の舞いちる黒い波濤へ、巨大な一羽の怪鳥のようにおちていった。

御身の降誕祭

一

——ちょうど十二年前であった。この空に無数の十字架《クルス》旗がひるがえり、城頭に、「霜月そろりはこぞろり、明三月はさんほろり、ありがたの利生《りしょう》や、伴天連《バテレン》様のおかげで、寄衆《よせしゅう》の頭をずんときりしたん。……」というぶきみな唄声がとどろいたのは。

ここに立籠《たてこも》った百姓浪人の切支丹軍三万七千は、十二万四千の幕府軍を相手に死闘三か月、わずかに四人の降服者を出したのみで、みごとに全滅した。

曾てこれは、それ以前から廃城であったのを、一揆《いっき》軍《ぐん》が利用したのである。城がおちてからは、攻囲軍の総司令官松平伊豆守がさらに徹底的に破却させたので、いまはただ崩れた石塁《せきるい》、濠《ほり》をのこすのみで、周囲千六百四十二間におよぶ城の趾《あと》は、有明《ありあけ》の黒い海を背景に、荒涼凄惨《せいさん》のかぎりをつくしていた。

その原の城趾《じょうし》に、雪がふりそそいでいる。

石塁のつくった龕《がん》のような穴に寂然《じゃくねん》と坐っていた天草扇千代は、まぶたを透すひかりに、十一月六日の朝があけてきたのを知った。穴の外では、伽羅が薪《たきぎ》を焚《た》いていた。一夜じゅう、彼を抱き、火をもやしつづけていた伽羅であった。

口ノ津で駕籠をおり、伽羅は漁師に金をあたえて、瀬詰瀬戸の底を探ってくれるように依頼したようであった。この真冬、海の底をさぐれるのかときくと、彼女はここで一人の海女《あま》を知っているのだといった。そして、長崎奉行の追撃のおそれもあるので、旅《はた》籠《ご》に泊らず、なお東へゆきすぎて、原の城趾にひそんで海女の報告を待つことにしたのである。これは、長崎を出るときからの予定で、扇千代も配下の厨川半心軒に、そのように置文をしてきた。こうなっては、すべてを伽羅にまかせるよりほかはない。

厨川半心軒。——わずかに残る配下はただ一人。

もとより、江戸に、伊賀に、天草衆はなお残っている。しかし、その大半は老残のものばかりで、扇千代がひきいてきた十四人こそ、天草党の精鋭であった。たとえ切支丹の秘宝をさぐりあてたとして、おのれひとり江戸へかえって、どのように遺臣のものどもに告げたらよいであろうか。

「扇千代様、妙に鴉が鳴きますね」

と、伽羅がいった。扇千代は荒涼たる想いから醒《さ》めた。

「鴉？」

いかにも、夜明けの空に、三羽四羽、ぶきみに鴉が鳴きしきっている。――じっと耳をすませていた扇千代は、ふいに、

「しまった」

と、うめいた。

「もしやすると、半心軒は」

「どうしたのでございますか」

「死んだかもしれぬ。ひょっとしたら、あれは死んだ半心軒があやつっておる死人鴉。――」

扇千代は、大刀をつかんで石の穴から出た。

「伽羅、敵がきたぞ。死びと――死んだ半心軒の匂いがする」

「敵？」

伽羅は周囲を見まわした。広漠たる薄明りには、ただ霏々として雪がふりしきっているばかりで、何者の影もない。

「扇千代様、だれもみえませぬ」

「みえぬ？　みえぬとあれば、忍者だ。張孔堂組だ。……伽羅、さがれ、そこらに縄きれはないか。うしろに廻って、わしを縛れ」

すると、まったく何ぴとの影もない空間で、わずかに三、四間の距離をおいて、二つのしゃがれ声がひびいた。

「さすがは天草党、おれたちがここに来たことは見ぬいたな」

「見ぬく？　うぬの眼は、やはりつぶれておるようではないか」

「してみれば、われらの甲賀忍法玻璃燈籠《はりどうろう》も無用かもしれぬ」

「女、みえるか、おれたちがみえるか」

声は笑ったが、伽羅には何者もみえなかった。――忍法玻璃燈籠、このふたりの甲賀者は、全身の毛穴から脂《あぶら》というより蠟《ろう》をながす。蠟がその毛髪まで覆ったとき、彼らは鹼化《けんか》し、玻璃のごとく透明になり、忽然として人の眼から空中に没し去るのであった。

「おれは張孔堂組の日《ひ》ノ輪《わ》内膳《ないぜん》」

「おなじく不知火《しらぬい》左京《さきょう》だ。……うぬの配下厨川半心軒とやらは、見波津《みはつ》の街道でたしかに討った」

伽羅が、うしろで、ふかい吐息をついた。扇千代は身をもんだ。

「伽羅、縄はないか、わしを縛れ」

「あなたを縛って――」

「忍法山彦を験《ため》すのだ」

扇千代の背後から、何かが腰にかけられた。縄ではなかった。それが何であるかはしらず、扇千代はおのれの腰にくいいる痛みに、「うっ」とうめいていた。

「天草党、鈴と十字架を――」

同時に、一間の向うで、そこまでわめいた声が、おなじく「うっ」という驚愕のうめきに断たれたのである。盲目ながら、必死の心力こめた忍法山彦――扇千代の腰を縛ったものは、同時に見えぬ敵の腰を縛ったのである。――いや、縛った感覚を与えたのである。――前にふしまろびつつ、扇千代の一刀は、その声のした空間を横に薙《な》ぎはらっていた。

雪片のみ舞う地上三尺の虚空に、さっと赤い線が水平に走った。とみるまに、霧吹きで吹いたように血しぶきが噴いて、そこに全裸の男ふたりをえがき出した。いや、男とも人間ともさだかでない赤い煙のようなふたつのかたまりを浮かびあがらせたのである。その朦朧《もうろう》たる赤い影が、指をおりまげて襲撃の姿勢をとっていたのを、ふりそそぐ雪が白じろとふちどったのも一息か二息のあいだで、次の瞬間、ふたりはどうと雪しぶきをあげて地に伏していた。

「伽羅」

と、扇千代はあえいだ。敵を斬った手応《てごた》えより、おのれの腰を緊縛する痛みに彼はもだえた。

「おれを縛ったものはなんだ?」

「わたしの髪。……ただひとすじの」

「な、何?」

二

雪ふりしきる古城の廃墟《はいきょ》は、或《あ》る轟音《ごうおん》にみちているのに、冥府《めいふ》の寂寞を想わせた。轟《とどろ》きは、海鳴りであった。

この原の城の南は、四十町をへだてて天草島をひかえ、そのあいだの海峡は、満干《みちひ》のとき、鳴門《なると》、赤間《あかま》に匹敵する急潮を現出するのであった。いまその干潮《ひきしお》の音なのだ。怒濤《どとう》は東の有明湾から西の天草灘《あまくさなだ》へ、滔々《とうとう》の声をあげていた。

「おまえはだれだ」

「伽羅」

と、女の声は笑った。潮のひびきの中にもよく透《とお》る、例の明るくて甘美な笑い声であった。……満身の力をこめても、扇千代の腰は雪の大地に縫いつけられてうごかなかった。扇千代はしぼり出すようにいった。

「伽羅、おまえは童貞女のひとりであったか」

「……だれか、わたしの名前ば呼びよらすごたる」

と、伽羅は、扇千代の問いにはこたえずつぶやいた。――海の方で、たしかに女の呼ぶ声がきこえた。

「天姫さま……天姫さま」

「天姫！」

扇千代は絶叫した。

マリア天姫、十五人の童貞女の背後にあるその奇怪な姫君の名を、扇千代は忘れてはいない。江戸で死んだモニカお京は、ミカエル助蔵を通じてつたえた。

「……天姫さま、そして十四人の姉妹《きょうだい》よ、たとえ魔女と化そうとも、天帝《ゼウス》の金貨を天帝の敵から護りませ――」その天姫、大友宗麟の曾孫《ひまご》といわれるマリア天姫は、この伽羅であったのか。

　扇千代のあたまに、身投崎の切支丹牢で、お志乃の切々と訴えた声がよみがえった。彼女の訴えた相手は、この伽羅であったのか。――しかし、驚愕《きょうがく》はなお彼の胸に渦まいて、この断定を旋回させた。それならば、なぜこの女は、ミカエル助蔵を斬ったおれをかくまったのか。かくまったのみならず、なぜ身をゆるしたのか。そしてなぜ十五人の童貞女の敵、彼女らのいう「天帝の敵」たるおれに力をかして、鈴集めに奔走したのか。サヴィナお志乃すら苦悶の訴えをなげかけたではないか。

「マリア天姫さまは、どうして十五人の童貞女がつぎつぎに殺され、鈴を奪われてゆくのをだまってみておいであそばすのか。——」

雪の大地に、天草扇千代はからだのみならず、脳髄もまた凍結したようであった。

天姫は口ずさんだ。

「ベレンの国の姫君
いまはどこにおらすか
御褒め尊び給え」

「天姫さま」

声は、海からながれてきた。……真冬の海から、しかも、舟さえ通らぬ急潮時の瀬詰瀬戸から、波をきって泳いできて、原の城趾にかけのぼってきた者がある。雪のなかに全裸の娘であった。

「お珠《たま》。あたりゃ」

と、天姫は焚火《たきび》に薪をくべながらいった。お珠は、彼女が口ノ津でやとった若い海女《あま》であった。彼女は、雪の上を走ってきて、地上にたおれている三人の男の姿をみて立ちすくんだ。

「恥ずかしがることはない。そちらは張孔堂組の屍骸《しがい》、こちらは天草党じゃが、口ノ津でみせたとおり眼をつぶしてある。……法王の秘宝はあったか」

「ございました」

　と、お珠は生き生きとした声をあげた。

「大きな鉄の筐《はこ》が、海の底に沈んでおりました。それが、じっと沈んでいるのではありませぬ。有明の海から瀬戸にむかって、海の底を恐ろしい勢いでうごいております。わたしが追いつきかねるほどの速さで」

「鉄の筐が、うごいている。――」

　天姫はつぶやいた。

「そうでございます。あの勢いでは、天草灘へ出て、どこまでうごいてゆくか、わからないほどでございます」

「そして、満潮《みちしお》のときは、天草灘から有明の海へ、また海の底をながれてゆくのであろう。……羅馬《ローマ》からかえったジュリアン中浦は恐ろしい男、おそらく瀬戸の早潮と鉄の筐の重さを計って沈めたものであろうが」

「この瀬戸の海の底を庭のように思っていたわたしが、いままでいちどとしてあのような鉄の筐をみたことがなかったのもそのためでございます。それにしても、あの筐が三百十三年目にひらかれると聖ジュリアン様がおっしゃったのは、どういうわけでございましょう」

「三百十三年目といわず、いまひらくとわたしがいったら？」

お珠は黙りこんで、じっと天姫をながめた。天姫は青銅の十字架をとり出して、もてあそんでいた。やがてお珠は厳《おごそ》かな声でいった。

「いいえ、なりませぬ、聖ジュリアン様の仰せに叛くことはなりませぬ。それに、あのような勢いでながれている鉄の筐は、とらえることも蓋《ふた》をひらくことも叶《かな》いますまい」

「そなたならば、出来るであろう、忍法鱗《うろこ》の宮。──」

「いかに天姫様の仰せでも、それぱかりはなりませぬ。わたしはそんなつもりで海へ潜ったのではござりませぬ」

天姫はほっと溜息《ためいき》をついた。

「そなたは、そういうであろうと思っていた」

それから起《た》って、石塁の穴から何やらとり出して、石の角《かど》の突起にかけた。

「おう、マリア十五玄義図！」

お珠は雪の中に膝《ひざ》をつき、十字をきって乳房のまえに指をくんだ。天姫はいった。

「お珠、きょうの日は何であるか、存じておろう」

「はい、御身《おんみ》の降誕祭《ナタラ》でございます」

「いかにも、きょうは切支丹暦で十二月二十五日、昨夜から焚きつづけたこの火は〝お伽《とぎ》の薪《たきもの》〟であった。それでは、天使祝詞《ガラサ》を誦《とな》えるがよい」

十二月二十五日の降誕祭には、切支丹たちは前夜から、御主《おんあるじ》が凍えさせ給わぬように火をもやしつづけ、また天使祝詞《ガラサ》を百五十遍となえるのが、決して欠かしてならぬ勤行《ごんぎょう》であった。

　お珠は美しい声で誦えはじめた。

「恩寵《ガラサ》みちみちたもうマリア、おん身におん礼をなし奉る。おん主《あるじ》はおん身とともにましまして、女人《にょにん》の中に於《おい》てわけて御果報いみじきなり。また御胎内の御身にてましますゼズスも尊くましまします。天帝《ゼウス》のおん母サンタ・マリア、今もわれらが最期の時にも、われら悪人のために頼み給え……。あめん、天帝」

　ところはそのむかし三万七千の切支丹軍が殉教した原の古城だ。時は白雪ふりしきる降誕祭の暁であった。そのなかに、その雪にまがう裸身をひざまずかせて祈る処女の姿は、一幅の聖画のようであった。

　しかし、それは天草扇千代にはみえぬ。彼は切歯して、ようやく身体《からだ》をねじって反転したが、それ以上うごかなかった。――もはや、疑うべくもない、遊女伽羅はマリア天姫であった。

「天草扇千代」

　声はたしかに伽羅のものなのに、いいようのない凄絶さをおびて、冷たい雪とともに彼の面上に降った。同時に彼は、両の手くび、足くびに、ちぎれんばかりの痛みをおぼえ、天姫の髪の毛のために、じぶんが大地に大の字に磔《はりつけ》にされたことを知った。

「張孔堂組十五人、伊豆組十四人、邪心を抱いて江戸から来た忍法者共は、おまえをのぞいてことごとく討ち果たされた」

苦痛にゆがむ扇千代の顔に、ふいに甘い匂やかな息がかかったのである。

「いままでおまえを飼い殺しにしておいたのは、おまえの配下どもの望みを断たぬため――天草党に望みをもたせて生かしておいたのは、張孔堂組と相討って、共喰《ともぐ》いをさせんがためであった。――が、もはやおまえに用はない。こんどはおまえの番じゃ」

白い指が、扇千代の両眼の睫毛《まつげ》にかかると、まぶたに切るような痛みが走った。

「ミカエル助蔵の縫った髪をいまぬいてつかわしたぞ。眼をあけよ」

扇千代は眼をあけた。この春、丸山の思案橋で、盲目の琵琶法師《びわほうし》の縫った髪の一端は、両眼の睫毛の一本となって生えていたのである。

彼は横たわったじぶんにまたがって立つ遊女の姿を見た。――はじめてみる伽羅の顔であった。いや、彼はいちど風頭《かざがしら》山上でその姿をみたはずだが、それは瞬間的な一瞥《いちべつ》であったから、いまはじめてみる女といってよい。

想像の通りでもあったし、ちがってもいた。雪のなかに髪ふりみだして仁王立ちになった女は、いつ拾ったか、扇千代の血刃をひっさげていた。この世のものとも思われぬ美しさで、しかも空想裡《り》の明るい伽羅とは思いもよらぬ凄愴《せいそう》な姿であった。

「伽羅、おまえはそんな顔であったのか」

しかも、扇千代は微笑していったのである。なぜか、じぶんでもわからず、微笑せずにはおれぬ懐《なつか》しさが、きれながの両眼にかがやき出していた。

「いちど、風頭でみたつもりであったが、ちがったな」

「ちがうはずじゃ。あれはほんとうの伽羅であった。が、二度目におまえが思案橋で逢《お》うた伽羅は、わたしであった。……そのあいだに、可愛《かわい》い伽羅という遊女は、ふびんや稲佐の山でわたしに殺された――」

「何」

さすがに扇千代は愕然《がくぜん》としてはね起きようとしたが、四肢は雪に縫いとめられたままであった。

「わたしはマリア天姫、よくみるがよい。……さすがは天草党の首領、盲目ながら、よう張孔堂組を山彦の忍法にかけた。が、いま両眼をあいてわたしを験《ため》してみよ、おまえを縛った髪が、わたしを縛るか、どうか。――」

天姫は笑った。

「ジュリアン中浦がミカエル助蔵を通してつたえた大友の忍法、それを十五人の童貞女に教え、聖宝を護るために不死のいのちを与えられた天姫じゃ。やわか伊賀忍法には敗れはせぬぞ」

その四肢と腰はなまめかしく、柔軟にうごいて、扇千代の上にかがみこんだ。

「わたしはこの春から伽羅のからだを借りておった。おまえが伽羅のもとへくると知って、待ち受けていたのであった。そのなりゆきとして、わたしはおまえと幾百たびも交わり、また多くの客とも交わった。が、どれほど男と交わろうと、わたしは不犯《ふぼん》の女であった。なぜならば、わたしの子宮《こつぼ》の口は、交わるまえ、忍法髪縫いによって、みずから縫いとじていたからじゃ。……しかし、おまえだけは、ちといとしくもある。天姫としてではない、遊女の伽羅としてじゃ。いま伽羅のからだをすてるにあたって、もういちどおまえと交わっておこう」

刀身が縦《たて》に一閃《いっせん》すると、天草扇千代の衣服は胸もとから袴にかけて、みごとに斬《き》り裂かれていた。……そして、天姫は、扇千代の腰にまたがった。天姫のからだのうねりは、遊女伽羅そのものであった。なんたる女であったか、その姿勢のまま、濃艶《のうえん》邪悪をきわめた笑顔で、彼女は扇千代を犯しはじめたのである。

三

……雪はあがりつつあった。いや、ふる雪も舞いあげるほどの炎の螺旋《らせん》がこの一画からたち昇った。

名伏しがたい快美恍惚《こうこつ》の翳《かげ》がけむりのごとく天姫の顔をかすめたとたん、天姫ははっとしたように起ちあがっていた。彼女は、陶酔とも昏迷《こんめい》ともつかぬ表情で扇千代を見下ろした。

「……天姫さま」

うしろで、お珠が呼んだ。茫然とした顔で、彼女はこちらを眺めていた。マリア十五玄義図をまえに、降誕祭の天使祝詞《ガラサ》をいくたび目か誦えかけて、彼女はこの天帝《ゼウス》を無視した破倫の光景に魂をうばわれたのである。――ようやくいった。

「天姫さま、あなたは、ほんとうの天姫さまですか」

お珠の眼に疑惑と悲憤の波がゆれた。

「わたしは、天姫さまがさまざまの女人に変られることは存じております。わたしのところへおいであそばしたのは、鳥追女のお姿でしたけれど――いま、そこに遊女の姿をなされておるのは、まことのマリアさまでございますか」

「いかにもわたしは、花の師匠に、鼓の芸人に、浪人の娘に、尼僧に――さまざまの女に変って、童貞女たちを訪れ、大友の忍法を教えた。が、この春以来、ずっとこの遊女の姿になっている。わたしは、まこと、マリア天姫じゃ。けれど」

天姫はわれにかえって、漂うようにお珠の傍へ寄った。

「けれど、天姫の心は変ったかもしれぬ」

「されば夜。──わたしは秘宝を護る番人として、三百十三年生きるいのちを与えられた。さりながら、その歳月を想えば、その虚《むな》しさは暗い大空をさまようような、──それにジュリアンは知らぬ、いまの公儀が切支丹をみな殺しにせずにはおかぬ無慈悲な心を持っておることを」

「心が、変った。──」

天姫の眼は惨たるひかりをおびて天をみた。

「三百十三年後はしらず、わたしはいまその百万の秘宝を手中にして、公儀にとって大《だい》羅刹《らせつ》と化して、きゃつらとたたかいたい。──わたしはその望みに憑《つ》かれたのじゃ」

「天姫さま！　なりませぬ、聖ジュリアン様のみこころに叛かれてはなりませぬ！」

「それで、わたしは賭けた。十五人の童貞女を三十人の悪魔とたたかわせて、もし悪魔どもを斃《たお》せばよし、敗れれば、それはわたしの望みをきき入れる天帝《ゼウス》のみこころだと」

彼女のひきつる美しい唇に、赤い暁のひかりがさした。雪は完全にあがっていた。

「童貞女たちを、死闘の渦にわざとなげこんだのはそのためじゃ。むしろわたしは、童貞女たちがつぎつぎに鈴を残して死んでゆくのを望んでいたのかもしれぬ。爺の助蔵を見殺しにしたのも、あきらかにわたしの願いのじゃまになるからであった。それに──」

お珠は息をのんで、天姫の顔を見まもるのみであった。

「鈴をくれと申しても、童貞女たちはわたすまい。──けれど、他の十四人の童貞女はみな死んだ。この忍法争いに勝ったのか負けたのか、わたしにはよくわからぬ。勝ったとはいえぬであろう。……」

「いいえ、勝ったのです。敵はすべて死に、ここにわたしが残っているではありませんか。そして、天姫さま、わたしもあなたさまに鈴はわたしませぬ」

「おまえの鈴はくれぬともよい。鈴の文字はわかっている。他に、身、祭、御、降の鈴がある以上、おまえの鈴は、誕、と刻まれているのじゃ、すなわち、御身の降誕祭。――」

天姫の唇はにんまりと笑った。眼は異様にひかって、お珠を見つめた。

「聖宝ハ御身ノ降誕祭《ナタラ》ニ瀬詰瀬戸ノ渦潮ノ下ニ沈メリ。やがて瀬戸に大渦が巻く。きょうの渦のときにかぎり、鉄の筐は渦の下にしずかに沈んでいるのじゃ」

天姫は、お珠の両手をつかんでいた。

「鈴はいらぬ、おまえのからだをもらう。……お珠、十五玄義図に殉教《マルチリ》の御挨拶《ごあいさつ》を申しあげよ」

お珠の腕が痙攣《けいれん》した。しかし、天姫の手ははなれなかった。お珠の眼からひかりがうすれ、その唇の色は、白じろとあせていった。

「童貞サンタ・マリアは、聖ガブリエル・アルカンジョを以て……おん告げありければ……その御胎内に於て、天帝《ゼウス》の御子は人となり給う。……ウルスラお珠、ここに殉教《マルチリ》をとげまする」

このとき、天姫の眼からひかりがうすれ、その唇の色は白じろとあせていった。まるで何かのぬけがらのように、そのからだがさりと崩折れると同時に、お珠の眼と唇に光芒《こうぼう》と血の色がよみがえった。

「大友忍法、黄泉《よみ》がえり――」

と、お珠はうたうようにつぶやいた。

黄泉がえりは「よみがえり」すなわち「復活」を意味した。天姫は密着した皮膚から、接合した毛細管を通じ、血流とともにその生命を相手に流しこんだのである。欲するときに彼女はいままでの形骸《けいがい》をすてて新しい個体に乗りうつり、かくて不死の生命を得る。

「どうせ、長崎奉行から狙《ねら》われておる伽羅じゃ。ここらでこの遊女はすてねばならぬ。扇千代、そのからだが惜しかろう。……天姫はこの姿になったが、どちらが好きじゃ」

全裸のお珠は、高らかに笑った。そして、もういちど刀身をひっつかんで扇千代を見下ろしたが、ふいにその顔に苦痛の色が淡くひろがると、血刃をぐさと扇千代の両脚のあいだにつきたてたのである。

「天草扇千代、わたしはこれから渦潮の下にいって、この十字架で聖宝の蓋をひらいてこよう。百万エクーの金貨の一枚でもみてから死ね」

彼女は雪の中を海へはしっていった。巌頭で、彼女は青銅の十字架をひたいにあてて、妖麗《ようれい》な暁の赤光をふりあおいでさけんだ。

「マリア天姫、天帝《ゼウス》に叛き、ただの天狗《てんぐ》の奴《やっこ》となり、天使《アンジョ》、聖者《ベアト》たちの怨敵《おんてき》に相変り奉る」

そして彼女は、しぶきをあげて怒濤にとびこんだ。

天草扇千代は雪の大地に磔にされたまま、じっと伽羅のからだをみつめた。彼は、天姫がじぶんを殺さなかったのは、先刻彼女がじぶんの眼を縫った髪をひきぬいたとたん、彼女自身の子宮を縫っていた髪も、山彦《やまびこ》のごとくぬけおちたゆえであることを知っていた。

しかし、じぶんの愛していたのは、伽羅であったのか、天姫であったのか。

「……所詮《しょせん》、この世ではともに天を戴《いただ》かざる敵であった。天姫よ、魔天でもういちど逢《あ》おう。三百十三年は生かしてはおかぬ」

と、彼はつぶやいた。両脚のあいだにつきたてられた刀身の影が、彼ののどから腹にかけて、次第に濃くなっていった。

「いいや、伽羅の敵《かたき》だ」

刃影が一線となった瞬間、扇千代のからだは縦に裂けた。影を以て、みずから彼はからだを裂いたのである。

凄愴なさけびとしぶきをあげる瀬戸の渦潮を、忍法「山彦」は走った。その巨大な渦を、人魚のごとく泳いでゆく天姫の裸身が縦に裂けたのもその刹那であった。

白い裸形《らぎよう》は波濤に没し、渦まく血泡のなかに、「誕」と刻んだ金の鈴のみがしばし漂い、それも赤い潮けむりの中へ消えていった。

＊

「わたしの言葉にそむいて、もし修羅《しゆら》の血をながすようなことがあれば、三百十三年後――教会の鐘《かね》が鳴りわたるどころか、この国の天に、最後の審判にも比すべき劫罰《ごうばつ》の雷火がひらめくであろう」

そういって聖ジュリアンが殉教した寛永《かんえい》十年――一六三三年から三百十二年目、長崎の空に巨大な雷火が一閃した。すなわち一九四五年夏。

解説

日下三蔵

本書『外道忍法帖』は、風太郎忍法帖の第六作。新潮社の雑誌「週刊新潮」に一九六一年八月二十八日号から六二年一月一日号まで連載され、六二年三月に講談社からハードカバーの単行本として刊行された。本文庫近刊予定の第五作『忍者月影抄』よりも後に連載がスタートしたが、週刊誌に掲載された『外道忍法帖』の方が一足はやく終了し、単行本も先に刊行されている。そのため、六三年から刊行された講談社版〈山田風太郎忍法全集〉では本書が第五巻、『忍者月影抄』が第六巻となっている。本書の刊行履歴は、以下のとおりである。

62年3月　講談社
64年1月　講談社（山田風太郎忍法全集5）

67年7月　講談社（ロマンブックス）
85年9月　角川書店（角川文庫）
96年3月　講談社（講談社ノベルス・スペシャル／山田風太郎傑作忍法帖〈第2期〉3）
05年4月　河出書房新社（河出文庫／忍法帖シリーズ2）＊本書

天正十（一五八二）年、切支丹大名の大友宗麟らが、四人の少年をローマに送った。いわゆる天正少年使節団である。ローマで歓待を受けた彼らは、法王庁からマリア十五玄義図と、日本での布教の資金として百万エクーの金貨を下賜された。だが、八年以上の歳月をかけて彼らが帰国してみると、日本は切支丹を弾圧する国家に変貌していた――。

時は流れて寛永十（一六三三）年、長崎奉行所に捕らえられ、転宗のための拷問を強いられていたクリストファ・フェレイラ神父は、牢獄で少年使節の一人だったジュリアン中浦神父に驚くべき秘事を打ち明けられる。切支丹の世が来るまでには、なお三百十三年のときが必要であろう。それまで百万エクーの金貨のありかを隠しとおさねばならない。ジュリアンは、その場所を示す鍵を十五人の童女に託したという。死を覚悟したジュリアンは、童女を見つけるための十字架をフェレイラに預け、拷問のために殉教を遂げるのだった。

慶安二（一六四九）年、転宗して沢野忠庵と名乗り、自ら切支丹弾圧の陣頭指揮をとっていたクリストファ・フェレイラは、ついに十五童女の一人を探り当てる。そして彼は、金貨のありかを示した鈴が童女の秘所に隠されていること。例の十字架を振ると、その鈴が共鳴して鳴り出すことを知った。

この驚くべき報告を受けた老中・松平伊豆守は、主家再興の望みを抱く天草党の伊賀忍者十五名を、大秘事を嗅ぎつけた軍学者・由比正雪は子飼いの甲賀忍者十五名を、それぞれ長崎へと送り込む。迎え撃つは胎内に鈴を秘めた十五童女たち。いまは妙齢の美女へと成長した彼女らは、大友宗麟の曾孫・マリア天姫によって大友忍法を伝授されていた。かくして秘宝のありかを示す鈴をめぐって、三つ巴の凄惨な争奪戦の幕があがった――。

山田風太郎は、作家活動の初期から切支丹ものを積極的に手がけているが、本書は、その成果を忍法帖という新機軸に応用したものとなっている。クリストファ・フェレイラの「感情倒錯症」は、傑作「山屋敷秘図」（「面白倶楽部」50年11月号）でフェレイラ自身がキアラ神父を転ばせた際の異常心理を踏襲しているし、天衣無縫の遊女・伽羅が口ずさむ「ベレンの国の姫君〜」という歌は、「姫君何処におらすか」（「別冊講談倶楽部」56年6月号）に登場した著者自作の歌と同じもの。また、本書のバックボーンの一つである島原の乱に材を採った作品に、「奇蹟屋」（「富士」49年12月号）や「不知火軍記」（「読切倶楽部」58年5月号）があるといった具合である。（これらの中・短篇は、徳間文庫版〈山田風太郎妖異小説コレクション2〉『山屋敷秘図』にまとめて収めておいたので、お読みでない方は、ぜひそちらも手にとっていただきたい）

相反する心理を自然な形でストーリーに利用することにかけて、山田風太郎の右に出るものはないと思われるが、切支丹は「相反する心理」の宝庫というべき素材である。本書においても、棄教することが判っているフェレイラ神父に秘宝の鍵となる十字架を託したジュリアン中浦、百万エクーの金貨を三百十三年間守り通すために三十人の刺客を次々と葬りながらも、自らの手でその筐を開けたいという考えも捨てきれないマリア天姫などの造型に、その手腕は遺憾なく発揮されている。

いま三十人と書いたが、迎え撃つ十五童女にマリア天姫、ジュリアン中浦の忠僕・ミカエル助蔵を加えれば、総勢四十七人もの忍者が、本書には登場する。十人対十人の『甲賀忍法帖』でスタートした風太郎忍法帖の中でも、これは飛びぬけて多い数だ。名前の付いている忍法だけでも三十以上ある。試みに列挙してみると——。

甲賀忍法　砂仮面、水馬、玻璃燈籠、雲雨傘、琴蜘蛛、肉豆腐、稲妻、我喰い、指かいこ、くさび独楽、おんな化粧、おとこ化粧、犬さかり

伊賀忍法　山彦、道四郎憑き、双面、鎌いたち、死人鴉、墨陽炎、肉鎧、水絵
大友忍法　不知火、鱗の宮、とかげ舌、小判鮫、羅切、木ノ葉蝶、死眼彫、月ノ水泡、蜜霞、空蟬、黄泉がえり、髪縫い

さすがに、鎌いたち（『甲賀忍法帖』の伊賀忍者・筑摩小四郎の技）や肉鎧（『江戸忍法帖』の甲賀忍者・八剣民部の技）のように、先行作品からの流用忍法もいくつかあるものの、ほとんどがオリジナルであり、凄まじい数のバリエーションである。

いくらマリア十五玄義図に対応する数のくノ一を登場させるためとはいえ、中には忍法を披露する間もなく倒されてしまう忍者もいるほどだから、十五対十五対十五の人数が絶対に必要だったとは思えない。十対十対十、あるいは半分以下の七対七対七でも、この話は成立したはずである。

そこをあえて、四十七人の忍者を登場させたのは、忍法帖で何人の忍者を描けるかという限界を試すための実験だったのではないだろうか。『外道忍法帖』で山田風太郎がそのために採った方法論は、一人一人の忍者を深く描写することは最初から棄て、ひたすら忍者が共倒れになっていく様子を描くことだった。そして、そのお膳立ては、前半三分の一で周到に整えられているのである。

結果として、中盤以降、忍者たちは互いに相撃ち、氷が溶けるように次々とその数を

減らしていく。それが異様なスリルとスピード感を生んで、衝撃的なラストをより一層引き立てているといえるだろう。

山田風太郎は、「ユリイカ」（72年4月号）のサド特集に、「可笑しい話」と題した小文を寄せている。短いものなので、全文を以下に掲げる。

サドについては小生可笑しい話があります。昔、「外道忍法帖」という作を書いたことがありました。これについて或る編集者が、

「あれはサドですね」

といったのに対して

「いや、あれは長崎だ」

と答え、小生は小説の舞台のことかと思い込み、サドと佐渡のかんちがいにしばらく気づかず問答していたことがありました。

つまり、サドと意識せずしてサド趣味の作品を書いていたわけです。澁澤龍彦さんのサド全集は全巻所持しておりますけれど、それくらいサドについては常識以上の、つまり特別の嗜好はないようです。ですから、残念乍ら小生独特の解釈など披瀝する資格はなさそうです。

佐渡を舞台にした忍法帖には、後の『銀河忍法帖』（『天の川を斬る』改題）があり、その存在があっての勘違いであろう。そしてまた、本書が長崎を舞台としている抜き差しならない必然性も、加わっていたかもしれない。紙鳶揚げ、ペーロン、おくんちといった名物を物語の中に有機的に点綴しつつ、あるいは出島や雲仙といった地で死闘を繰り広げつつ、ストーリーはスピーディに進行していくが、既にお読みになった方にはお解りのように、切支丹が題材であるという以上の必然性が、本書の舞台選択にはあるのだ。

全貌を把握してから読み返してみると、死の前夜にジュリアン中浦が語った台詞に込められた真の意味、モニカを欠いた十四童女が稲佐山の闇に集うシーンでの「天姫を埋めや」という台詞の恐ろしい意味が判って、山田風太郎の構成力に慄然とすること請け合いである。

（くさか・さんぞう　ミステリ評論家）

＊本解説は05年河出文庫版に収録したものです

本書は、角川文庫版（一九八五年刊）を底本として、二〇〇五年に小社から刊行した河出文庫版の新装版です。本文中、今日からみれば不適切と思われる表現がありますが、書かれた時代背景と作品価値とを鑑み、そのままとしました。

外《げ》道《どう》忍法《にんぽう》帖《ちょう》
山田《やまだ》風太《ふうた》郎《ろう》傑作選《けっさくせん》 忍法篇《にんぽうへん》

二〇〇五年 四 月二〇日 初版発行
二〇二一年 五 月一〇日 新装版初版印刷
二〇二一年 五 月二〇日 新装版初版発行

著 者 山田《やまだ》風太《ふうた》郎《ろう》
発行者 小野寺優
発行所 株式会社河出書房新社
〒一五一－〇〇五一
東京都渋谷区千駄ヶ谷二－三二－二
電話〇三－三四〇四－八六一一（編集）
〇三－三四〇四－一二〇一（営業）
https://www.kawade.co.jp/

ロゴ・表紙デザイン 粟津潔
本文フォーマット 佐々木暁
印刷・製本 中央精版印刷株式会社

Printed in Japan ISBN978-4-309-41814-8

笊ノ目万兵衛門外へ

山田風太郎　縄田一男〔編〕　41757-8

「十年に一度の傑作」と縄田一男氏が絶賛する壮絶な表題作をはじめ、「明智太閤」、「姫君何処におらすか」、「南無殺生三万人」など全く古びることがない、名作だけを選んだ驚嘆の大傑作選！

婆沙羅／室町少年倶楽部

山田風太郎　41770-7

百鬼夜行の南北朝動乱を婆沙羅に生き抜いた佐々木道誉、数奇な運命を辿ったクジ引き将軍義教、奇々怪々に変貌を遂げる将軍義政と花の御所に集う面々。鬼才・風太郎が描く、綺羅と狂気の室町伝奇集。

柳生十兵衛死す　上

山田風太郎　41762-2

天下無敵の剣豪・柳生十兵衛が斬殺された！　一体誰が彼を殺し得たのか？　江戸慶安と室町を舞台に二人の柳生十兵衛の活躍と最期を描く、幽玄にして驚天動地の一大伝奇。山田風太郎傑作選・室町篇第一弾！

柳生十兵衛死す　下

山田風太郎　41763-9

能の秘曲「世阿弥」にのって時空を越え、二人の柳生十兵衛は後水尾法皇と足利義満の陰謀に立ち向かう！『魔界転生』『柳生忍法帖』に続く十兵衛三部作の最終作、そして山田風太郎最後の長篇、ここに完結！

現代語訳 南総里見八犬伝　上

曲亭馬琴　白井喬二〔現代語訳〕　40709-8

わが国の伝奇小説中の「白眉」と称される江戸読本の代表作を、やはり伝奇小説家として名高い白井喬二が最も読みやすい名訳で忠実に再現した名著。長大な原文でしか入手できない名作を読める上下巻。

現代語訳 南総里見八犬伝　下

曲亭馬琴　白井喬二〔現代語訳〕　40710-4

全九集九十八巻、百六冊に及び、二十八年をかけて完成された日本文学史上稀に見る長篇にして、わが国最大の伝奇小説を、白井喬二が雄渾華麗な和漢混淆の原文を生かしつつ分かりやすくまとめた名抄訳。

妖櫻記 上

皆川博子　41554-3

時は室町。嘉吉の乱を発端に、南朝皇統の少年、赤松家の姫、活傀儡に異形ら、死者生者が入り乱れ織り成す傑作長篇伝奇小説、復活！

妖櫻記 下

皆川博子　41555-0

阿麻丸と桜姫は京に近江に流転し、玉琴の遺児清玄は桜姫の髑髏を求める中、後南朝の二人の宮と玉璽をめぐって吉野に火の手が上がる……！　応仁の乱前夜を舞台に当代きっての語り手が紡ぐ一大伝奇、完結篇

安政三天狗

山本周五郎　41643-4

時は幕末。ある長州藩士は師・吉田松陰の密命を帯びて陸奥に旅発った。当地での尊皇攘夷運動を組織する中で、また別の重要な目的が！　時代伝奇長篇、初の文庫化。

秘文鞍馬経

山本周五郎　41636-6

信玄の秘宝を求めて、武田の遺臣、家康配下、さらにもう一組が三つ巴の抗争を展開する道中物長篇。作者の出身地・甲州物の傑作。作者の理想像が活躍する初文庫化。

現代語訳 義経記

高木卓〔訳〕　40727-2

源義経の生涯を描いた室町時代の軍記物語を、独文学者にして芥川賞を辞退した作家・高木卓の名訳で読む。武人の義経ではなく、落武者として平泉で落命する判官説話が軸になった特異な作品。

異聞浪人記

滝口康彦　41768-4

命をかけて忠誠を誓っても最後は組織の犠牲となってしまう武士たちの悲哀を描いた士道小説傑作集。二度映画化されどちらもカンヌ映画祭に出品された表題作や「拝領妻始末」など代表作収録。解説＝白石一文

天下奪回

北沢秋 41716-5

関ヶ原の戦い後、黒田長政と結城秀康が手を組み、天下獲りを狙う戦国歴史ロマン。50万部を超えたベストセラー〈合戦屋シリーズ〉の著者による最後の時代小説がついに文庫化！

新名将言行録

海音寺潮五郎 40944-3

源為朝、北条時宗、竹中半兵衛、黒田如水、立花宗茂ら十六人。天下の覇を競った将帥から、名参謀・軍師、一国一城の主から悲劇の武人まで。戦国時代を中心に、愛情と哀感をもって描く、事跡を辿る武将絵巻。

徳川秀忠の妻

吉屋信子 41043-2

お市の方と浅井長政の末娘であり、三度目の結婚で二代将軍・秀忠の正妻となった達子（通称・江）。淀殿を姉に持ち、千姫や家光の母である達子の、波瀾万丈な生涯を描いた傑作！

戦国の尼城主 井伊直虎

楠木誠一郎 41476-8

桶狭間の戦いで、今川義元軍として戦死した井伊直盛のひとり娘で、幼くして出家し、養子直親の死後、女城主として徳川譜代を代表する井伊家発展の礎を築いた直虎の生涯を描く小説。大河ドラマ主人公。

井伊の赤備え

細谷正充〔編〕 41510-9

柴田錬三郎、山本周五郎、山田風太郎、滝口康彦、徳永真一郎、浅田次郎、東郷隆の七氏による、井伊家にまつわる傑作歴史・時代小説アンソロジー。

信玄軍記

松本清張 40862-0

海ノ口城攻めで初陣を飾った信玄は、父信虎を追放し、諏訪頼重を滅ぼし、甲斐を平定する。村上義清との抗争、宿命の敵上杉謙信との川中島の決戦……。「風林火山」の旗の下、中原を目指した英雄を活写する。